邮轮环球记

姜汉斌　著

知识产权出版社
全国百佳图书出版单位
—北京—

图书在版编目（CIP）数据

邮轮环球记 / 姜汉斌著 . —北京：知识产权出版社，2019.11（2020.8 重印）

ISBN 978-7-5130-6528-3

Ⅰ . ①邮… Ⅱ . ①姜… Ⅲ . ①散文集—中国—当代 Ⅳ . ① I267

中国版本图书馆 CIP 数据核字（2019）第 224112 号

内容提要

本书记述了作者乘邮轮历时 86 天、跨越三大洋五大洲、游历 18 个国家的所见所闻所思。瑰丽的自然风光、多彩的异域风情和古今交映的人文故事，在作者散文般清新优美的笔触下，更加引人入胜。

让我们随着作者优美的文笔启航一段"营养""美味"的十万里环球之旅吧！

责任编辑：安耀东　　　　　　　　责任印制：孙婷婷

邮轮环球记

YOULUN HUANQIU JI

姜汉斌　著

出版发行：知识产权出版社 有限责任公司		网　　址：http://www.ipph.cn	
电　　话：010-82004826			http://www.laichushu.com
社　　址：北京市海淀区气象路 50 号院		邮　　编：100081	
责编电话：010-82000860 转 8534		责编邮箱：anyaodong@cnipr.com	
发行电话：010-82000860 转 8101		发行传真：010-82000893	
印　　刷：北京中献拓方科技发展有限公司		经　　销：各大网上书店、新华书店及相关专业书店	
开　　本：720mm×1000mm　1/16		印　　张：18.25	
版　　次：2019 年 11 月第 1 版		印　　次：2020 年 8 月第 2 次印刷	
字　　数：274 千字		定　　价：75.00 元	

ISBN 978-7-5130-6528-3

上海启航

驶向远方

碧海蓝天

亚丁湾的黄昏

苏伊士运河

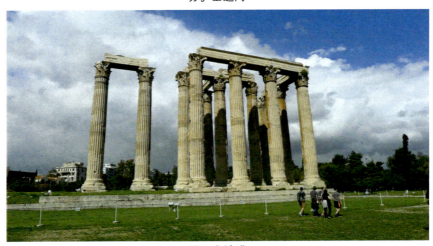

见证古希腊

圣托里尼风光

欧洲一条街

罗马斗兽场内景

埃特纳火山下的卡塔尼亚

俯瞰马赛

邮轮进入巴拿马运河

大西洋上的亚速尔

港口送别

前　言

　　我喜爱旅游，这些年也常出去走走，可是没想到会做一次完整的环球之旅。我知道，这是子女们孝敬老爸老妈的一次重大安排，我的兴奋之情溢于言表。

　　相信很多人同我一样，从上小学时就已经对我们生于斯长于斯的这个地球发生了兴趣。当年地理课老师转动着地球仪绘声绘色的讲解，激发出懵懂少年太多的好奇和向往。那时候就想，地球居然是圆的，将来要能绕着地球走一圈儿该有多好啊！这是一个梦，童年的梦。

　　没想到，这个梦就要变成现实。

　　地球，我们人类的唯一家园，宇宙孕育出的一朵奇葩。她的产生和存在本身就是一个奇迹。

　　本来，宇宙由大爆炸产生已经是一个奇迹，大爆炸形成的无数星系中有一个银河系也是一个奇迹，银河系孕育出一个太阳系又是一个奇迹，而太阳系正好有一个适于生命繁衍的地球更是一个奇迹。

　　我们人类应当庆幸，庆幸我们有这样一个唯一的适合人类居住的地球。它恰好距离太阳不远不近，既不灼热也不奇冷；它恰好有不大不小的质量，既保证内部必要的地质活动，又留住了表面的空气和水分；它恰好有一个巨大的近邻木星，可以大大减少小行星带对地球的袭击；它恰好有自己的磁场，可以有效防护太空有害射线对地球生命的伤害；它恰好有一个自转轴与公转面的夹角，使地球上的生灵能够尽享春夏秋冬……

　　地球真是太神奇、太可爱了。

记得一位宇航员从太空返回地球以后万分感慨地说：从太空看地球，地球太可爱了，也太可怜了，一个蔚蓝色的星球悬在空中，是那样的美丽动人又是那样的寂寞孤独。这位宇航员别出心裁地希望地球上的政治家们也能坐一回飞船，也能从太空鸟瞰一下地球，因为据说处在那样的高度会大大改变人的观念，会引发许多为平常附着在地面上的人们所无从产生的联想。

是的，从太空看地球，寂静安详，阒无声息，听不见尘世的嘈杂，看不到人类的踪迹，人类所经历的漫长而喧嚣的历史变迁在那里完全难以理解；从太空看地球，地球不再是我们生活其中的五彩缤纷的世界，而是浩渺星空中一个泛着蓝光的行星。

然而，我们毕竟不是生活在天上，而是生活在地上。尽管天上人间的时空差距会给我们许多有益的启示，但是我们必须面对这个现实世界，面对我们这个独一无二的地球。

如果说地球是宇宙孕育出的一朵奇葩，那么人类则是地球孕育出的另一朵奇葩，是奇葩中的奇葩。由于人类的出现，地球进入了一个新的时代。

人类改写了地球的历史，重塑了地球的面貌。如今的地球，到处打上了人类活动的印记，它已经不是原来的地球了。

人类以空前的速度在建设、在发展、在探索、在创造、在前进，整个地球开满了人类智慧之花。

同时人类也以空前的规模在挖掘、在抽取、在排放、在捕捞、在砍伐，整个地球布满了累累伤痕。

更何况，人类还发明了战争和残杀，地球上几乎每天都会响起爆炸声、冒起硝烟。

人类攻克了无数难题，却不能不面对更多的难题。

我们惊异于地球之奇、地球之美，痛惜于地球之累、地球之危！

那么，让我们走出去看看吧，怀着对地球的爱和痛。

而现在我们也有了走出去的条件。

人们都说，地球变小了，变成了"地球村"。科学技术和经济社会的快速发展大大缩小了地域之间和人与人之间的距离，信息化和便捷的交通使万里之遥近如咫尺。

平常说，"大"源自"小"，"远"始于"近"，"深"来自"浅"。其实，也可以倒过来："小"源自"大"，"近"始于"远"，"浅"来自"深"。没有人类知识和能力的扩大，哪里有地球的"变小"？没有人类对遥远空间的探索，哪里能近距离遍览全球？没有人类向科学的深处进军，哪里有浅显易懂而功用巨大的技术？"小""近""浅"和"大""远""深"原本是互为因果的。

既然"地球"变成了"地球村"，那么，走出家门，到"村子"各处走一走，对"村民"来说是再平常不过的事了。现在一个前所未有的旅游时代到来了。人们把旅游作为一种重要的生活和活动方式。"世界那么大，我想去看看"，已经成为大家的共同心声。中国人出国旅游的人数不断翻番，由改革开放初期的每年几百万人次很快增加到几千万人次，现在已经超过了 1 亿人次。在世界各地的旅游景点，到处都可以看到成群结队的中国人。据预测，到 2020 年中国出境旅游人数将达到 2 亿人次。

与此同时，全世界各国的出境旅游人数也在激增，2014 年总计已达到 10 亿人次，预计到 2030 年将翻一番，达到 20 亿人次。这可是空前壮观的地球人大流动啊。

世界范围的旅游潮的兴起，是全球化的一个重要标志。它绝不仅仅意味着单纯的游山玩水，它是地球人空前规模的交往、观摩和相互借鉴，是文明的对话，文化的交流，对人类社会的未来发展具有深远意义。

依据不同的旅游目的，有不同的旅游类型：观光旅游、人文旅游、文化旅游、购物旅游、度假旅游、休闲旅游、游学旅游、探险旅游甚至还有太空旅游等。出行的方式，由于现代交通工具的发达而多种多样。乘飞机一般是首选，但也有乘火车、坐轮船、开汽车的，甚至还有开着摩托车、骑着自行车周游列国或者驾着帆船漂洋过海的。

我们这次环球游，女儿安排我们坐邮轮去。我们乘坐的是意大利歌诗达邮轮公司的大西洋号，是专门为中国游客订制的从上海出发的第一次环球旅游。坐飞机固然省事，费时少，但在万米高空绕地球飞行一圈，远不如贴地旅游来得实在和有意义。时间是长了一点，长就长一点吧，"长"，才有"环球"的味儿。何况，乘邮轮最适合中老年人：晃晃悠悠，节奏较慢，走一程，歇一歇，还可以抽出时间写写日记什么的。

当然还得做细致的准备工作。除了与旅行社打交道外，少不了做一些个人的"功课"：购买相关书籍，阅读相关资料。

虽然并非第一次出国，但这一次不同寻常。86天，18个国家，三大洋，五大洲，迢迢旅途，漫漫航程，有多少壮美山河和异域风情在等着我们。这是一次重要的人生体验，是一次难得的圆梦之旅。

就这样，趁着世界性旅游大潮的兴起，我和妻子打点好行装，跟上队伍出发了。

目 录
CONTENTS

赶往港口

正式的启航时间是 3 月 1 日，我们必须提前一天赶到上海国际邮轮港。

早晨，北京大雪飞扬，这是春节过后的第一场雪。片片雪花从天上飘落，给干燥的大地增加了些许湿润，也驱散了多日的雾霾，让人顿觉神清气爽。

出发港口——上海国际邮轮港

我们准备乘高铁去上海。8 时 30 分从家里出发赶往北京南站，路上堵车，不到 10 公里路，用了 1 小时。正是节后客运高峰，车站上人头攒动，我们被挤得浑身冒汗，好不容易上了车还在喘气，所幸没有误车。

10 点整，列车开动了。说起来，我们还是第一次坐我们国家自己的高铁。"和谐号"列车的流线型乳白色车体，美观新潮。车厢里宽敞舒适，每排五座，靠背可调节，还有活动小桌可供放置物品。每节车厢均设置大件行李存放处，小件行李就搁在座位上方的行李架上。与过去的老式绿皮列车有天壤之别。

列车出站后速度迅速加快。车厢里的显示屏上，从 150 公里、200 公里很快飙升到 300 公里。车窗外的栏杆、树木飞掠而过，远处的村镇和田野也迅速向后移动。此刻，除了列车的呼啸声，一切都归于寂静。"高速度"营造了"新环境"，车厢里的旅客，在高速行进的列车上完全失去了平常会有的喧闹。这是真正的"风驰电掣"。记得多年前去过一次日本，乘坐他们的"新干线"，很为其速度之快而感叹。曾几何时，中国也有了自己的"新干线",而且,车速和运营里程都超过了他们。

一路上,北方飘雪,南方下雨,长天大地,气象壮观。

天地之间,无论城市还是农村,到处矗立着悬臂高扬的塔吊,成片的高楼在建设中,仿佛整个中国就是一个大工地。中国在热火朝天地搞建设,这与一些国家经济低迷的状况形成鲜明对比。但是,中国的房子盖得太多了。盖那么多房子,卖给谁?房价又那么高。

据说,中国这些年盖的房子平均寿命只有50年左右,如果情况属实,那么再过几十年,现在这些楼房林立的地方将会是什么样子?遇到大地震这些楼房能不能抗得住?盖房占去了那么多耕地,国家一再强调的18亿亩耕地的底线能不能守得住?经济发展过分依赖房地产会导致什么后果?

就这么一路瞎想着,伴随着车窗外从冰雪北国到烟雨江南的景色变换。

仅仅5个小时,列车穿越了黄河、淮河、长江,行程一千多公里,于下午3时到达上海虹桥车站。朋友小韦接站,他开车沿中环路直奔位于宝山区的港口附近,安排我们住进预订的臣苑酒店。

晚上有点阴冷,没有暖气,室温不到10摄氏度,比北京的室温低很多,房间里又没有多余的被子,大小柜子都翻遍了,没有找到,只好穿着厚厚的毛衣睡觉了。常听人说南方比北方"冷",还真的。

不管怎样,住在港口附近,心里踏实,明天可以从容登船了。

3月1日 星期日

汽笛一声

早上是在窗外悦耳的鸟鸣声中醒来的。洗漱完毕下楼散步,雨后的院落一片清新。这里是紧挨长江入海口的地方,远离闹市,环境幽静,树木又多,难怪鸟儿们唱得这么欢快。

我们是中午登船，现在离登船还有足足5个小时。摊开上海地图，发现附近有几个值得一看的地方：海军上海博物馆、淞沪战役纪念馆和炮台湾湿地公园。去看看吧，环球旅游就应当从这里开始。海军上海博物馆馆藏丰富，有大量的

待发邮轮

实物和模型，配有详尽的文字和图片，展示了中国海军的发展历史。炮台湾湿地公园集自然景观与历史遗迹于一处，葱茏的树木和清代的海防炮台给人留下了深刻的印象。淞沪战役纪念馆由于没时间了，惜未参观。两处参观构成这次环球旅游的第一看点，都与海有关，与船有关，因而与我们这次出行有关。

午饭后赶往港口，港口一片热闹。从全国各地赶来的旅客，拖着大箱小包、匆匆忙忙往指定地点集中。我们这次要乘坐的大西洋号巨型邮轮巍然泊定在码头边，银白色的船身上悬挂着巨大的红色横幅——"首个中国出发环球邮轮"，十分醒目。托运行李的大厅里人们在忙着询问、填单、排队。

间隙时间，我们与旁边一对中年夫妇聊了起来。他们来自湖南永州，男的姓王，女的姓张，都是退休干部，这次也是参加环球旅游。因是"同舟共济"的船友，只几句话便熟络起来。张女士心直口快，笑呵呵地告诉我们："我们已经去了世界好多地方啦，我们在永州当地算得上旅游'达人'嘞。我们不炒房，不炒股，攒点钱就去旅游，就这点爱好嘛。"张女士说得高兴，眼睛眯成一条缝，丈夫也在一旁憨厚地笑着，我们也乐呵呵地与他们搭腔。

这时听见工作人员吆喝："大家注意了！托运完行李的旅客，请到一号门内办理登船手续。"我们和老王老张夫妇赶忙来到一号门。忽听里边鼓乐大作，入内一看，几个西方男子正在吹号弹吉他，原来这是大西洋号邮轮的欢迎仪式。于是我们在鼓乐声中接受安检，交验护照，依次

登船。

我和妻子的舱位在7层，乘电梯上去，舱号7237。这是一间宾馆式的房子，面积约有12平方米，带洗浴室和卫生间，还有小沙发、小茶几、小桌子、小电视，一应俱全。尤其令人满意的是有一个阳台，阳台上摆有两把藤椅，一方茶几，凭栏远眺，海阔天空。这样的舱位船上叫"海景房"。我对妻子说："这是我们的新家呀！"妻子也很满意："今后三个月我们就在这里过日子了。"

下午8时，大西洋号在暮色中启航了。一声汽笛长鸣，船身开始微微抖动，接着是螺旋桨划水发出的哗哗声。邮轮缓缓驶出港口，沿着宽阔的长江入海口驶向浩瀚的东海。回头看，上海港璀璨的灯火渐行渐远。

乡关日暮，大海茫茫，旅人远行。再见了，上海！

3月2日　星期一

歌诗达大西洋号

大西洋号

早上醒来，已是天色大明。急忙拉开窗帘，窗外一片碧蓝，全是水的世界，大西洋号已经驶进深海。船右侧远处分布着一些大大小小的岛屿，还有星星点点的渔船在附近游动。按航程推断，那里应是我国的舟山群岛。与妻子痴痴地看了一会儿海景才去洗漱，用早餐。

饭后怀着兴奋的心情在船上到处走走看看。

大西洋号可是个海上"巨无霸"啊。它长近300米，宽30余米，有12层甲板，最大载客量2600人，服务人员和管理人员近900人，满员时总人数达 3500 人。远远看去，它就像一座大楼，一座漂在海上的大宾馆。我们对照船上发给我们的介绍材料，在游轮各层参观。

第一层叫"杂技之光"，是船员居住区，靠船头一侧辟有一个漂亮的大厅——珊瑚厅，它既是休闲中心，又是歌舞宴会厅。第二层叫"甜蜜生活"，是服务娱乐区。这一层的中间是服务大厅，靠船头一侧是"卡鲁索剧场"，靠船尾一侧是"提香餐厅"，中间穿插分布着"幸运俱乐部""蝴蝶夫人广场""棋牌室"和"电子游戏室"等。第三层叫"大路"，也是服务娱乐区，有商店、摄影部、咖啡馆、图书馆和网吧等。第四层到第八层都是客舱，其中第四层叫"罗马"，第五层称"小丑"，第六层名"阿玛柯德"，第七层冠"访谈录"，第八层标"812 甲板"。这五层都有长长的走廊，走廊两旁是一间挨一间的客舱。走廊里铺着地毯，装饰着油画，环境清洁优雅。第九层叫"舞国"，又是服务娱乐区，船上的大型自助餐厅"波提切利餐厅"设在这一层，此外还设有游泳池、健身房和美容中心。第十层"扬帆"，主体是环形的"日光甲板"，铺了人造绿地，靠船头一侧有"奥林匹亚健身房"。第十一层"月亮之声"，是在第十层基础上的部分增高，辟有跑道和小型运动场。第十二层"卡比利亚之夜"，是邮轮的最高层，为一白色高台，架设有通信天线和风向标。

各层的名称怪怪的，不懂是什么意思，经向船上服务人员打听，原来这些名称是意大利当代著名电影导演费德里柯·费里尼执导的电影名称。我在国内基本上未曾看过意大利当代电影，孤陋寡闻也就不足为奇了。大西洋号对费德里柯·费里尼及其作品如此钟情，整条船都以他的作品来命名，不知为什么。不管怎样，大西洋号毕竟将艺术带入旅行和海洋，体现了人类对美和艺术的追求。

大西洋号隶属于意大利歌诗达邮轮公司，是该公司所属的十多艘大型邮轮中的一艘。歌诗达邮轮公司在全球开辟了多条旅游航线，有区域性的，也有全球性的，但是从中国始发又回到中国的环球航行，这是首次。大西洋号光荣地承担了这次首航任务。

这样，我们便对这个新"家"有了一个大致的了解。

东海遐思

　　早上，从房间电视播放的航行示意图上知道，大西洋号正航行在台湾海峡。急忙拎起相机登上 10 层甲板，向我国宝岛台湾方向瞭望。可是什么也看不到，唯见海天茫茫，纤云漫卷，海浪拍打着船身，大西洋号从容不迫地破浪前行。显然，邮轮所处的位置是看不见台湾的，这是凭常识就应当知道的，但还是身不由己地想看看，毕竟那里是祖国母亲魂牵梦绕的一部分。

　　在甲板上徘徊，望着海峡的波浪，不由得想起了两位古人，他们都姓郑，都是中国人，都与眼前的台湾海峡有关。

　　一位是郑成功，大名鼎鼎的民族英雄。

　　350 多年前（1661 年）的 4 月 21 日，在这片海域，数百艘战舰载着两万多名中国军人，浩浩荡荡驶向台湾。站在指挥舰甲板上身着明朝官服的魁梧男子就是郑成功。此刻他正凝视前方，作决战前的最后谋划。几天后，郑成功率领的中国军队登陆台湾，与窃占台湾的荷兰殖民军展开激战。经过数月较量，终于彻底击溃荷兰殖民军，使沦陷了 38 年的台湾重回祖国怀抱。郑成功由此成为中华民族的一位伟大英雄。

　　台湾是中国固有领土，两岸同胞血脉相连。17 世纪初叶，荷兰殖民者趁明亡清兴、中国政局发生变动之机窃占台湾。郑成功本是抗清扶明将领，1659 年在南京与清军作战失利后，决定挥师渡海，收回台湾，作为抗清基地。他最终没能成就复明大业，却完成了为中华民族收复失地的殊勋。

　　但是，台湾这个孤悬海上的岛屿命运多舛，1895 年中日甲午战争之后被清政府割让给日本，沦为日本殖民地达半个世纪之久。抗日战争胜利后回到祖国怀抱。可是不久，中国内战的结局却使她成为另一政权的退守之地。从此以后，两岸对峙，外部敌对势力借机插手，台湾海峡风急浪高。台湾何去何从，不仅牵动着十几亿炎黄子孙的心，也牵动着某些别有用心的外国势力的神经。

不管怎样，郑成功毕竟是海峡两岸同胞共同尊奉的民族英雄。

可是，前几年看到境外有人写书，恶意污损这位英雄的形象。

该书作者拿郑成功的日本籍母亲说事。认为郑成功之所以成为英雄，是因为他幼年跟随母亲在日本生活，受到了良好的日式教育——"在日本的童年可能奠定了他的人格基础，为他灌输了界定他人生的美德：正直刚毅，以及战士对主人的忠心。这是日本武士守则的基本德行"。照此说来，是日本的武士道精神造就了中国的民族英雄，真是奇谈怪论。郑成功的母亲确实是日本人，郑成功也确实出生在日本。但是，郑成功七岁就回到了他的故乡福建，开始接受启蒙教育，系统学习中国典籍，逐渐形成了植根于中华文化的爱国忠勇思想。郑成功本人在写给他父亲郑芝龙的信中就明确说过："儿初识字，辄佩服春秋之义。"这里的"春秋之义"，即指中国历史典籍所阐扬的爱国、忠诚、励志、守节精神。正是在这种精神的熏陶下，使他成年后毅然走上了抗清复明和武力收复台湾的道路。很明显，不是日本的武士道精神，而是中国的爱国主义精神塑造了郑成功，郑成功是扎根于中华文化土壤中的参天大树。在这个问题上节外生枝地做其他文章，令人不齿。

另一位是郑和，彪炳史册的航海家。

郑和本不姓郑，姓马，因为在明朝"靖难之役"中替燕王朱棣效劳有功，朱棣当了皇帝后赐他郑姓。他是云南昆阳州（今昆明晋宁县）人。云南远处内陆，按说郑和与海洋攀不上什么关系，怎么就成了大航海家？这起因于一系列既属偶然又属必然的因素：起因于他 10 岁就被阉割并送往北方战场，起因于他对燕王朱棣的忠心耿耿，起因于他果敢坚毅的性格，起因于他祖上有过的航海经历的影响，还起因于正好皇帝要组建船队出洋远航。朱棣是有眼光的皇帝，他瞅中了郑和，把代表国家率队远航的重任托付于他。

从永乐三年到宣德八年（1405~1433 年），28 年间，郑和率领当时世界上最大的船队七下西洋。他们从长江口启航，经台湾海峡和南海，过马六甲海峡，横渡印度洋，直至波斯湾、红海和非洲东海岸，踪迹遍及沿途 30 多个国家，总航程 7 万多海里，相当于环绕地球 3 圈多。其中1414 年的第四次出航，即到达非洲东海岸的那次航行，是当时世界上最远的跨洲航行，比哥伦布发现新大陆的大西洋之行早 78 年，比达·伽马绕过好望角抵达印度早 85 年，比麦哲伦完成环球航行早 108 年。不只是时间早，规模也要大得多。郑和第一次远航的大小船只达 317 艘，其中"宝船" 62 艘，最大的"宝船"长 44 丈，宽 18 丈，可以容纳 1000 多人，船队共载官兵商民 27000 多人。而哥伦布渡过大西洋的首次远航只有 3 艘船，87 个人，而且这 87 个人中相当一部分是收罗来的小偷和罪犯，可谓名副其实的乌合之众。从航海技术上说，郑和船队采用了"罗盘定向"和"牵星过洋"等当时最先进的航海技术，绘制了世界上现存最早的航海图集《郑和航海图》。这些都是当时西方航海家望尘莫及的。因此完全可以说，郑和在人类迈向海洋的历史上谱写了空前辉煌的篇章。

郑和下西洋，目的是什么？哥伦布、达·伽马、麦哲伦他们的目的很明确，就是为了发现新大陆、寻找黄金、掠夺财富。而郑和历时二十多年、七次远航，走了那么远的路，到过那么多的国家，却没有占领一寸土地，没有掠夺一点财富，他究竟干什么去了？这似乎是一个谜，历来众说纷纭。有说是明成祖朱棣为了稳定周边局势和海洋安全，通好"四夷"，以求"共享太平之福"；有说是朱棣当了皇帝以后为了向外邦炫耀国威，"宣德化而柔远人"；还有说是朱棣为了寻找靖难之役中被他赶下台而下落不明的建文帝朱允炆，以便斩草除根，等等。但是无论出于何种原因，都与掠夺土地和黄金不沾边。这一点，中外史学界几无异议。郑和船队确实没有侵占过任何国家的一寸土地，没有掠夺过任何国家的一点黄金和财富，相反，当时出航时船上载了不少金银、丝绸、瓷器、茶叶之类的中国特产，大量的用来馈赠，一部分用来互通有无，换回亚非国家的香料、宝石和药材。

当然，朱棣也有一点傲视"四夷"的大国主义倾向。郑和出使时所捧明朝皇帝对西洋各国国王的口头敕书中说："尔等只顺天道，恪遵朕言，循礼安分，毋得违越，不可欺寡，不可凌弱，庶几共享太平之福。若有撼诚来访，咸赐皆赏。"口气居高临下，训诫有加。但也仅此而已，强调的重点还是"不可欺寡，不可凌弱，庶几共享太平之福"。

郑和船队是和平之师，但也动过兵刃，那是因为遇到了数目庞大的海盗集团和蓄谋策划的抢劫行动，郑和毫不留情地给予打击。

沿途不少国家此后与明朝建立了友好关系，派遣使者回访中国，开展贸易往来。永乐二十一年（1423 年），古里（今印度西海岸）等 16 国使臣和商人来到南京，总数达到 1200 多人；有的国家，如渤泥（今加里曼丹）和满剌加（今马六甲）两国的国王和王后也来到南京，明成祖设宴招待。

总之，郑和下西洋是名副其实的平等交往之旅、和平友谊之旅，这与哥伦布们的征服奴役和烧杀抢掠形成鲜明对照。

上述两位姓郑的人，以他们的行动，昭示了中华民族自处于世的两大原则：第一，中华民族世代生息的土地，一寸也不能丢，凡属非法抢占去的中国土地都必须归还于我。第二，中华民族与世界各国平等交往，绝不损人利己，绝不以强凌弱，绝不侵占别人的一寸土地。但是谁要欺负我们，我们就会让他尝尝我们的拳头。

今天，航行在几百年前郑成功和郑和经过的航道上，看着波涛汹涌的大海，对这两位先贤的非凡业绩和民族气节充满敬意。

3月4日　星期三

香港一日

晨 7 时，邮轮抵近香港，又看到了东方明珠。阴天，空中细雨飘洒，港岛群山和市区高楼蒙上了一层淡淡的轻纱，显出一种朦胧美。靠近港口时，走上阳台，眼前晨光微露，街市灯火尚明，行人车辆来来往往，船舶游弋，一片繁荣景象。

大西洋号缓缓调头入港，停泊在新建的启德国际邮轮港。这个港口在我带的地图上没有标出，原以为邮轮会停泊在港岛南边离市区较远的那个港口，没想到它居然驶进九龙湾，直达市区。后经打听，这个邮轮港是一年多以前才建成投入使用的，是由原来的启德国际机场改建的。启德国际机场过去声名远播，曾经是平均每分钟起降一架飞机的繁忙航空港，现在香港有了新的机场，它便由空港变成了海港。

匆忙用过早饭，准备上岸参观。上岸参观由船上旅游服务中心组织，旅客从服务中心列出的几条游览线路中挑选一条，付费参观。我们选了以前来港未曾去过的"香港一日游"景点，9时15分集合，从三层甲板出口登岸，乘大巴出发。

天不作美，当我们来到第一个参观点——香港著名的登高览胜之地、海拔500米的太平山山顶时，大雾弥漫，周围一片乳白。不要说鸟瞰香港市容，连脚下的山都被严严实实地裹在雾中，而且山风强劲，冷雨袭人，大家冻得直打哆嗦，只在"明仁亭""狮子亭"稍作停留，便匆匆登车。导游解嘲地说，"也算体验了一下"。幸好司机念及大家白来山顶一趟，在下山途中于半山腰选了一个能看清市容的地方停下来，让大家下车看了一眼香港如林的楼群。

接下来的景点都在山下，情况好多了。沿滨海公路绕到一个叫作"香港仔"的渔村，这里保存了昔日香港渔民的生活情景：一弯海水，泊着许多渔船，大多比较破旧，有的船上可看见床铺和炊具，是名副其实的"渔人之家"。而就在附近有两座富丽堂皇的水上餐厅，一曰珍宝海鲜坊，一曰太白海鲜坊，都是仿古建筑，飞檐翘角，雕龙绘凤，与那片破旧渔船形成巨大反差。不知道这海鲜坊是什么人经营的，它的中国建筑特色倒是吸引了不少外国游客来此参观。已近中午，我们被安排在珍宝海鲜坊二楼的"太和殿"大餐厅用餐。大家开玩笑说，在皇帝临朝理政的金銮殿用餐，真是超级享受，恐怕连皇帝本人也未曾享受过。其至餐厅一端还建有皇帝御座，如果肯花上7美元，就可以坐上去"体验一下"。

下午主要参观浅水湾和赤柱集市。浅水湾位于香港南端，背山面海，青山耸翠，海水湛蓝，环境宜人。依山建了许多浅色小楼，据说都是富人的别墅。左侧海边建有一座"天后宫"，天后、海神和观音的巨型塑像面海而立。很多游人来此烧香祷告、祈求平安，庙内弥漫着呛人的烟味。沿着海边继续往前不远便是赤柱集市，这里是香港岛的最南端。"赤柱"是地名，一个海边小镇，它以小商品集市闻名。果然，小街纵横，店铺林立，举目望去，不见尽头。这里是外国游客喜欢来的地方，可以买到既便宜又"很中国"的旅游纪念品。我们随便浏览了一下，便匆匆走过又长又窄的街道，拐向镇外海边。突然，眼前出现一片赭红色的巨石，相互簇拥着伫立海畔，格外醒目。我们惊喜地跨步向前，攀上巨石，欣赏起这独特的"赤柱"来。在这个以蓝色和绿色为主色调的地方，突然冒出这么一堆赤色巨石，使人眼前为之一亮。我们的导游为什么对此未曾提及一字？这可是"点题"的景点啊。

3月5日　星期四

航行在南海上

　　昨晚8时大西洋号离开香港，驶向南海。早饭后登上10层甲板，见旭日临空，朝霞满天，海面浮光跃金。抓紧拍了一通照片，便依着栏杆欣赏起壮丽的海天世界来。

　　才一会儿，满天朝霞变为晴空万里，大海也由橙黄色变为一片碧蓝。环顾四周，海天一体，茫茫无际，整个世界都是一片蓝色。然而，同为蓝色，海是海蓝，天是天蓝，海蓝略深而天蓝略浅，深浅不同，交相辉映。海因天蓝

航行在南海上

11

而澄碧，天因海蓝而亮丽，共同构成海天一体的蔚蓝。仔细看，在海蓝与天蓝相接处，有一条淡淡的、亮亮的线。它就是海平线，把天与海分隔开来，并向左右两侧延伸，圈起一个巨大的正圆，我们的船就处在正圆的中心。天似巨大的穹庐，海像无边的软缎，我们就在这空阔无际中破浪远航。船尾海面上拖着一条几百米长的雪白色"尾巴"，那是邮轮螺旋桨搅起的浪花。打开手机上的罗盘查看我们现在所处的位置：北纬18°，东经111°；再对照地图，正处在我国西沙群岛附近。啊，美丽的南海！

下午，船长在卡鲁索剧场举行鸡尾酒会，并与乘客一一合影。船长是意大利人，五十岁左右，中等个子，表情和蔼，一身洁白的制服，挺胸站立，显得沉稳老练。几百位乘客排着长队逐个与他合影。合影后船长上台致辞，并介绍船上各级负责人，这些负责人也一一登台与大家见面。之后是节目演出。先是由船上工作人员与部分乘客同台跳舞，接着由一名意大利歌手演唱歌曲。这位歌手声音浑厚，感情炽热，赢得阵阵掌声。他是歌诗达邮轮公司的签约演员，在歌诗达所属各个邮轮之间飞来飞去。卡鲁索剧场拥有两层一千多个座位，高度贯通三层甲板，舞台可升降旋转，灯光和音响都很好。这里将是今后几个月我们主要的娱乐场所。

今天是元宵节，正是祖国广大城乡"火树银花不夜天"的时候。透过窗户，已见皓月升空。船上为庆祝元宵节，举行正装晚宴。就餐者和服务人员都换上正规的服装，男的西服革履，女的红装素裹。宴会在二层的"提香餐厅"举行。这里是西餐大厅，位于船尾，上下两层，可同时容纳一千多人用餐。一进去就感受到浓浓的节日气氛，灯火辉煌，人声喧喧，红烛高照，杯盘交错。船长和船上工作人员也都参加，气氛颇为热烈。菜单中，特别加了一道中国的汤圆。餐后还在蝴蝶夫人广场举行集体舞会，乘客和船上工作人员一起翩翩起舞。

大海月夜

后半夜醒来，伸手拉开位于床边的窗帘，透过玻璃看见海面银光闪闪，天边挂着几颗星星，幽深而旷远。此时也没有什么睡意了，索性起床穿好衣服，推门来到阳台。

眼前的情景不由令我惊叹：一轮又亮又大的圆月高悬于海天之上，把它的银辉洒向万顷波涛；夜色中波浪挟着月光，明灭闪烁，把幽深和旷远传向无际；抬头看月亮，月亮微笑着，再看星星，星星在眨眼，它们无言的表情显得有点诡谲和神秘。海天茫茫，万籁俱寂，唯有邮轮的螺旋桨搅动海水发出哗哗的响声，这有节奏的哗哗声更加衬托出大海夜晚的寂静。此刻，全船都在梦乡之中，脚下是深不可测的大海，头顶是遥无边际的深空，一切都被裹在朦胧的夜色中。想到陆上城乡的今夜，元宵佳节，月上柳梢头，花市灯如昼，锣鼓喧喧，爆竹声声，热闹非凡，而这里只有孤月高悬，海静天幽，万里空蒙。我独自面对如此景象，蓦然感到一丝恐怖。

妻醒了，喊我："黑乎乎的，一个人站在阳台上干什么，快进来吧。"我进屋重新躺下，回味着刚才看到的情景。心想，古人描写月夜的诗文不少，李白的"床前明月光，疑是地上霜"，张九龄的"海上生明月，天涯共此时"，范仲淹的"长烟一空，皓月千里，浮光跃金，静影沉璧"，苏东坡的"明月几时有，把酒问青天"，都是千古名句，可他们都未曾写过大海月夜。虽然，"海上生明月"也提到海，但那是虚写；"皓月千里，浮光跃金"很有气势，但那是写洞庭湖。受当时条件限制，这些古代诗人都没有到过大洋腹地，没能实地体验过大海月夜的情境。李白虽曾发出过"长风破浪会有时，直挂云帆济沧海"的宏愿，但是终其一生，他也没能扬帆出海。假如这些文豪们真能"直挂云帆济沧海"，我们今天可能还会吟诵到另外一种格调的月夜名篇呢。

六点多起床，未及洗漱，便拿起相机匆匆登上10层甲板。正值红日东升，朝霞瑰丽，昨夜的景象已经被完全不同的另外一种景象所代替：明净的天，澄澈的海，洁白的云，温润的风。晨练的人们或跑步，或慢走，或打拳，他们与大自然融为一体，为天光海色平添了无限生机。而这一切，全应归功于缔造了地球、孕育了生命、带来了光明的太阳！

午休后正趴在桌子上写日记，船上的扩音器播出通知：卡鲁索剧场五点半有精彩演出，欢迎大家前往观看。看看表，已经五点一刻，便搁下笔，与妻一同前往。剧场已经差不多坐满了，我们上二楼找了空位坐下。大幕拉开，报幕人一男一女翩然登台，男的是一位英俊高大的意大利青年，女的是一位苗条秀气的中国姑娘；男的用英语，女的用汉语，两人笑容灿烂，阳光洒脱，配合得十分到位。舞蹈《梦幻女孩》由船上的"优秀拉丁舞者团队"演出，八位男女，一律高挑身材，舞姿洒脱，动作遒劲，不住地踢腿、旋转、扭臂，节奏很快，音乐很响，这种艺术形式大概反映了西方青年人热情奔放的性格。看懂看不懂，先看个热闹吧。

3月7日　星期六

胡志明市见闻

从香港到胡志明市，980海里，在船上度过了两天，积蓄了登岸游览的冲动。早早地就起了床，拎了相机登上甲板。晨光初露，海上出现远山的轮廓。渐渐地，陆地越来越近，前边就是西贡港。这里是西贡河与海湾的相连处，邮轮缓缓驶入宽阔的河口，向码头靠近。眼前的景致别具特色：河的一侧岸上是广袤无际的树林，树木不高却密密麻麻，浓绿深厚，有点像在电视上看到的亚马孙热带雨林。这里地处湄公河三角洲地区，雨量丰沛，气候炎热，适合热带雨林生长。河的另一侧则是一个接一个的码头，吊车的悬臂高高地伸向天空，码头上堆放着集装箱，有几只货船正装货待运。

胡志明市街景

远处山峦上聚集着云朵，将已经出山的太阳团团围住。甲板上的摄影爱好者早已选好了位置，支好了支架，只等着朝阳露脸的一刻。但是太阳总是被困在云里，偶尔透出几丝光线，但就是不肯掀开"盖头"。待大家感到无望准备收机回舱的时候，它蓦然从云层中跳了出来，可是这时已经8点多了，失去了最佳的拍摄时机。

邮轮泊稳后，旅客开始登岸。这个码头仅仅是一个水泥平台，没有任何别的建筑，只有十数辆大巴停在那里等待接客。如此简陋的"国际邮轮港"令人有点吃惊，与上海、香港的国际邮轮港相比差距太大了。

不管怎样，胡志明市是第一次来，对于今天的"一日游"还是颇有期待。我们登上大巴向市区开去，75公里路程，被告知需要一个半小时。沿途的景象，让人一下子感受到什么是"欠发达国家"：公路两旁分布着低矮简陋的民居和商店，偶尔还能看到古老的茅草房；荒地里杂草丛生，丢弃的塑料袋随处飘荡；成群的孩子在路边玩耍；络绎不绝的摩托车呼啸而过。但在由民居和商店排成的长长的走廊的后方，远远地也展现出自然纯朴的风光：碧绿的原野，鹅黄的稻田，悠闲的牛群。有一块稻田里，许多农民正围着一台脱粒机，好像在为新收的稻谷脱粒。路况不大好，车子颠得厉害，直到接近胡志明市时才驶上高速公路——一段不到

30 公里的高速路。据说这是越南的第一条高速公路。

导游也是本地导游，从港口与我们一路同行。姓强，越南华侨，祖籍广东，小个子，长相很像越南人。他在自我介绍时说："我姓强，大家可以叫我'强导'，但是'强导'与'强盗'谐音，不大好听，还是叫小强好了。"引得车里一片笑声。这使我想起几年前去韩国时遇到的类似趣事。导游小姐是韩国人，姓朴，她在介绍完自己的姓氏后马上强调："大家就叫我'朴导'吧，可千万别叫我'朴小姐'。"——也引起一片笑声。"朴导"解释说："我的中文不是太好。几年前接待来自上海的一批旅客，一位先生喊我一声'朴小姐'，引起全车大笑。我当时懵住了，奇怪大家为什么笑。后经打听才知道中文的'朴小姐'有个不好的谐音。从此我就记住了，对中国游客总要叮嘱一番。"

说笑间，胡志明市到了。我们首先参观国家历史博物馆。国家历史博物馆位于胡志明市中心的"草禽园"（即动植物园）内，类似中国古典建筑，始建于 1929 年。藏品主要是出土文物，包括石器、陶器、玉器、铜器、瓷器等，从形制和工艺看，与中国的同类文物极为相似。越南与中国同属一个大文化圈，受中华文化影响自不待言。但是，博物馆的说明文字即现今的越南文字却与中国汉字完全不同，也与日本、韩国的文字大相径庭，是完全拉丁化的文字。这是由特殊的历史原因造成的。19 世纪中期以后，法国入侵并统治越南 100 余年，给越南文化打上了深深的西方印记。建筑（胡志明市有不少欧式建筑，如邮政局、大教堂等）和某些风俗习惯（很多越南人信仰基督教）明显受西方影响，而文字则完全西化了。据说现今的越南文字是由一位法国牧师创造的。

不过，接下来的水上木偶戏表演却是地地道道的越南土著文化。表演场地设在博物馆后边的露天花园里。一方水池，池中露出一座红色的方亭，称为"水上神亭"，亭子正面遮以竹帘，犹如幕布。操纵木偶的艺人隐身于竹帘背后的水中，用竹竿操纵木偶在帘前水面上表演。竹竿也是隐于水面之下的，不露"牵"的痕迹。观众只看到各式木偶在水面翻转腾跃，演出诸如"二龙戏水""夫妇放鸭""渔夫捕鱼"等节目，伴以音乐，惟妙惟肖。演出结束后，演员掀帘而出，站在齐腰深的水里向观众谢幕。原来是几位小青年，有男有女，稚气未脱，含笑点头。他们的功夫真不错，泡在那么深的水里一个小时，也不容易。大家用热烈的掌声表示感谢。

距离国家博物馆不远就是著名的"统一宫"，以前称"独立宫"，是一座浅色的法式建筑。法国统治时期是他们的总督府，法国撤退后称独立宫，也即总统府，越南南北统一后始改现名。这座建筑的几经更名，勾画出越南的近代史。1858年法国入侵越南，1884年越南沦为法国保护国，长期处于法国的殖民统治之下。第二次世界大战中越南被日本侵占。1945年9月宣布独立，成立越南民主共和国。同年法国卷土重来，越南开始抗法战争。1954年关于恢复印度支那和平的《日内瓦协定》签署，越南北方解放，南方仍由法国统治，后成立南越政权，以西贡（即现在的胡志明市）为首都。再后来美国入侵越南，越南开展抗美斗争。越美战争结束后，1975年南方解放，实现南北统一，成立越南社会主义共和国，西贡市改名胡志明市，独立宫改名为统一宫。

同世界上许多城市一样，胡志明市也有一条唐人街，位于繁华的商业区。街道无暇去逛，只逛了一座寺庙：在拥挤的闹市中矗立着一座完全中国风格的寺庙，里边供奉着中国东南沿海老百姓普遍信奉的海神妈祖，即天后娘娘。庙内檐角高翘，雕塑繁复，并饰有中国绘画和汉字书法。参观的人络绎不绝，华人居多，也有不少西方人，善男信女烧纸燃香，庙内弥漫着烟雾。由这座庙的规模可以推知，华侨在胡志明市是一支历史悠久且规模不小的力量。"强导"就是其中的一员，他的家族已经在越南繁衍了几代了。

一路游览下来（还看了好几处景点，如中央邮局、圣母大教堂、滨城市场、漆器作坊等），对胡志明市有了一个总体印象。这座越南南方最大的城市，见证了历史的风风雨雨，正迅速地向前发展。新建的高楼鹤立鸡群似的矗立在低矮的旧建筑之中；各种车辆穿梭在大小街道间，其中摩托车最多，川流不息，轰鸣而过；从高处鸟瞰，西贡河傍城流淌，与楼群、马路、绿地、舟船、车辆、行人，共同构成一幅颇为壮观的城市景象。这是一座越南最现代化的城市,是打上了西方文化烙印的东方城市,是现代和传统并存的城市,也是贫穷与富有共处的城市。

返回的路上,久久回味着今天遇到的一件小事:妻子去逛滨城市场,我在门口等着无事,想穿过马路到对面的绿园里看看。可是这里虽有人行横道线却没有红绿灯,而街道上呼啸飞驰的摩托车令人望而生畏。正在欲过又止的时候,走过来一位交警模样的年轻人,他大概看到了我想过马路而又无法过去的尴尬,微笑着表示要领我过马路,我连声说谢谢,终于在他的护送下过了马路。这是一件小事,可它给我的印象深刻,很难忘记。旅行中常常有这样的情况:好多事都会忘却,但别人对你的一个善举,比如停车让路、热情指路、耐心答疑、善意提醒,等等,却长久萦怀于心。这就是"善"的威力。这位年轻交警的一个善举深深地印在我的心里。

3月8日　星期日

同桌诸友

昨晚8时,大西洋号驶离胡志明市,开往泰国普吉岛。这是一段U字形的航程,向南绕过马六甲海峡,然后再向北行。全程1161海里,需要在海上度过两天。

昨天累了,晚饭后和衣入睡,直至今晨3时醒来,如厕后复睡,6时多起床。洗漱后登甲板散步。早餐后在舱内补写昨天日记。下午在卡鲁索剧场观看大西洋号舞蹈演员和歌手的演出——《这就是舞蹈》。风格一如此前,舞姿洒脱,热情奔放,音响震耳,灯光迷离。

今天是国际妇女节,船上举行庆祝晚宴,红烛高照,气氛热烈。服务人员一律身着礼服,笑脸殷殷,穿行在各餐桌之间。宴会中间,餐厅服务人员还为大家表演了他们自编的节目。

船上餐厅

　　提香餐厅用餐的饭桌是相对固定的。我们是 98 号桌，共 6 人用餐：除我们夫妇外，还有来自深圳的张先生和田女士夫妇，来自北京的周女士，来自西安的杜女士。多日来同桌共餐，已经很熟了。

　　张先生六十开外，乐观开朗，十分幽默，是我们餐桌的"开心果"。他喜欢拿妻子田女士开玩笑，说"小田当年追我的时候连裤子都追掉了"，满座笑翻，他自己也笑不可抑，眼睛眯成了一条缝儿。妻子田女士显然已经习惯了丈夫的恶作剧，瞪他一眼，伸手作扑打状，张先生则笑得更欢。末了又取笑妻子缺齿未补："小田说话漏风，像鼓风机一样。"我接了一句："那好，你们家夏天不用装空调了。"交谈中得知，张先生其实很坎坷。他父亲是新中国成立前参加革命的老干部，解放初期曾任北京市东城区公安局局长，不久南下广州，先后任广东省公安厅厅长、海南行政公署专员和湛江地委书记等职，"文革"中被迫害致死，全家受到株连。张先生当时才十几岁，孤苦无告，后在父亲老战友的关心下参了军。从军队转业后干了十多年海员，漂泊于世界各地，后来到外贸系统工作，再后来辞职"下海"经商。妻子田女士也是干部子女，深圳某单位处级公务员，已退休。她的父亲生前是广州军区师职干部，母亲退休前在省公安厅工作。她与张先生其实是一个大院长大的，属于青梅竹马的一对。俩人这次出来旅游，出双入对，恩爱有加。

周女士也六十岁了，生于北京，因为父亲工作调动随往洛阳生活了好长时间，后来又回到北京。现在与儿子一家三口生活在一起。她属于女强人，经营着一个公司，效益不错。因丈夫与她离异，这次是独身出来旅游。话不多，老成持重，待人极友善，乐于助人。

来自西安的杜女士是同桌最年轻的一位，四十开外，聪敏干练，笑起来一脸灿烂，教授的女儿。她本人毕业于西安一所著名高校，先是在某机关工作，后来也"下海"了。丈夫因忙于工作无法脱身，这次她是只身出来旅游。儿子在加拿大留学，母子间联系频繁，旅途中拍的照片不断发给儿子。

这是一个很和谐的群体。大家说说笑笑，无话不谈。才几天时间，就跟老朋友一样。大凡旅游群体都是如此。旅途中大家只有一个共同的身份——游客，彼此间没有什么利害关系和从属关系，更没有积攒起来的恩恩怨怨，因而没有多少戒备，没有多少矜持，没有多少担心，处于人际关系中的一种天然放松状态，心理距离就会一下子拉近。用专业术语来讲，此时人们的交往状况是由"中心化交往模式"转变为"全通道化交往模式"，即从因"事"而交往的功利型社会交往转变为因"情"而交往的自然型社会交往。从这个意义上讲，旅游也是人性的释放或返璞归真。

当然也有例外。极少数人还是比较另类：或者自视清高，端着架子；或者自我封闭，独来独往；或者小气抠门，爱占便宜。大千世界，什么人都有，无法一概而论。

3月9日　星期一

穿越马六甲海峡

昨夜邮轮驶入马六甲海峡。今天凌晨5时起床，推开阳台门，已见晨光初露。少顷，一轮红日出海，海面泛起金波，远处可以看到起伏的

海峡之晨

山峦。哦，这就是著名的马六甲海峡。

赶忙拎起相机和望远镜，快步登上 10 层甲板。邮轮右侧遥遥起伏的陆地是马来西亚，沿海可见楼房、工厂和码头。其中一座规模颇大的炼油厂，白色的储油罐摊了一地，伸向天空的"烟囱"燃烧着排出的可燃气，宛如火炬。邮轮的左侧应该是印尼的苏门答腊岛，可惜距离太远看不清。

马六甲其实是一个地名，是马来西亚的一个州，位于该国西南沿海，与印尼的苏门答腊岛隔海相望，盛产锡和橡胶。它的首府也叫马六甲，濒临海峡。马六甲海峡的名称也就因此而来。

马六甲海峡是连接安达曼海和南中国海、沟通太平洋与印度洋的狭长水道，全长约 1185 公里，宽度从东南向西北逐渐递增，最窄处仅 37 公里，最宽处达 370 公里。它是亚非欧三洲海上交通要道，战略地位十分重要。六百年前郑和率领的船队就是从这里通过，驶向印度洋和非洲的，那时尚无欧洲船只到达此地。郑和七下西洋，五次曾在马六甲驻跸。如今在马六甲州还留有郑和当年上岸造访留下的遗迹，并建有郑和庙和郑和文化馆。几年前我去"新马泰"旅游时曾经参观过那些遗迹和庙宇，印象中就如同到了中国一样。

马六甲海峡这个海上交通要道也被称为海上生命线，东西方贸易往来主要通过这条海峡，其运输之繁忙堪称海路之冠。据有关资料介绍，海峡每年通过船只达 6 万艘之多，平均每天通过 170 多艘，全球海运物资的 30% 通过这里。我在甲板上向四面瞭望，目力所及就不下几十艘各类船只。这里海水明显不及大洋清澈，漂浮着缕缕油迹，印证着航运的繁忙。

它既为生命线，就必然是战略要地。长期以来，围绕这个水道，各种力量激烈角逐。控制与反控制、争夺与反争夺、封锁与反封锁一直在或明或暗、或起或伏地进行着。从长远和战略考虑，谁也不愿意看到这个咽喉一旦被封而使本国经济陷入绝境，开辟新的运输通道便成为具有战略前瞻性的选择。

晨练的老人

甲板上晨练的人不少，其中一位老人，紫色脸膛，精神矍铄，下巴上留着长长的胡子，而脑袋剃得光光的，在阳光下闪闪发亮。他身穿马甲和短裤，脚蹬旅游鞋，沿着橙色跑道一边向前跨步一边发出"嗨、嗨、嗨"的喊声，这大概是他多年形成的锻炼习惯，格外引人注目。

交谈中得知，老人姓王，叫王鼎丰，今年84岁，来自广州，原籍上海，这次是独自参加环球旅游。我问："您老这么大年纪，没有家人陪护，能行吗？"他笑着说："能行，我已经不是第一次出来，已去过很多国家了。"口气中充满了自信和自豪。他告诉我："出来旅游身体反倒好一些，在家里待着就生病；药随身带着，你看——"说着指了指身上的口袋。我看他的那件马甲，里里外外都是口袋，装着药品和其他随时要用的小东西，而他的肩上还挎着一架照相机和一架录像机，俨然一个久经旅途的老手。

早饭时因是自由选座，我便主动和他坐在一起，边吃边聊。他告诉我："我属羊，今年是本命年，虚岁85岁了。退休前一直搞气象工作，退休后来到广州与女儿生活在一起，女儿支持我旅游，一路上我们随时保持电话联系。""老伴呢？""去世了，2001年，十四年了。"说到老伴，他神情有点黯然。接下来的交谈中知道，老王的经历颇为丰富。上海出生并长大，先后在温州、杭州和乌鲁木齐工作。在乌鲁木齐时间最长，现在二儿子一家还留在乌鲁木齐。他是一个把毕生精力奉献给气象事业的"管天人"，无论调到哪里，都没有离开过气象技术岗位。谈到退休以后的生活，他说："上了年纪总会有些病，我是'三高'——高血压、高血糖、高血脂，还有冠心病、脑梗。我的办法一是吃药，二是旅游。"我看见他在吃饭前从马甲内襟口袋里掏出一个塑料小包，取出药盒，倒出几粒药服了下去，估计是降糖药。他的饭量很好，自助餐取了满满一盘，有米饭、包子并几样菜，另加几块水果、一盒冰淇淋、一杯牛奶，一会儿竟全部吃完。我问："您经常出外旅游，退休费够用吗？""够了，花不了多少钱，这次花得多一点。""您现在每月领多少退休金？""还不到四千块。"说到这里，王老脸上掠过一丝不快："我 50 年代工资每月 100元，当时是单位最高的，后来逐渐落后。退休又早，每次涨工资退休人员涨得少，这样就落下了，差距越来越大。评职称也吃亏，很晚才评上副研究员。"王老虽然有点情绪，但他是个开朗人，说完也就哈哈一笑："我不大在乎这些事，给多少拿多少。工资条上到底由几部分组成，我都不清楚，也从来不过问。"聊了一会，他擦了擦嘴，笑眯眯地起身告别："我先走了，给女儿打电话去。"看着他的背影，对这位老人顿生敬意。他特立独行，恬淡自然，奉行旅游健身、旅游养生和旅游祛病，把晚年生活安排得丰富多彩、有滋有味。对于人生中遇到的种种不公，他已经完全释然了。

3 月 10 日　星期二

普吉岛：故事与风情

邮轮穿过马六甲海峡以后，继续向西北方向航行。第二天清晨，泰国的普吉岛便隐隐出现在前方。天际边的山峦勾画出起伏的曲线，用望远镜可以看到山上的树木和滨海的建筑。

上午 9 时，大西洋号按预定时间停泊在岛西边巴东海湾的海面上。这里没有供大型邮轮靠岸的深水码头，只能通过接驳船转运旅客上岸。大家依惯例在卡鲁索剧场集中，按选定的不同旅游线路领取车号小票，再按车号顺序集合排队，由工作人员带领前往指定的出口分批登上接驳船，接驳船开行约千米到达泊位，然后登上栈桥上岸。岸上已有导游举牌招呼。

我们是 6 号车，导游是一位小个子中年女性，泰国人。上车后照例要作一番自我介绍。她说："各位老板、老板娘们（第一次听导游这样称呼我们），我叫冬达（音），是你们的导游。我有中国血统，爸爸的爸爸是中国福建人，十几岁就来到泰国。"又是一位华裔，大家一听便有几分亲切感。冬达一路上解说得很认真，属于十分敬业的那种女性。她准备了一幅挂图，展示在大家面前，指明我们这条旅游线路（"精彩普吉和文化展"一日游）的各个景点位置和行车路线，让人一目了然。在介绍岛上风景的同时，她还抽空为大家讲了几个故事。其中一个是 2004 年印度洋海啸爆发时处于重灾区的普吉岛发生的惊心动魄的故事：海浪冲进了海滨的店铺，很多房子被冲垮了，人们猝不及防，很多人被大浪吞噬。一位姑娘与她的妈妈正在游泳，突然巨浪涌来，妈妈瞬间被大浪卷走。姑娘拼命挣扎，慌乱中抱住一个柱状物体。后来她昏了过去，等醒来时发现自己竟然抱着一条大蟒蛇被冲到岸上，她吓坏了，但却由此得以生还，这条大蟒蛇救了她的命。冬达说："也许这位姑娘以前救过蟒蛇，这次是蟒蛇报恩来了。"冬达生活在佛教气氛浓厚的泰国，她为这个故事涂上了一层因果报应的色彩。

普吉岛是泰国著名的旅游胜地，位于该国西南部，濒印度洋，属热带海洋性气候，风景十分秀丽，每年有成千上万的游人从世界各地涌向这里，享受海滩、阳光和异国风情。我们的大巴从巴东镇向东开行，公路都是丘陵坡路，沿途分布着大大小小的村镇，这些村镇与山峦、谷地和稻田一起交织成美丽的风景长卷。

在一处僻静的村子边，车子停了下来，导游带领我们来到一个鲜花盛开的院落，大门口站着几位身着民族服装的泰国姑娘，笑盈盈地为每一个客人胸前别上一朵小花。院子里分布着几座泰式亭子，亭内展示着泰国民俗风情——姑娘们剪花纺线，小伙子演奏民乐。我在演奏民乐的亭子边停下脚步。四个小伙子，一个敲击"木琴"（我这样称呼它），一个打鼓，一个打大钹，一个打小钹。"木琴"是由长短厚薄不同的木条用绳子串在一起，固定在一个木座上，以木槌敲击，铮铮然，咚咚然，一片异国情调。再往前是一个大厅，我们被安排在厅内阶梯座位上观看民族舞蹈表演。舞台上男女青年服装鲜艳，头饰华丽，舞姿优美；特别是女演员，纤指宛转，优柔多变，伴之以身体的舒缓扭动和古朴的音乐，给人以轻歌曼舞、柔美自然的感受。这与在大西洋号上每天看到的西方强劲舞风大相径庭。

泰国 95% 的国民信奉佛教，故寺庙很多。普吉岛上有一座名闻遐迩的大寺庙——查龙寺，位于岛南端的滨海平地上，由六七座金碧辉煌的泰式庙宇组成。其中最大最高的一座是释迦牟尼舍利塔，足有 30 米高，塔尖高耸，银光闪闪。在第三层的大理石莲花宝座上，放置着一个球形玻璃罩，里边供奉着一粒释迦牟尼真身舍利，引来众多游人伸着脖子观看。在近旁另一座庙宇里，众多善男信女跪了一地，向三尊僧侣铜像顶礼膜拜，其中一位妇女趴在地上磕着长头。寺庙的院子里还不时响起噼噼啪啪的鞭炮声。寺外的山头上，竖立着一尊巨大的菩萨雕像，它以慈祥的目光俯视着熙来攘往的众生。因此想到，世上拜佛的人多，信佛的人究竟有多少？有佛缘的人多，有佛心的人究竟有多少？佛是什么？佛是一种信仰、一种追求、一种境界、一种操守。

要论岛上海滨风光，篷帖海角最好。它是伸入海中的一角高地，登临送目，风景如画。眼前的海水湛蓝湛蓝，点点白帆点缀其中；稍远处几座小岛历历在目，宛如镶嵌在蓝色锦缎上的翡翠；脚下曲曲折折的海岸线，勾画出篷帖海角的曲线美；南端平台建有灯塔，内有泰国公主诗琳通的画像，附近一棵千年大榕树冠若垂云、枝繁叶茂。导游冬达说，这里是普吉岛最美的地方，在这里拍的照片人家一看就知道是普吉岛。

该返回大西洋号了。大巴沿西海岸北行，最后穿过一个两山夹峙的峡口，眼前豁然开朗，一个傍海小镇，山清水秀，屋舍俨然，车来人往，热闹非凡。冬达导游大声说："老板、老板娘们，巴东到了，准备下车啦！"啊？这是巴东吗？我们上午就是从这儿上岸乘车出发的呀，怎么不认识了？原来我们是从镇东出发，现在从镇南回来，换了角度，竟一时认不出来。看来，观察事物的角度还真是很重要。

我们登上接驳船时，回头看见冬达还站在海边向我们挥手。

3月11日　星期三

印度洋上

十度海峡

昨晚 7 时，大西洋号从普吉岛启航，向下一个目标——斯里兰卡的首都科伦坡开进。我们要横渡印度洋北部的孟加拉湾了。这也是一段不近的距离，1176 海里。

早上去 9 层波提切利自助餐厅吃早饭，听到船上广播："女士们，先生们，现在，大西洋号正航行在十度海峡，邮轮的右侧是安达曼群岛，左侧是加格纳岛，海面上可以看到印度的巡逻艇。"于是草草吃完饭便上了 10 层甲板。

用望远镜向右侧瞭望，看到安达曼群岛山峰高耸，影影绰绰；向左侧瞭望，有一小岛，距离较近，可以看到树木茂密，沙滩洁白，近岸处一艘机船斜卧在水里，却并未看见巡逻艇，这个小岛可能是加格纳岛的附属岛屿。从地图上看，安达曼群岛和加格纳岛都属于"安达曼——尼科巴群岛"。这个群岛呈南北走向一字排开，总长度约一千公里，二者以十度海峡为界。这一串长长的岛屿距缅甸和泰国较近，而距它所属的印度却十分遥远，隔着数千里大洋。它现在是印度的一个直辖区。

大西洋号沿着北纬 10° 线向西航行，逐渐进入孟加拉湾腹地。海况预报今天有中浪，洋面波涛起伏，邮轮晃动比较厉害。妻子感到不适，嚷嚷头晕。不少人出现晕船现象。这是从上海出发以来第一次遇到的较大风浪。不过大西洋号仍能从容前行，航速始终保持在 22 节左右。

邮轮每天都要印发"日报"，八开四版，大家习惯称它为"邮轮日报"，每个房间一份。内容包括天气和海况预报、日出日落时间、旅游信息、重要通知、船上一日生活、晚间娱乐节目以及餐厅和酒店的服务项目等。我看了一下今天的重要通知，上边写着："亲爱的贵宾，请您不要错过在您的纪念版护照上盖章。"猛然想起昨天游普吉岛的纪念章还没盖，便拉开抽屉，拿了"护照"，去第二层中央大厅盖章。所谓"护照"，全称"歌诗达大西洋号环球邮轮纪念版护照"，由邮轮发给每人一本，式样与普通护照相仿。每游览一地，便由邮轮盖上刻有当地标志性建筑图样的印章一枚并注明日期，以资纪念。

中央大厅的服务柜台全都是中国雇员，交流起来就如同在国内一样，他（她）们已与我们相熟了，有什么事去找他们，总能得到热情而耐心的帮助。我把"护照"交给他们之中的小刘，小刘打开护照，在"中国上海""中国香港""越南胡志明市"三枚印章之后端端正正地盖上了"泰国普吉岛"。

3月12日　星期四

提香餐厅的西餐

天阴沉，风很大，海上仍是中浪，大西洋号顶着风浪继续向西航行。

邮轮日报"温馨提示"："由于时区更换，星期四（航海日）与星期五（科伦坡）交替的夜间，请勿忘记将您的时钟往后调慢30分钟。"这是继昨天之后，第二次提醒调慢时间，24小时内调慢了1.5小时。时差变化甚快，与大西洋号的航向有关。

下午6时30分，我们准时去提香餐厅用晚餐。提香餐厅是船上的西餐厅，位于二层的船尾，有落地式大玻璃窗可以边用餐边欣赏海景，墙壁上装饰着许多西方著名油画，营造出一种浓浓的西方艺术氛围。每天的午餐和晚餐我们基本上都在这里吃。坐定之后，服务人员先递上菜谱，每人一份，开列着当天的菜肴、面点和汤类。也许因为乘客都是中国人的缘故，菜谱和餐具都体现了"中西结合"。菜谱中，除了牛排、烟熏鱼、烤番茄、蔬菜沙拉、意大利面、汉堡包、炸薯条以及混合蔬菜浓汤、混合豆类汤等西式菜肴之外，还有糖醋排骨配大白菜和胡萝卜、麻婆豆腐以及炒金针菇之类的中国菜。餐具，除了刀、叉、勺之外，还备有筷子。奇怪的是，餐具数量很多，每人面前明晃晃摆了一片，数了一下，竟有九件之多：右侧三把刀，左侧三把叉子，对面两个勺子，外加一双筷子。一直不解：为什么搞这么多餐具呢？恐怕是为了"对付"不同的食物吧，因为刀、叉、勺的大小并不一样。

饮食之称为文化，是因为它是人类对自然物的加工和创造，凝结了人类的智力和体力，构成生活方式的重要方面并形成相对独立的知识体系。世界各地都有自己独特的饮食文化。中餐西餐，各有短长。中餐以做工细、味道美、花样多著称，现在许多西方人也喜欢吃中餐。而西餐做工较简、花样较少，但无论做法还是吃法，都有其优长。西餐有利于保存食物营养，也比较卫生。不像中餐那样搞很复杂的炒炖煎炸，致使营养受到损失，而聚餐时的口水共尝，实在不大卫生。现在许多中国人也喜欢上了西餐。同一切文化现象一样，中餐西餐也在相互借鉴、相互吸收。我们船上的多数人都是"中西兼顾"，在"提香"和"波提切利"两个餐厅之间来回换。

餐厅服务人员也是"中西合璧"，有不少来自中国的青年男女。十几天来已经结识了好几位。小王，一位纯朴的姑娘，来自河北，大学旅游专业毕业，应聘到此当餐厅服务生。她认为"在国际邮轮上工作是个不错的锻炼机会"，很珍惜这份工作。小苏，桂林姑娘，文静腼腆，大学经济专业毕业，也是服务生。她扛着老高的一摞大盘子穿行在餐厅和厨房之间。这位一脸稚气的漂亮姑娘，在家里肯定是父母的掌上明珠，现在却在这里接受人生的磨炼。除了来自中国的，还有来自印尼、菲律宾、泰国、越南、印度、意大利、洪都拉斯等十几个国家的，他们一个个彬彬有礼、训练有素，相互之间配合默契。有时候他们互开玩笑，用流畅的英语，就像同一个国家的同事一样。

科伦坡印象

经过两天两夜的航行，大西洋号于今天早上到达斯里兰卡的首都科伦坡。

首先映入眼帘的是科伦坡港口。这是一座现代化的大港口。码头上排列着悬臂高扬的大吊车，货场上码放着一堆堆集装箱，各式船只正在装货卸货，人来车往，十分繁忙。自出行以来，这是遇到的仅次于上海和香港的现代化港口。我惊异于这个印度洋小国何以有这样的大港口。同船的一位朋友提醒我：别忘了，这些年我国在斯里兰卡投资兴建了许多基础设施，这个港口就是由我国援建的。

一艘白色的快艇朝大西洋号驶来，在海面上划出了一条漂亮的弧线。快艇渐渐靠近大西洋号，与缓慢行驶的大西洋号同向并行，最后竟贴上了大西洋号第一层的船帮，一位海员模样的人从快艇跳上大西洋号的甲板，快艇旋即驶离。原来这是接引大西洋号入港的领航船，那位海员模样的人便是领航员，由他登船引领大西洋号驶入港口，保证巨型邮轮入港靠岸的安全。

斯里兰卡原名锡兰，1978年更为现名。过去留给我们最深的标志性印象是班达纳奈克夫人和孔雀，是一个美丽而爱好和平的国家。现有人口2000万，面积6万多平方公里，地处北纬 6°～10°，属热带季风区。历史上，从1505年开始，先后沦为葡萄牙、荷兰、英国

科伦坡的小学生和老师

29

等国殖民地，1948 年独立，1957 年与我国建交。

首都科伦坡位于这个国家的东南部，濒临印度洋，是一个中等规模的城市。有一些现代化的建筑，较多的是古朴的旧楼。市中心的独立广场开阔壮观，矗立着宏伟的独立纪念亭和人物雕像。佛寺和佛教白塔较多，因这个国家 70% 的公民信仰佛教。也有印度教寺庙和基督教堂。我们参观过一座名为"圣卢西亚"的基督教堂，内有信徒数十人正在专注听经。而佛寺则格外热闹，在市中心的一座佛寺里，供奉着不计其数的佛像，一律盘腿坐在一个很大的斜坡上，四周还有许多镀金的佛像，一片金光闪闪。前来烧香的人们虔诚膜拜，熙熙攘攘。

大街小巷都很干净，树木青翠，榕须垂垂，百花绽放，绿地如茵，衬以蓝天白云，整座城市就像一座花园。汽车当然也不少，但好像并不堵车，有不少三轮摩托穿行其间。这种三轮摩托装有篷厢，车门敞开着，是载客的出租车，每辆可乘两人。我们正在路边观望，一辆三轮摩托戛然停靠身边，司机微笑着示意我们要不要搭乘。这里的人们单纯友好，待人和气；长相是典型的南亚人，黑黑的皮肤，深深的眼窝，大大的眼睛，翘翘的口鼻，有棱有角，线条分明。他们大部分是僧伽罗人，少量是泰米尔人。

导游是当地一位腼腆的姑娘，大概是初出茅庐，与我们见面时紧张得说不出话来，结结巴巴吐几个中国字便害羞地笑起来，露出一口洁白的牙齿。事实上她的中文水平确实不行，讲了半天不知所云，好在她的英语比较流利（斯里兰卡除本民族语言外，通用英语），便改用英语讲解，由带队的一位中国女士转译为汉语。对于这位导游的不大称职大家并无意见，相反，她的纯真质朴赢得大家的好感。毕竟是一个发展中小国的导游，他们的旅游事业也正处于起步阶段。

我们还看到了不少中小学生，一律身着白色校服，在学校的操场里排着整齐的方队，正在听老师讲话。一队小学生已经放学走出校门，边走边嬉戏打闹，几位来接孩子的家长跟在后边。我注意看了看孩子的书包，都是双肩背，又大又沉。奇怪这里小学生的书包怎么也像中国小学生的书包一样，难道他们也有很多课外辅导材料和很多家庭作业吗？在我们国家，中小学生课业负担之重，恐怕可称全球之最。我每每看到我的小孙女背着沉重的书包回家时，心情比那个书包还要沉重。接下来看到，在国家博物馆门前聚集着许多来参观的中学生，我们举起相机为其拍照，他们纯朴地笑着，惊异地端详着眼前陌生的外国人。

总之，这里的风景很美丽，这里的人民很朴实，科伦坡给人留下了美好的印象。

郑和的足迹

科伦坡的国家博物馆是一座欧式白色建筑。科伦坡人好像偏爱白色：遍布市内的佛塔是白色，著名的国会大厦是白色，学生的校服是白色，眼前这座博物馆也是白色。也许，白色象征着纯洁，科伦坡人喜欢纯洁。

博物馆的陈列，除了一般历史博物馆都有的石器、铜器、瓷器、雕塑和绘画之外，还有展现斯里兰卡古代生产生活场景的大型泥塑。农民耕耘、淘沙、收割的场景以及简陋的茅草屋，逼真生动，令人直观地感受到该岛先民谋生的艰辛和可敬。

不过，最让我们感兴趣的却是一块石碑，一块记述郑和来斯里兰卡所留事迹的石碑。石碑碑文是：

大明皇帝遣太监郑和王贵通等昭告于佛世尊曰，仰惟慈尊，圆通广大，道臻玄妙，法济群伦，历劫河沙，悉归弘化，能仁慧力，妙应无方。惟锡兰山介乎海南，客言梵刹灵感□彰。比者遣使昭谕诸番，海道之开，深赖慈祐，人舟安利，来往无

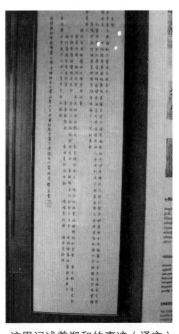

这里记述着郑和的事迹（译文）

31

虞，永惟大德，礼用报施。谨以金银、织金纻丝宝幡、香炉、花瓶、纻丝表里、灯烛等物布施佛寺，以充供养，惟世尊鉴之。

这是郑和于明永乐七年（1409年）第三次下西洋率船队途经斯里兰卡时，为当时的锡兰山佛寺捐赠钱物（布施供养）的记述，刻石立碑，留存至今。碑文后边还附有布施供养的细项：金1千钱，银5千钱，各色纻丝50匹，各色绢50匹，织金纻丝宝幡4对，纳红2对，古铜香炉5个，古铜花瓶5对，黄铜烛台5对，黄铜灯盏5个，朱红漆戗金香盒5个，金莲花6对，香油2500斛，蜡烛10对，檀香10炷。

六百多年过去了，这块苍老的石碑见证了中斯两国源远流长的友谊。特别值得人们注意的是，郑和是回民，信仰伊斯兰教，但是他却对一个佛教寺庙厚加布施，充分表现了他开放包容、尊重他国宗教信仰的精神。

3月14日　星期六

漂在海上的小社会

离开科伦坡，大西洋号朝着西南方向驶往马尔代夫。航程411海里。预计明天上午7点30分到达。

现在邮轮位于印度洋的北部。印度洋是世界四大洋中的第三大洋，面积7600多万平方公里，约占世界海洋总面积的21%；平均深度3700多米，最深处达7700多米；海底分布着众多海岭和海盆。

面对浩瀚的印度洋，不由地联想到MH370客机。它于2014年3月8日在印度洋神秘失踪，至今已经整整一年了，杳无音讯。机上共200多名乘客，其中150多名是中国公民，他们的杳然逝去，深深牵动着每一个中国人的心。中外媒体对此有种种揣测，迄今莫衷一是，而搜寻工作亦无结果。人们切盼能够找到失事飞机，弄清事情真相，给死者家属和所有关心他们的人一个交代。

眼前是生机勃勃的邮轮生活。邮轮是个漂在海上的小社会。男女老少，家家户户，各行各业，各省各市，大家同处一船，汇聚了相当丰富的社会信息量。不同人物的不同经历、不同工作、不同专长、不同爱好，都是很有意思的故事。仅就职业看，有教授、科技人员、作家、记者、企业家、医生、中学教师、退休干部、退役军人，还有普通工人和农民，其中不乏有才能、有学问、有成就、涉世颇深、阅历丰富的人。因此，我喜欢与这些船友们聊天。

湖南永州的老王老张夫妇是从上海出发就认识的老朋友。十几天来我们已经很熟悉了，一块儿上岸游览，一块儿在甲板上散步，还互相串门聊天。他俩都是退休干部。老王生于1955年，农民的儿子，小时候生活很苦，三年困难时期每天只能吃到供应的少量口粮，有时要靠野菜糠皮果腹。他15岁便参军了，在部队服役二十几年，后转业到地方工作。改革开放后，他们的日子一天比一天好，有了余钱，也有了闲时间，于是迷上了旅游。他们的生活理念是：活得轻松，玩得洒脱，不积身外之钱，不揽多余之事。

邮轮上的乒乓球赛

W先生、Y女士也是一对夫妻，上海某中学的退休教师，都70多岁了，热情健谈，善于交流。特别是W先生，谈起话来滔滔不绝，但举止温文尔雅，具有鲜明的知识分子特点。一次我们俩谈起日本，他立刻情绪激动："'八一三'上海抗战我记得很清楚，日本鬼子惨无人道，我至今都不愿意去日本。"他对日本政局有这样的见解:"二战时期的岸信介是甲级战犯,却被释放并当了首相。现在他的外孙安倍晋三继承他的衣钵,变本加厉复活军国主义。其实,日本天皇是军国主义的后台,他召集的御前会议决定军国大事,裕仁天皇实际上是发动侵略战争的罪魁。可是东京审判根本不触及裕仁,这都是美国干的,贻害无穷。"W先生夫妇也是一对旅游爱好者,已经去过很多地方。对于每次的上岸游览,他们不仅积极参加,还很善于设计:如何游得多,花钱少,"让腿辛苦一点,让眼睛舒服一点;量力而行,适可而止"。船上的各种娱乐活动,他们也积极参加,舞厅里经常能够看到他们的翩翩身影。

王先生,科技工作者,已退休多年,70余岁。他是一个很有成就的机电专家,在他的专业领域内做出过骄人的成绩。这次是与儿子、儿媳和孙子一起旅游。他是一个摄影爱好者,摄影技术相当专业。一次在电梯里相遇,他瞅了一眼我挂在脖子上的相机,随口说道:"你这莱卡机不是德国造的,是别的国家造的,是5型。"我颇吃惊,我的相机是装在相机套里的,他居然一眼认出是莱卡机,而且准确说出产地和型号,可见他玩相机玩到何等功夫了。平时他端着一台"单反",手不离机,无论在船上还是上岸游,总看见他频频举机。他拍的照片,大家公认选题好、质量高,他也乐于与大家交流。对于像我这样的初学摄影者,他还主动传授经验。别人向他索取照片,总是慷慨赠予。他有两个儿子,都在办公司,生意兴隆。这次一起来的这个儿子在办广告公司,旅途中还在指挥公司业务,经常看见他在船上的僻静处敲击电脑或打电话。像这样的老板船上还有好几位。

H先生,85岁,无锡人,退休前在国家纺织部所属的纺织科学研究院从事科研工作。退休后,夫妻二人热衷旅游,已先后5次乘邮轮出游,到过世界很多地方。他光亮的前额下架着一副光亮的金属丝眼镜,说话轻声慢语,文质彬彬。交谈中他脱口说出一句"人生格言":"有德有才,无钱无病。"他是以此自况。他一生献身科研,还曾留学海外;积蓄无多,主要用于旅游;身体好、饭量好、还吃糖,显然没有胃病和糖尿病。可以说真是"有德有才,无钱无病"了。妻子Z女士,83岁,北京人,也是高级知识分子。她告诉我们，1961年他们夫妇响应党的号召，同赴新疆，在乌鲁木齐市工作了14年，1975年调回北京。她说当年去新疆时，火车只能坐到兰州，然后改乘汽车，需要好多天才能到达乌鲁木齐。途中晚上住"地窝子"，当时她还带着一个只有10个月大的孩子，艰苦备尝。说及此，不胜唏嘘。夫妇二人育有一子一女，都在金融系统工作，都属"白领阶层"。对于孙子辈，他们的态度是，"管不了，管不好，也不愿管"。

前述几位老人身上所表露的，是中国老一代知识分子的敬业、奉献、坚韧和步入老年后的恬淡、自足、通达。他们早已步入人生的金秋季节，看着已经收获的果实，回想过去为此付出的辛劳，轻轻对自己说一声："该休息了。"

3月15日　星期日

印度洋上的翡翠——马尔代夫

晨光下，马尔代夫已经在望。前边就是马累岛——马尔代夫首都马累所在岛屿。举起望远镜，马累清晰可见：一个挤满了建筑的小岛，被湛蓝的海水托着，仿佛泊在海上的一叶大筏，漂亮而又孤独。

碧海蓝天

我们又见面了，印度洋上的美丽岛国。

几年前来过马尔代夫，记得当时飞机飞临该国上空时，从舷窗往下望，不由得发出惊叹：海面上散落着许多小岛，星星点点，像漂在水面的荷叶，又像嵌在锦缎上的翡翠。它们全都平贴在海面上，没有一座凸起的山峰。翠绿的小岛被白沙环绕，小岛四周的海水，近岸是乳白色，较远是淡绿色，再远是深蓝色，由浅入深，层次分明。这一切，对我们久居大陆的人来说，仿佛是一个奇幻世界。

这次是从海上来。换了一个角度，看到的则是竹筏般的马累和绿丛般的其他岛屿。邮轮是在马累靠的岸，上岸后即转乘快艇前往瓦度岛游览。

从马累岛到瓦度岛约5公里。快艇在海面上飞一般疾驰，艇后的海水被划出一道深深的沟，向两侧扬起飞溅的水花。船身颠簸俯仰，吓得同船的女士们一片惊叫。只10分钟不到的工夫便到了瓦度岛。瓦度岛同马尔代夫的多数岛屿一样，面积很小，只相当于两个足球场那么大，长满了热带花草树木。周围临海沙滩建有宾馆、泳池和其他服务设施，有小路贯穿其间。岛上的植物以灌木为主，绿色丛林中点缀着各种花卉，有专职工人管理着这片绿色天地。这里没有其他的经济收入，专营旅游业，每天接待着络绎不绝的来自世界各地的观光客。这里的"宾馆"造型奇特，其形象就是马尔代夫各岛常见的标志性建筑——水上屋。在海上打桩建屋，木梁木墙，秸秆苫顶，成排连片，远看就像架在海上的许多茅草屋，有木质栈道从岸边伸向海里把它们连接起来，在碧海蓝天的背景下，显得古朴自然而风格独具。其实"茅草屋"看似简陋，它的里边却相当豪华，都是星级标准，很宽敞，现代设施一应俱全，有的还附有家庭泳池。住在这样的宾馆里，脚下便是碧蓝色的海，水质清澈透亮，临窗可见水底的白沙和游来游去的鱼群，使人完全融入大自然之中，颇有一点"遗世独立、羽化而登仙"的感觉。几年前来马尔代夫时曾在另一个名叫可可岛的水上屋住过几天，记得夜晚面对大海和星空，吟过这样一首小诗："印度洋上夜枕浪，可可岛畔卧听涛；海上灯火客船近，天际星光乡梦遥。"

马尔代夫是印度洋上的群岛国家，由分布在赤道南北的26组自然环礁、1192个珊瑚岛组成，南北长820公里，东西宽130公里。陆地面积298平方公里，其中200个岛屿有人居住，首都所在的马累岛人口最多，约10万人，占全国总人口的三分之一。各岛屿的平均面积不到2平方公里，平均海拔只有1.2米。因为位于赤道附近，气候炎热潮湿，年均气温28℃，无四季之分，年降水量达2000毫米以上。这个国家大概是世界上海拔最低的国家。由于全球气候变暖，海平面逐渐上升，马尔代夫有被海水淹没的危险。据科学测算，如果全球温度上升2℃，海平面将上升4.7米，这远远超出了该国1.2米的海拔高度。这样看来，马尔代夫确有灭顶之忧。他们强烈地感受到了生存危机，前几年曾做出惊世骇俗的举动——政府首脑模拟水下办公，以此向世人呼吁：减少温室气体排放、治理全球环境刻不容缓！

是啊，这样美丽的一个国家被大海淹没，怎么可以想象？

离开瓦度岛，接着返回马累。

民风和历史

马累，这个10余万人口的城市，对于只有30万人口的马尔代夫来说，算一个大都市了。马累的城市面积也就是马累岛的面积，城市边缘便是海。同船的几位旅友突发奇想，要绕着马累走一圈。他们真走了，花了一个半小时，感觉就像绕着一个小县城走了一圈。

其实，马累虽然不大，却自有迷人之处。小街纵横交错，干净整洁；商铺林立，货物琳琅满目，大量是进口商品；没有什么高层建筑，小楼配小街，显得很谐调。街上也有汽车，但更多的是摩托车。市内遍植树木花草，市中心"苏丹公园"里有一片高大的古木。"共和广场"里落满了鸽子，"咕咕"地簇拥着几位投食的孩子。洁白的"伊斯兰中心"是一座宏伟的清真寺，里边不时传来诵经之声。在距离码头不远的一条街道上坐落着一幢不大的浅绿色建筑，上边插着马尔代夫国旗，据说是总统府，大门口未见有人站岗，院内也未见有人走动。心想，这个共和国的总统府还比不上我们一个县政府。

这里的平民，凡接触到的都很纯朴热情。我们夫妻在瓦胡岛拍照时，一位当地人主动上前热情地为我们拍合影，拍了一张，他觉得不满意，又拍了第二张。当地人长相与斯里兰卡人没有什么区别，相貌黑而美，眼睛是眼睛，鼻子是鼻子，棱角分明，线条优美。妇女一般头戴盖头，身穿长袍，因为该国居民大部分是穆斯林。妇女地位较高，活跃于社会许多领域，据说马累市政府、军队、警察等机构都有女性工作人员。而且，她们同男人一样可以在公共浴场游泳。我们在马累的一个浴场游泳时，就看见两位当地妇女穿着长袍下水，在清凉的海水中消解暑热。这与其他伊斯兰国家的风俗大不相同。马尔代夫还实行免费教育，成人识字率达到97%，各岛屿设有教育中心，向成年人提供非正式文化教育。

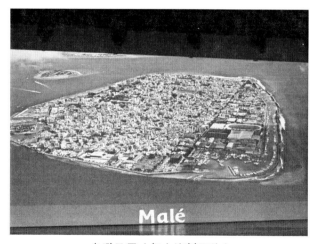

鸟瞰马累（船上资料照片）

参观马累，国家博物馆是要去的。国家博物馆据说由旧王府改建而成，三层楼房。我们来到售票处比画了一番，一位小姐用计算器向我们显示：每人收费100元"拉菲亚"（当地货币）。我们示意，我们没有当地货币，只能以美元支付。她又换算了一下，计算器显示出"6.5"，这是美元价，相当于人民币40余元。相比多数国家的博物馆免费参观，这个票价并不便宜。后来知道，他们也搞"内外有别"。外国人参观须买高价门票，本国人参观只象征性收费。设身处地一想，一个小国的小博物馆，这样做也是可以理解的。博物馆内空旷少人，一位穿着工作服的老年妇女微笑着趋前讲解，但是我们听不懂她的语言，她明白了我们的表示后便礼貌地退往一旁。展品中有许多苏丹王朝时期的文物，如宝座、皇冠、古炮等，还有独具特色的古代手工艺品。但让我印象最深的是另外两样展品。一是马尔代夫的古文字。也是象形文字，后来象形意义逐渐消退，演变为现在的拼音文字，我惊叹这个孤悬大洋的小岛国在一千多年前便有了文字，而且它的文字也经历了世界上许多国家文字演变的共同轨迹。马尔代夫现在的文字与阿拉伯文十分相像。他们用古文字书写的文献或经卷是写在一小片一小片皮革上的，串在一个金属环上，类似钥匙链一般；豪华一点儿的，文字刻在铜片上，也串在金属环上，叮叮当当地挂在身上，那当是很有身份的人才能拥有的。第二件印象深刻的展品是一具巨大的鲨鱼骨骼标本，足有 15 米长，头颅很大，放置在大厅中央十分引人注目。一般说来，动物骨骼标本会陈列在自然博物馆中，但它却被放置在国家博物馆中，而且是馆内唯一的动物标本。我由此联想到马尔代夫是海洋国家，渔业是主要经济支柱，他们与海洋生物有着特殊关系。我们刚去过马累著名的鱼市：那是一个很大的市场，摆满了大大小小各种各样的鱼，有的刚刚从海上捕来，还在翻跳挣扎，它们多被就地宰杀，血肉一片；当地人剖鱼，就像庖丁解牛一样熟练，嚓嚓嚓几下子，一条活鱼就变成了鱼块。以鱼为生的民族自然对鱼类有着特殊的感情，鲨鱼骨骼陈列在国家博物馆应当是很自然的。

马尔代夫的历史颇富传奇色彩。根据当地传说，马尔代夫第一位苏丹本来是一位僧伽罗族王子，他娶斯里兰卡国王的女儿为妻，二人流落到如今的马尔代夫环礁，便决定定居下来。这个传说虽然只是传说，但并非毫无根据。据对马尔代夫语言、文化和习俗的研究证明，这里的居民主要来自斯里兰卡及印度南部地区。1116 年建立了以伊斯兰教为国教的苏丹国，前后经历了六个王朝。16 世纪一度被葡萄牙人侵占，但很快被马尔代夫人民赶走。18 世纪又遭荷兰入侵，1887 年沦为英国的保护国。

1932年改行君主立宪制。1952年成为英联邦内的共和国。1954年废除共和国，重建苏丹国。1968年皇室被废，共和制又取代苏丹制，改名马尔代夫共和国，实行总统制。

马尔代夫很小，也很贫穷——它曾经被联合国列入最不发达国家行列，但是，尺有所短，寸有所长，马尔代夫利用自己的资源优势，主要是丰富的海洋资源和得天独厚的旅游资源，大力发展渔业、旅游业以及船运业，使自己的国家走出了最不发达国家的行列。它的独特的地理位置使它便于接触和融合来自南亚、阿拉伯以及非洲等地的文化元素，形成多元包容的文化氛围。它的社会秩序也比较良好。这个美丽的岛国正在吸引着越来越多的世界各地的人们前往那里旅游度假。

3月16日　星期一

驶向阿拉伯湾

阿拉伯湾的海港

邮轮应于昨晚6时启航，但延至8时才开船。船上广播里只说因故迟开，不会影响行程，但未说明具体原因。晚饭桌上所传的消息是：马尔代夫的警察举行罢工，致使船上几名职工在从马累返船时因交通受阻，无法按时回到船上。

下午游马累时还一片祥和，怎么一会儿工夫就起了风波？

无独有偶，海上也起了风波。海况预告是中浪，风力较大，洪波涌起，大西洋号颠簸明显。乘客开始出现晕船现象，个别的发生呕吐，我和妻子都感不适。

此时邮轮朝西北方向向阿拉伯湾开行，目前地理坐标是北纬6°，东经 71°。天气很热，甲板上烈日炎炎，温度超过 30℃，再加上风大，平日在此健身的人们都躲到下边去了。

下一站的停靠港是阿曼的塞拉莱，航程 1379 海里，我们需要在海上度过三天。

上午湖南永州老王来我们房间，商量下一步上岸游如何行动，是跟团走还是自由行。十多天来，大家对船上组织的上岸游越来越不满意，觉得参观点被切割得过于零碎，每条线路景点太少，花了不少钱却看不了多少景点。船上已经有很多人开始三五结伴自由行了。我们商量，以后也搞自由行，先打听一下情况，做点准备工作。

搞自由行船方是不高兴的，因为一则担心旅客安全，二则自己利益受损。设在邮轮二层中央大厅的"旅游服务中心"，由一位意大利籍的又高又胖的女主管率领着五六个中国女孩负责组织安排全船乘客的上岸观光事宜。大家依据个人兴趣选报她们拟定的观光路线，并交纳数目不等的旅费，包括门票费、交通费和导游费，船方从其中提取服务费。每次每人缴费少则几十美元，多则一二百美元，全程 28 次上岸游，600 多位乘客，总计消费数额还是相当可观的。现在不少乘客要搞自由行了，船方当然不高兴，但又没有理由禁止，乘客有自由行的权利。"旅游服务中心"的几位女孩子服务态度都很好，受过专业训练，素质很高，涵养很好，但是即便如此，也会与旅客发生这样那样的摩擦，有时也会发生一点争吵。

令大家不快的，还有船上近日下发的一个通知。通知说，考虑到最近埃及发生暴力恐怖事件，为保证游客安全，决定取消原定游览埃及开罗和金字塔的计划，改去土耳其的马尔马里斯。理由似乎是无可辩驳的：埃及确实在前不久发生了不知由什么人制造的一起爆炸事件，且埃及大选在即，不安全因素增多，去埃及旅游确实存在一定安全风险。但是，不少船友说，我们这次出游，一个重要目的是想看看埃及的金字塔和尼罗河，它们是人类文明的源头，现在临时取消，怎么可以接受？有的船友还上网查了，说我国外交部并没有向我国公民发出不宜去埃及旅游的警示，说明还是可以去的，只要多加防范就行了，邮轮当局是否反应过度？对于改为前往马尔马里斯，大家也表示不满。上海的王老师说："马尔马里斯是哪儿啊，名不见经传！"总之，大家很有意见，也很遗憾。但是，意见归意见，遗憾归遗憾，邮轮以"游客安全"为理由，你还真不好辩驳。"安全第一"啊，最后大家也就没什么话可说了。

下午卡鲁索剧场演出"喜剧魔术"。由捷克的一位魔术师表演，内容有绳子戏法、剑穿纸牌、单人双簧等，都富喜剧性；加之他人高马大，还会说一些别别扭扭的中国话，幽默滑稽，全场笑声不绝。晚餐又是"正装晚宴"，我入乡随俗地换了西装打了领带，妻子也换了服装。饭后又在中央大厅举行舞会，船上高级官员都来参加，与旅客一起翩翩起舞，妻子也参与其中，还参加了抽奖活动。由于这些活动，因线路改变引起的不快也就被冲淡了。

3月17日　星期二

88 岁游天下

船上最年长的乘客

我们这次环球游的团队中有一位引人注目的"明星"，他就是 88 岁的毕可鑫老人。虽然船上老人并不少，仅"80后"（80 岁以上老人）就有 10 多位，但是，毕可鑫老人却稳居全船年龄之最。

毕老坐在轮椅上，由他的六十几岁的儿子毕放世推着到处转悠，包括参加某些力所能及的上岸游。他面色红润，银须飘飘，声音洪亮，乐观豁达，喜欢同船友们交谈。一次，在卡鲁索剧场门口，他刚看完节目出来，长髯垂胸，仙人般端坐在轮椅上。人们立刻围上去与他交谈起来："毕老，您这么高龄了，怎么想起要环游地球啊？""我身体还好，想在有生之年到处看看。""您能适应这一路上的生活吗？""行啊，有儿子儿媳照顾我呢。我也量力而行，累了就休息。在船上我可以看节目，看书，交朋友，还可以义务为别人治治病呢，腰疼腿疼什么的，我按摩按摩就好。"说话间，大家纷纷举起相机给毕老拍照，老人慈祥地微笑着，欣然接受大家的"采访"。

据毕老的儿子毕放世告诉我们，老人提出环游地球时，家人吓了一跳，还以为他在开玩笑呢。可是父亲很认真地说："我看到旅行社的广告了，我想去看看大洋，看看世界。"一开始多数家人反对，后来开了几次家庭会议，觉得做儿孙的应该理解老人的心情。"最后决定，由我和妻子陪护父亲旅游，但不走完全程，游完欧洲以后即乘飞机回国。"毕放世说，"这可是一件大事，出发时像过节一样热闹，我们家族一百多人为老人送行。"

据说，旅行社也为接收这样一位高龄旅客颇为踌躇，通过反复研究并索要了老人的健康证明，还与家人订了责任合约才最后决定接收。

毕可鑫老人如此壮怀激烈，想必有些缘由。原来，这位来自山东青岛的老人，是一位海军退役军官（一开始我还以为他是一位老中医呢）。他16岁就参加了中国人民解放军，后调海军北海舰队服役，曾任某鱼雷艇艇长，是我国海军组建初期第一批"元老级"人物，为我国海军建设做出了重要贡献。1985年，他离职休养了。可是，"烈士暮年，壮心不已"，作为一个曾经驰骋祖国海疆的海军军人，对海洋有着一种特殊的感情，他渴望到世界的几大洋去走一走、看一看。以前由于我国海军武器装备落后并恪守近海防御方针，舰艇只在东海、黄海等近海训练，所以毕老直到离休都没去过远洋。现在虽然离休了，年事也高了，但是几十年来与大海结下的深厚感情不减反增。他一直渴望能去领略一下中国领海之外的浩瀚大洋。这是一位海军老战士深藏心底的海洋情结，是一位中国老军人放眼世界的宽广胸襟，也是一位耄耋老人放浪形骸的达观情怀。

值得庆幸的是，毕老有孝顺的儿女，又遇上了改革开放以后的良好环境，他的夙愿得以变成现实。

阳光下，毕老正依着栏杆举着望远镜朝远处瞭望。这应该是他几十年海军军旅生涯形成的习惯性动作。他的神情是那样专注，他的姿态是那样苍劲。海风吹拂着他的银须，海浪拨动着他的心弦。

被"骗"上船的老人

船上还流传着一个有趣的故事：一对老年夫妇被儿女"骗"上了大西洋号邮轮。

这两位老人都已80余岁，一生辛苦，勤劳节俭，抚育两个儿女长大成人、成家立业。儿女感念父母的恩情，总想好好报答。去年，他们看到歌诗达邮轮公司要以中国上海为始发港组织中国游客参加环球旅游的广告，心想这是一个好机会。父母辛苦一辈子还没出过远门，这次索性让他们环游一次地球吧。但是他们也明白，二老向来节俭，这次环球旅游价格不菲，每人十几万元，即使由他们兄妹俩承担，老人也未必同意。于是就想到了"善意的撒谎"。他们一起对父母说："爸，妈，我们有一个计划，您二老可得支持啊。""什么计划啊？""环球旅游，我们一起去，乘邮轮。"老人吃惊地看着兄妹俩，心想这孩子该不是在开玩笑吧。兄妹二人便开始认真向老人进行动员和解释，最后老人问："得花多少钱啊？""不算多，每人5万元。"两位老人犹豫了几天，终于同意了。就这样，这两位"80后"老人被自己孝顺的儿女"骗"上了大西洋号邮轮，同600多位旅客一起开始了环球之旅。

后来我与这对老年夫妻认识了。男的高个子，身躯硬朗，一脸忠厚，是一位退休干部。女的小个子，显得比较精干，是一位家庭妇女。他们平时话少，见人总要礼貌地点点头。上岸游时，由一双儿女陪护，玩得十分尽兴。

其实，大西洋号上还有不少类似的感人故事。有的是老夫老妻在子女支持下独立出行，相互扶持，共同体验这次难得的环球之旅；有的是年纪并不算大的妹妹带着年老的姐姐出来见见世面；有的是创业有成的青年精英一心反哺父母，带他们周游列国；有的是病人家属带着身患绝症的亲人出来观光散心，让他（她）无憾于即将告别的人生。

邮轮载着游客，也载着社会，载着亲情，载着大爱。

迎接每一天的壮丽

天蒙蒙亮时，起床推开阳台的门。天阴沉沉的，海面一片昏暗。突然，一道闪电划破天际，海面上随之闪过一道亮光，原本昏暗的海面瞬间一片雪亮。这闪电好像不仅发生在天上，也发生在海上。海是天的镜子，天是海的影子，海天骤然一闪，云水万里豁亮，旷远而深邃，令人为之一惊。这与平常在陆地上看到的闪电迥然不同。

我急忙加了一件衣服，拿上相机赶往10层甲板，想拍摄几张暴风雨来临前的景象。但是，风云变幻莫测，瞬息间，闪电消失了，乌云也在消散。甲板上聚集了许多摄影发烧友，大家等来的是另一番景象：犹抱琵琶半遮面的太阳。这也难得啊，大家忙不迭地按动了快门。

初上船时有一个担心：将近三个月的环球之旅，一半时间在海上，会不会单调乏味。可是经过十几天的体验，完全打消了我的顾虑。海上的生活其实是丰富多彩、别有洞天的。而且，情自景来，景由情生，互为因果，相得益彰，就看你善不善于观察、体味和享受了。

大海蓝天就像变化无穷的魔板，每天都会展现新的面貌，没有哪一天是完全重复以前的。每天都有新的天，每天都有新的海，每天都有新的日出日落，每天都有新的朝晖晚霞。海色因天色而变化，天色因气流而多姿。波涛汹涌时可领略大海的狂放，风平浪静时可欣赏大海的秀美。蓝天上不断变幻着云彩的图案，早晨和傍晚的红色和金色，其他时间的白色、灰色、棕色和黑色，轮番推出永不重复的万千形态。那衬以蓝天的白云，如棉如絮，如丝如缕，如峰如簇，如锦如绣，飘逸变幻，引人遐思，令人神往。这时你躺在甲板的躺椅上，一任温润的海风款款吹拂，和煦的阳光轻轻抚摸，仰看明净如洗的天空和纯洁无瑕的云朵，听着大海的低吟和海鸟的歌唱，这会是一种什么样的感觉啊！

绚烂的朝霞

除却大自然的造化神功，邮轮这个小社会也给你带来无尽的乐趣。且不说每天的文艺演出、体育活动、棋牌比赛和上网阅读等使人应接不暇，单就抽空与船友中的科学家、作家、教授、诗人、企业家、工人、农民、服务人员等的交谈，就使你广增见闻、获益良多了。这可是一所流动的大学校啊。

所以，对于我们这些终生生活在陆地上的人来说，走出陆地，来到海上生活几个月，太有必要了。这是生活环境的大转换，心理和生理的大调整。要知道，我们地球70%的面积是水，我们为什么要一直远离这个70%呢？

"嗨、嗨、嗨"，10层甲板上传来熟悉的声音。这又是那位老气象专家、来自广州的王老在锻炼身体。现在大家已经习惯了他的"嗨嗨"声。刚开始时大家不习惯：你在甲板上散步，突然身后"嗨"的一声，会吓你一跳。王老与气象打了一辈子交道，他应该最懂得大自然的秉性和蕴藏，最珍惜大自然赐予我们的阳光、空气、大海和蓝天。我们应该向王老学习。

来到阿曼

对于多数船友来说，阿曼是一个比较陌生的国家。知道它在中东，属阿拉伯世界，但较之伊拉克、沙特、阿联酋、也门等阿拉伯国家就生疏多了。至于今天停靠的港口城市塞拉莱就更生疏了。好在昨天船上在珊瑚厅举办了一个讲座，介绍了阿曼的基本情况。

阿曼全称阿曼苏丹国，位于阿拉伯半岛东南部，面积31.2万平方公里，人口200多万，属海湾六国之一，居民多信奉伊斯兰教。历史上，公元阿曼于7世纪成为阿拉伯帝国的一部分，1507年后相继遭葡萄牙和英国殖民主义者占领，1967年建立马斯喀特和阿曼苏丹国，1970年改为现名，是一个君主制国家。国家不大，人口也不多，但是比较富有，主要靠石油，石油生产占国内生产总值70%。现代化程度较高，居民多自己开车，连小孩都会开，名牌车很多。全国实行免费教育和免费医疗。民俗方面，女性穿大黑袍，男士平时穿白色长袍，戴小帽，庄重场合缠头巾。实行一夫多妻制，流行吃手抓饭、佩腰刀、赛骆驼。阿曼被称为乳香之国，乳香是从一种树上分泌出的浅黄色胶状物，经加工干缩，置于熏香炉中点燃，香气四溢，久不消散，为阿曼人家庭必备品，但中国人闻不大习惯。这个国家耕地很少，只占国土1%，大

阿曼风光

面积是沙漠和山地，沿海多绿洲，东临大海，各种地貌也算应有尽有。

我们今天要游览的，就是这样一个国家。

气孔喷泉和约伯墓地

在塞拉莱港口下了船，迎面走来的是穿着白色长袍的高大的当地导游，他举着 10 号车车牌，引导我们登上大巴。司机也是当地人，同样身着长袍。他们友善地和我们打着招呼。船上的中方工作人员邵小姐和杨小姐担任翻译。

车开出港口后，驶上了戈壁沙滩。这里映入眼帘的完全是另外一种景象，与此前经过的其他国家都不相同。车在满是沙砾的丘陵地带行驶，空气干热，扬起阵阵尘土。沙丘上星星点点地生长着一些耐旱植物，远处是褐色的同样没有什么植被的山峦。乍一看，很像我国西北某些地区的地貌。路两旁间或出现民居和厂房模样的建筑，分散而低矮。

大约半个小时以后，到了位于塞拉莱西部的海滩。这里山海相接，黛青色的石山巉岩悬立，俯视大海，景观险峻奇特。不远处的海边便是著名的气孔喷泉，远远地就可以看见有水柱喷出。快步走到跟前，只见一股水从海岸边的一个岩石窟窿里蹿向半空，足有十多米高，发出轰轰的响声。喷水是间歇性的，时喷时停，时高时低。欠身看那窟窿，黑洞洞的，还有气体冒出，不知它有多深，通向哪里。导游告诉我们，今天大家运气好，正赶上喷水，有时候三五天都不喷一下，今天却喷个不停。抓住这个机会，大家便使劲地拍照，喷泉也好像故意表现，喷得老高老高，引起一阵阵欢呼。这里为什么会喷出水柱？导游没讲。大概与这里地壳深处岩浆活动有关。在世界其他地方，例如东非大裂谷的某些湖畔也有类似的喷

约伯墓地

泉，那里就是因为有活跃的火山活动。

车调头东行，沿山海之间的公路开往塞拉莱的东郊，又折向北，爬上了高峻的北山，在山梁上绕弯前行。沿途崇山峻岭，植被稀少。时不时有三五成群的骆驼出现在车窗外。最后车子停在了一个显然经过人工绿化的山包上。山包上有一些伊斯兰式样的建筑，这便是当地的另一个著名景点——先知阿约伯墓地。

阿约伯即旧约中的约伯，传说他死后葬在这里。下车后走进一个院子，穿过盛开的三角梅花丛，来到一个有白色穹顶的建筑旁边。在这里我们被要求依照穆斯林的规矩，男士脱掉鞋子，女士以丝巾遮发，穿长裤或长裙，不露脖颈和肩部，依次进门参观。里边是一个不大的厅堂，厅堂中间是凹下的长方形墓穴，墓穴里被绿色丝绒布遮盖，其下可能安放着灵柩吧。我纳闷墓穴为什么没有用土填上。导游作了简单的解说，大家听得似懂非懂。大概只用了半小时就结束了这项参观，印象中这是一个很简朴又很古老的墓葬。

其实，先知是不要求奢华的。奢华是一种堆积——金钱的堆积，愿望的堆积，面子的堆积，说到底，是一代一代信徒们自我利益的堆积。

大门外又出现了几头骆驼，它们是从附近山坡上聚拢来的，昂着头仿佛来看热闹。一些船友没见过这里特有的单峰骆驼，纷纷与之合影。单峰骆驼是这里普遍饲养的家畜，如同其他地方的牛马，可供驮运货物或拉车。我们沿途看到不少，大多在山坡上悠闲地吃草，有时候会三三两两地挤上公路，汽车必须为它们让行。

下山的路上，注意到山坳里零零散散分布着一些村落，都不大，一般几户人家。偶尔也看到学校和清真寺，简陋的校园里高高地飘扬着阿曼的国旗。

朝远处看，山下的平原和大海历历在目，塞拉莱市就位于滨海的平原上。这是一个大约拥有20万人口的海港城市，市区宽松，建筑低平，背靠荒芜的群山，面对蔚蓝的大海，两侧由戈壁沙滩包围，一派典型的阿拉伯风光。

他想娶一位中国姑娘

身穿白色长袍的当地司机是一个很健谈也很幽默的人，年龄大约30开外，一路上一边操纵方向盘一边与翻译邵女士侃侃而谈。邵女士一句不落地翻译给大家听。

他想娶一位中国姑娘

这位司机心直口快，心里想什么嘴里就说什么。接着他说出的一席话，让全车笑翻了。他居然向邵女士求婚，希望邵女士做他的第三个老婆。他说他现在有两个妻子，这两个妻子为他生了9个儿女。他还想再娶两个妻子，其中一个最好是中国姑娘，希望邵女士做他的中国妻子。邵女士大学学历，相貌漂亮，身材高挑，气质优雅，现在是大西洋号的中层管理人员。她笑着把司机的求婚要求也翻译给大家听，大家一片起哄，说：问问他，要那么多老婆怎么摆得平？邵女士翻译给司机，司机回答说："我的两个妻子很团结，不存在争宠和吃醋的问题，关键是男人要给妻子平等的待遇。男人挣钱养家，给妻子们发工资，妻子们只管生孩子和操持家务就行了。"他还说："我们国家一个男人可以娶四个老婆，求婚时，只要女方伸出右手给男方，就表明她同意了。我期待着邵女士向我伸出右手。"车厢里一片掌声。这真是一个可爱的阿曼人，他的心就像这里的山川一样，是袒露的，不加遮蔽的。他的求婚是开玩笑吗？未必。

说笑间，车子开进了塞拉莱市区。在临海的一条大约200米长的商业街上，排列着出售各种土特产品和旅游纪念品的商铺，肤色黑黑的阿拉伯男女热情地招徕远方来客。妻子买了一盒当地特有的乳香。商业街的尽头便是大海，沙滩洁白，海浪汹涌，烈日当空，热风扑面。近岸有排排椰树，掩映着一座座阿拉伯风格的建筑。

阿曼和塞拉莱给我们留下了深刻的印象。

惊悚亚丁湾

昨晚6时邮轮便早早启航了。在晚霞辉映下，大西洋号鸣响了汽笛，缓缓转动船身，驶离港口。下一个目的地是苏伊士运河，航程2061海里，是出发以来最远的一段。

前边不远就是亚丁湾。

说起亚丁湾，可算名闻全球。它是印度洋通往红海和地中海的咽喉，也是亚非两洲的界海，它的北面是亚洲的也门，南面是非洲的索马里，战略地位十分重要，历史上曾屡起战端。近年来则因该海域海盗猖獗而倍受关注。来自索马里等地的海盗频繁劫掠过往船只，搞得人心惶惶，以致国际社会不得不采取联合应对措施，派军舰实行护航。我国也派了海军舰船参加护航，多次驱退海盗船只，保护了我国及其他国家船只的安全。

一进入亚丁湾，船上就采取了防范措施。首先给全船乘客发了书面通知："邮轮将通过一条在过去几年商船多次遭海盗袭击的海域。虽然邮轮并非敏感目标，但考虑到它的结构和设备的特殊性，大西洋号已制定了安全计划，以保证邮轮和全船人员的安全。途中，船将始终与有关当局保持联系，并实施全程监控。如遇可疑事件，驾驶台将发出特殊广播通知并要求旅客迅速前往指定集合点，大家要保持冷静，听从指挥。"这听起来有点如临大敌。与此同时，邮轮在二层和十层的甲板上布设了许多警卫，他们穿着类似警服的制服，带着防身器械，不时用望远镜观察着远处海面。这种状况是出行以来没有过的。而今天海上风大浪高，海况预报是中浪，二层的甲板由于凸出船体且离海面较近，被溅起的海水打湿了。走在湿漉漉的甲板上，看着汹涌的海浪，感到亚丁湾真的不同寻常。全船乘客的心情不由得有些紧张。

从一大早开始就有不少人登上高层甲板窥探究竟。有人从望远镜里看到了"可疑迹象"，说是远处海面上有几艘船像是海盗船。大家纷纷张望，半信半疑。这时，更多的人却清清楚楚地看到了一艘军舰，这艘军舰一直远远地与大西洋号并行，显然，它是为我们护航的，大家一下子感到了轻松。军舰是哪个国家的看不大清楚，有的说是中国的，有的说像韩国的。不管是哪个国家的，在这里它是在履行一种国际责任。

亚丁湾的黄昏

船上的生活照常进行。下午在一层珊瑚厅举办摄影知识讲座，由船上照相馆的王闻舶先生讲授。王闻舶是洛阳人，大学新闻摄影专业出身，拥有国家高级摄影师职称。现受聘于此，为游客拍摄照片，收取一定费用。讲座结束以后，又去卡鲁索剧场观看意大利魔术师表演的"魔术秀"，精彩的魔术节目使大家暂时忘记了身处海盗出没的亚丁湾。亚丁湾就这样有惊无险地通过了。

关于海盗

历来的海行客，遇到的并不仅仅是风和日丽、海阔天空，还有不测风云、天灾人祸。海盗就是其中之一。

当今世界的海洋上，海盗比过去少多了，但并未绝迹，亚丁湾就是一个例证。地处亚丁湾南岸的索马里是一个贫穷落后的国家，随着1991年内战的爆发，社会动荡，一部分人走上了劫掠过往船只的犯罪道路，在亚丁湾一带形成四大海盗团伙，屡次酿成暴力伤害和劫掠财物事件。国际海事局把这一带海域列为世界上最危险的海域之一，联合国安理会决定设立特别法庭，负责审判在索马里附近海域实施海盗行为的嫌疑人。

海盗同陆地上的劫匪一样，很早就存在于人类社会。差不多在人类学会造船并开始在海上活动的时候，就同时出现了海盗。公元前1000多年已有关于海盗的记载。古希腊诗人荷马在其诗作《伊利亚特》和《奥德赛》中就有关于海盗的描述。

从历史上看，古代欧洲沿海是海盗活动最早的地区之一，那时地中海地区的腓尼基人和迦太基人，还有北海一带的维京人，很多人下海为盗，结伙打劫。特别是维京人，在8~11世纪的几百年中，横行北海一带，名震欧洲。他们被称为"北欧海盗"或"维京武士"，以凶残、不怕死著称，抢劫时赤裸上身，发着粗野的吼声，杀人不眨眼。

在东方，日本是一个很早就盛产海盗的国家，它是岛国，出海方便，海盗们经常驾船前往附近的中国、朝鲜、琉球等国沿海，进行骚扰抢劫。到了中国的明代后期，日本的海盗居然对明王朝构成了巨大的"边患"，以致不得不发动沿海军民进行声势浩大的抗击"倭寇"的斗争。

从15世纪末地理大发现开始，随着海上船只的增多，海盗更加猖獗，活动范围更大。1492年哥伦布一行来到在加勒比海诸岛以后，这里土著的宁静生活便被打破了。欧洲人是抱着发财的梦想来到这里的，但是这里并没有他们想象中的黄金和宝石。然而既然来了，就不能空手而归。他们除了实施占领和奴役并在当地种植甘蔗、甜菜、棉花等借以谋利外，一些人便沦落为海盗，靠在海上杀人越货谋取横财，这样，探险者摇身一变成了海盗。而一些土著则加入了对欧洲船只的抢劫。这样，在加勒比海地区，形成了一个持续几个世纪的海盗猖獗时期，"加勒比海盗"因此成为一个名闻遐迩的恐怖名词。"红胡子""黑胡子"都是当时著名的海盗头子；甚至还有女海盗，西班牙的海盗女王卡特琳娜就是其中之一。

其实，西方探险者具有"探险者"与"海盗"合二为一的双重身份，他们探险的过程往往伴随着抢劫。他们在当地播下了仇恨的种子，当地土著以其人之道还治其人之身，往往也被目之为海盗。

到了后来，一些国家的政府竟然也参与到海盗活动中来。政府出于镇压殖民地反抗和争夺海上霸权的需要，往往支持和奖励本国的海盗团伙为政府效力，海盗被组织起来袭击敌方商船，政府与海盗签订协议，平分赃物。于是出现了所谓"合法的海盗"或"由政府颁发特别许可证的海盗"。在英国与西班牙争夺海上霸权的战争中，海盗就发挥了一定的作用。英王亨利三世颁发了历史上第一个海盗特许状，并给一个"合法海盗船"的船长授予男爵爵位还提升为国会议员。美国在独立战争期间，也曾利用海盗船攻击英国商船，破坏其军需供给。

由于政府的利用和支持，再加上世界航海事业的发展使破产船只增多，一时间，海盗蜂起，有组织、有行规、有旗帜的海盗船横行于各大洋，给人类的航运事业造成巨大的威胁。

事情到了各国不得不协商一致、共同应对的地步。海盗就是海盗，政府的曾经利用并没有改变他们的属性。1856年，以欧美各国为主缔结了一个国际协议，规定全面取缔和严厉制裁海盗行为，对罪大恶极的海盗要处以绞刑。从此以后，猖獗了几个世纪的海盗之患渐趋平静。

如今，人们担心的主要不是"海盗"，而是"海霸"，即海上霸权主义。亚丁湾驾着小船的海盗固然可虑，但是在世界各大洋开着航母和潜艇耀武扬威的"海霸"，则更令世人担忧。

3 月 21 日　星期六

穿越曼德海峡

平安通过了亚丁湾，前面便是曼德海峡。

曼德海峡是连接亚丁湾与红海的通道，右侧是阿拉伯半岛南端的也门，左侧是非洲北部的吉布提，往前便是红海了。它是连接欧亚非三大洲的水上走廊。曼德海峡全称"巴布—厄尔—曼德海峡"，是阿拉伯语的音译，意为"流泪门"。为何叫"流泪门"？因为此处风大浪高，狭窄多礁，过去航船常倾覆于此，以致船员航行至此便胆战心惊而流泪，渔民出海则家属为其安全而哭泣，故名"流泪门"。曼德海峡呈西北—东南走向，峡长仅 18 公里，宽 25—32 公里。分布着一些小岛，最大的是丕林岛，面积 13 平方公里，它把曼德海峡分为东西两个航道，东航道较窄，称为小峡，西航道较宽，称为大峡。曼德海峡是世界上最繁忙的航道之一，年过往船只达二三万艘。

大西洋号从西航道即主航道驶过，时值上午 9 时，天气晴好，红日高照，东西两岸的山峦和峡中小岛均可目见，丕林岛则更历历在目，连岛上的建筑都清晰可见。这个小岛扼控海峡，有"一夫当关，万夫莫开"之概。

因为只有 18 公里，所以不大一会儿工夫，邮轮便穿越了这个著名的"流泪门"，进入红海。

邮轮上打工的中国少男少女

大西洋号邮轮招聘了许多中国少男少女，大约有好几十人。因为大西洋号邮轮是专以中国游客为对象，所以招这么多中国服务人员是为了工作的方便。船上二层的两个服务中心共十几个服务人员几乎清一色是中国人。此外，餐厅、酒吧、商店、客舱等岗位也有不少中国姑娘和小伙子。

我们航行在远离祖国的大洋，看到这么多同胞面孔，听到熟悉的乡音，油然而生亲切之感。有空的时候，总想与他们聊聊。

罗炎炎，前边已经提到过她。她是邮轮的副总监，同邵女士一样，已经是大西洋号邮轮的中层管理人员，属于中国员工中的佼佼者。她的主要任务，是同一位意大利男士联袂主持每天在卡鲁索剧场举行的文艺演出。她风度翩翩，举止优雅，谈吐流利，亲和清纯，说话带点中国江南口音，听起来别有韵致，大家都喜欢她的主持风格。与她搭档的那位意大利男士用意大利语主持，罗女士用汉语，一中一西，配合默契。罗女士有时候也用意大利语或英语客串台词，说得也很流利。罗女士告诉我，她来大西洋号邮轮工作已经8年了，从客舱服务员干起，一步一步打拼过来。她的工作十分繁忙，除主持节目外，还有大量的其他工作，每天工作时长达13~14个小时，"除了吃饭睡觉，别的时间都处于工作状态"。就在我们短暂的谈话过程中，她的手机响过两次，都是有关工作的事。她习惯性地把手机一直拿在手中，以便随时接听。交谈中得知，罗女士来自江西，父母亲都是工人，已退休。有一位姐姐在江西工作，她独身一人来外轮打工。"你还没有成家吧？"我冒昧地问。"啊，哪里，我都快40岁了。"听这一说，我略感吃惊，她平时给大家的印象是一个不到30岁的姑娘。她停顿了一下，接着告诉我："结过婚，离异了，在我女儿3岁的时候。女儿现在已经12岁了，上小学，由我母亲带着。我每年休假两个月，可以回家与父母女儿团聚。""没考虑过重组家庭吗？""也考虑啊，父母很焦急。可是我现在从事的工作，大部分时间在海外，聚少离多，不好谈对象。现在这份工作又不能轻易放弃。工人家庭嘛，条件不太好，回到国内工作也不好找。"说到这里，她的手机又响了，我说"你去忙吧，不打扰了"，她抱歉地一笑，说："对不起，有空再谈吧。"便转身匆匆离去。

小张，一个结结实实的小伙子，在9层餐厅当服务员。来自河北，大学毕业。他说："我到这里时间不长，刚满两年。"我问："你觉得在这里工作怎么样？"他说："怎么说呢，有利有弊。可以开阔眼界，经受锻炼，对我今后的发展肯定有好处。但是，这里也有些令人不

他们中不少是中国员工

满意的事。”我问哪些事，小张犹豫了一下告诉我，这里上班时间太长，每天 11~12 个小时，比国内长多了，很不适应。我问现在一个月能挣多少钱？小张说，也就三四千块人民币吧。他还告诉我，餐厅服务人员来自好多国家，总的说大家相处不错，但也有矛盾。不同国籍的人，相互之间多少会有些门户之见，本国员工出了错有意回护，对外国员工就不是这样。小张还说，餐厅的负责人是哪个国家的这一点很重要，每个国家的员工都希望自己国家的员工当上经理。现在我们餐厅的经理不是中国人。听口气，小张大概被外籍经理委屈过。

王闻舶，前边也已提及，今天下午又给我们讲摄影课。他受船上委托在办一个短期摄影培训班。今天主要讲如何设定光圈、如何掌握曝光度、怎样调节白平衡，等等。讲课中穿插了一些他个人的成长故事。他说：“从小就痴迷摄影，买到一架傻瓜相机便爱不释手，晚上睡觉时在被窝里还摆弄好长时间。”兴趣是最好的老师，他后来果然走上了专业摄影这条路。这位白白净净、温文尔雅的年轻人，与他的照相部的几位同事整天活跃于中央大厅或 10 层甲板，为旅客流动拍照，有时在走廊里支起摄影棚，招呼来往客人：“来，照一张吧，不满意可以不要。”他们大概每天有规定的拍摄任务。洗印放大的照片陈列在三层的走廊里，供被拍摄者自己挑选，选中了的，每张付费 20 美元。这个价格当然要比国内的贵多了，但是这是在邮轮上消费，各项服务收费都比较贵。何况，王闻舶是高级摄影师，他的拍摄水平确实不同一般。

还有来自河北衡水的王芳、来自广西桂林的苏林芳、来自山东潍坊的王琳、来自湖北宜昌的小曹、来自山西大同的小李，等等，他们都有大学学历，懂外语，年轻干练，每天都精神饱满地从事着邮轮上分配给他们的服务工作，在远离父母、远离祖国的万里航程上独自铺设着自己的人生道路。他们以邮轮为课堂，以世界为学校，以来自世界各地的游客为老师，小小年纪，已经见识了世界的纷繁复杂，领略到海外谋生的诸多况味，尝到了人生的酸甜苦辣。照我看，他们都会磨炼成有出息的人。

红海不红

大西洋号穿过曼德海峡进入红海，海面顿时开阔。

这个从地图上看不过是窄窄一泓水道的红海，却浩渺无际，同大海大洋没有什么区别。海况预报是中浪，风大浪高，洪波汹涌。我在10层甲板上瞭望，强风吹得站不稳脚跟，天空阴沉沉的，海面也显得灰暗。直到中午，天色才逐渐转晴，风浪也小了，海面呈现出蔚蓝色。

红海是著名的水上通道，它呈东南—西北走向，东南接曼德海峡和亚丁湾与印度洋相连，西北接苏伊士运河与地中海和大西洋相通。红海因此也是亚洲和非洲的界海——东岸是亚洲的阿拉伯半岛，依次与也门、沙特阿拉伯、埃及的西奈半岛相接，西岸是非洲的东北部，分别与厄立特里亚、苏丹、埃及相连。与这么多国家挨着，表明红海的面积不小。果然，它长达2250公里，几乎相当于从北京到广州的距离。宽度小一点，但最宽处也有300多公里。红海据说与东非大裂谷相通，是东非大裂谷的北端出口。实际上它本身也是一个很深的水下峡谷，最深处达2000多米。因为它的容量大，所以孕育了丰富的海洋生物，仅鱼类就有1000多种。

红海为什么叫红海呢？从邮轮甲板上望去，它与其他海并无区别，至少，在我们现在经过的这个季节它是一片蔚蓝。有一种解释，说红海的名称来源于海水中生长的一种红色藻类，远远看去海水呈一片红色，故名红海。但是我们没有看到任何红色藻类，也许，

红海

它在某个季节生长在近岸的某些地方也未可知。还有其他的解释，显得过于悬奥。不管怎么解释，有一点是可以确定的：红海不红。

船上已经在为渡过红海以后的行程做准备。上午在卡鲁索剧场由船方介绍下一段行程的景点，包括罗马、马赛、巴塞罗那、里斯本和亚速尔群岛等。内容涉及各景点的历史、人文、自然、风俗等多方面，配以幻灯图片，丰富生动，很受大家欢迎。这样的介绍会已进行多次，每次会场都坐得满满的，有的人还提前占据最佳位置，以便拍照、录像或录音。

下午在9层甲板与老武打乒乓球。老武是我在船上结识的众多朋友之一，70余岁，来自北京，毕业于上海同济大学，原在冶金建筑研究院工作，属于科研行政双肩挑的干部，退休多年了，这次也是下决心出来看看。我们俩正打得高兴的时候，突然走来一位女士，约60岁左右，瘦瘦小小的，提出要与我们一起打球。我把球拍递给她，她一边与老武打球，一边滔滔不绝地用闽南普通话与我们聊天，说自己来自台湾，在台北经营商铺，把店面租给别人，自己外出旅游，已经去过180多个国家，等等。她还自豪地夸耀自己的身体如何健美，一边说着一边竟来了一个大角度的踢腿。我和老武不禁愕然。等她离去时，老武对我说："今儿可算遇到了奇葩！"

一场特殊的个人演唱会

晚上观看了一场特殊的个人演唱会。说它"特殊"，是因为在距离祖国万里之遥的外国邮轮上，由一位中国著名歌唱家为大家举行个人独唱会，别有一番家国之情。这位演员就是程志，原总政文工团歌唱演员，高高大大的个子，虽然已经70岁了，却仍然显得英俊挺拔。他从出发地一上船就被大家认出来了。许多人向他提出要求，希望能在大西洋号邮轮上聆听他的演唱，一些人还把电话打到他的舱室。船方"顺应民意"，专门在卡鲁索剧场为他安排了个人独唱会。

8点30分，程志"闪亮登场"。在"怀旧之声"的主题下，他满怀激情地演唱了《祖国，慈祥的母亲》《草原上升起不落的太阳》《长江之歌》《八路军拉大栓》《青藏高原》等中国歌曲，还演唱了《我的太阳》《重归苏来托》等意大利歌曲。他的演唱赢得满堂喝彩，特别是中老年人，情绪更为激动。这些中国歌曲，可以说是中老年人青少年时代的生命符号，一听之下，心驰神往，无不为之动容。

歌唱家程志（中）演唱后接受献花

由此可见音乐的魅力。它记录生活，再现生活，镌刻岁月，重温岁月，特别是在特殊的环境下，在远离祖国的异域他乡，响起熟悉的乡音，怎能不触发每一个游子的乡关之情！

"不知何处吹芦管，一夜征人尽望乡。"自古至今，音乐都是一种巨大的力量。它可以使铮铮铁汉变得柔肠寸断，也可以使慵懒之躯变得奋发昂扬；它浸润人心、净化灵魂、唤起感情、陶冶情操。没有音乐，就没有人类健全的生活。连我们的孔老夫子都"闻韶乐，三月不知肉味"。秦末楚汉相争，楚军被围于垓下，汉军夜唱楚歌，歌声飘进楚营，一下子便瓦解了楚军的斗志。而著名的唐代诗人白居易在浔阳江头听了来自长安的歌女弹奏的一支琵琶曲，竟至于涕泪滂沱，连身上穿的青衫都打湿了。现代著名作家沈从文在他的暮年回到阔别几十年的湘西老家，晚上应邀观看湘西地方戏，听着那伴随过他整个青少年时代的浓浓乡音，老作家也像白居易一样，泪流满面，且不住地喃喃自语："这是楚声、楚声啊。"

今夜月明星稀，海浪低吟，沉沉夜色，茫茫大海。在远航万里之外的一艘邮轮上，飘出阵阵中华之音。人们心潮逐浪，彻夜难眠。

3月23日 星期一

红海两岸

好长的红海啊，航行了两天两夜还没到头。

本来已经减弱的风浪这会儿又增强了，浪涛汹涌，如万马奔腾，邮轮颠簸，写字桌不停地摇晃，手中的笔也在抖动，字写得歪歪斜斜。站在地板上会打趔趄，躺在床上也会感到明显的晃动。心里奇怪，这个伸入陆地的狭长水道怎么会有这么大的风浪。甲板上是不能去了，10层以上风更大，站都站不稳。

电话响了，是上海的唐教授夫妇打来的，说要一块儿商量一下下月上岸游的行动方案。此前我们已经碰过一次头，想一起结伴自由行。这次是敲定具体方案。我们在3层的一间咖啡厅聚齐，北京的老武、湖南的老王也参加。对于下一阶段土耳其、希腊、意大利的上岸游大家颇费了一番心思，但商量到最后，又在自由行与跟团游之间动摇起来。主要是因为下一阶段游览线路点多线长，我们几位的外语水平都不行，再加上年龄大，担心发生误船等意外。最后没有形成一致意见。

这时候，风小了，浪也小了，于是登上高层甲板。现在邮轮进入红海海面较窄的北部，可以看见两岸的陆地。这里的陆地，地貌颇为奇特。多为险峻的石山和荒凉的沙滩。山是光秃秃的巉岩，褐黄色，高耸于海畔；也有一些严重风化的低山，被细沙包拥着，经年累月，只剩石笋似的山头兀立在那里，那景象，就像一支融化殆尽的雪糕，虽然中心的木柱还在，但周围的奶油却化为流质，漫漶于四周，苍老得令人心颤。细沙从山坡沿着山沟漫下，直达海边，形成一片片沙滩。在石山和沙滩之间，居然还分布着星星点点的工厂和居民点。较多的是炼油厂及其附属建筑，巨大的储油罐散布在海边。

还有不少钻井平台分布在海面上，它们高高的井架上燃烧着由导管导出的天然气火焰，在大海上构成一道亮丽的奇观。这源自海底的橘黄色火焰告诉人们一个怪诞的自然现象：水与火这两种本不相容的东西却共处一起，经历了亿万年。现在由人类把它们分离开来，在蓝色的海面上点起了橘黄色的火把。火从水中来，水在火中流，火在跳跃，水在涌动。

其实，细想一想，宇宙间万事万物都是相反相成的，水与火也是这样。世界上各大洋中的无数岛屿，大部分都是火的杰作，是从海底喷出的炽热的岩浆形成的。如今最活跃的火山仍然分布在大洋之中或大洋周围。南极洲的万古冰原中，在零下40℃多的严寒下，居然沸腾着温度高达1000℃多的岩浆湖。冰岛是世界上最冷的地区之一，却也是世界上最热的地区之一。在它的冰天雪地的表层下，包裹着炽热的岩浆和沸腾的地热水。在世界大洋的海底山脊中，分布着很多冒着浓烟的"烟囱"，烟囱口的温度达到400℃。在这样极端的条件下，竟还有生命存在，因为这些"烟囱"年复一年日复一日地向大海喷吐着生命赖以产生和存在的化学物质。平常说水孕育了生命，其实是水与火共同孕育了生命。或者说，地火塑造了地球，海洋孕育了生命。

两千多年前的古希腊哲学家曾认为，世界的本源就是水与火。他们说，万事万物皆源自于水，又复归于水；皆源自于火，又复归于火。赫拉克利特认为：这个世界"不是任何神创造的，也不是任何人创造的，它过去、现在和未来永远是一团永恒的活火"。撇开他们的某些认识局限，这里所透露出的深刻思想是令人惊叹的。

不妨说，海是水的世界，也是火的世界，是水与火共处的世界。

穿越苏伊士运河

5点就醒了，早早地来到10层甲板。甲板上早已聚集了很多人，大家都想争先一睹名闻天下的苏伊士运河。

此刻，大西洋号暂时停泊在一片平静的水面上，估计是昨晚半夜到达这片水域的。环顾四周，好像是一个大湖，沿岸分布着一些城镇、工厂和农村，远处是起伏的灰褐色的山峦，山上照样没有植被。湖面上停泊着大大小小许多船只，有的还在撒网捕鱼。这是什么地方？查了查地图，这就是位于运河口的"大苦湖"。

大西洋号开始播送通知："我们现在正在等运河管理部门的调度，请大家耐心等待。"看来这确实是运河的入口处了，我们得排队等候。一架直升机轰鸣着盘旋而来，在邮轮上空绕了一圈又盘旋而去。不远处还有一艘与大西洋号差不多的邮轮也在停泊待命。

直到午饭后，大西洋号终于被允许驶入运河了，足足等了10个小时。汽笛鸣响，大西洋号徐徐开动，船头两侧和船尾两侧各有两艘快艇为邮轮引航。乘客们争先恐后地往船头挤，抢占最佳位置，急欲一睹船进河口的壮观场面。

苏伊士运河风光

放眼望去，前边是一条平静的水道，宽约二三百米，水色碧绿，一直伸向远方。河面上有船舶来往，划出清晰的水纹。两岸是绵延的褐黄色沙丘，与碧绿的河水形成鲜明的对比。间或可见绿洲，也有村镇和车辆行人。如果单看自然景观，这里称不上有多么秀美，但是，它却是沟通三大洲两大洋的国际水道，是为人类节约了难以计数的巨量财富的黄金运河，它的价值在于它的经济意义、社会意义还有军事意义。

苏伊士运河使大西洋沿岸各国到印度洋之间的航程比绕道非洲好望角缩短了 5500~8000 公里，使地中海沿岸各国到印度洋的距离缩短了 8000~10000 公里。马克思曾称赞苏伊士运河是"东方伟大的航道"。

苏伊士运河的年岁不小了。1859 年动工开凿，利用从红海到地中海的苏伊士地峡，以接近海平面的洼地、湖泊为开挖线，历时 10 年完工。运河是由法国控制的"苏伊士运河公司"组织开凿的，由于当时施工技术落后，埃及劳工从事着十分沉重的奴隶般劳动，据说 10 年间付出了 12 万人的生命代价，平均每年死亡一万多人，可以说，这条长不到 200 公里的运河，是由埃及人民的白骨砌成的。

然而，运河开通以后，仍由法国和当时统治埃及的英国殖民当局管理，运河及其沿岸的土地成为他人的禁脔，埃及人不能涉足。这是不能容忍的民族屈辱。经过长期的斗争，1956 年埃及人民毅然将运河收归国有，同年 10 月英法因此发动对埃战争，运河遭到破坏而一度停航。1967 年和 1973 年两次中东战争中，这里硝烟弥漫，运河再次停航，直到 1975 年 6 月才又恢复通航。

现在的运河是平静而又繁忙的。据统计，每日通行船只能力将近 100 艘，每年运输货物超过 4 亿吨。每年有 100 多个国家的 2 万多艘船只通过运河。我国每年也有千余艘船只驶过运河，平均每天有三四艘悬挂着五星红旗的船只驶过这条著名国际水道。现在我们邮轮的前后河面上都有船只行驶。东岸正在开挖一条与此并行的新的运河，各种工程机械正在忙碌，推土机推出一个个沙丘，运沙土的卡车来往奔忙，扬起一股股灰尘，有些新挖的槽段已经灌了水。据说新运河宽达 320 米，水深达 23.5 米，工程完工后可通行几十万吨级的满载货轮。苏伊士运河即将实现一个新的跨越，由单线运输变为双线运输。到那时，过往船只再不用排队等候了。

苏伊士运河，一条伟大的河。她改变了古老的航行路线，拉近了东西方的距离，见证了五洲四海的文明交流，经历了多次战火硝烟，也流淌着历史的爱恨情仇。她是史诗般的河，如诗如画、如歌如泣，可以为其立传、为其写史。

古老的土地

苏伊士运河穿越埃及的东北部，它的西边是尼罗河三角洲，东边是西奈半岛。站在高高的甲板上，可以居高临下瞭望两岸的景色。

眼前是一片古老的土地，它孕育了人类最早的文明。从"巴达里文化"算起，已经有六千多年的历史。这里的金字塔、狮身人面像、象形文字、神庙、壁画和木乃伊虽经几千年的风霜，仍然作为人类文明源头的重要标志，吸引着世界各地的游客熙熙攘攘地前来参拜。我们现在就行进在这片古老的土地上，我们的眼前就是巴达里时代、涅伽达时代和法老时代的国土，就是产生最早的铜器和最早的象形文字，产生金字塔、狮身人面像、神庙、壁画和木乃伊等的地方。

邮轮缓缓驶进，两岸的沙丘、沙漠、绿洲、田野、村庄、城镇、公路、汽车、渡船以及护河哨所，一一在眼前展开。遍布各村镇的清真寺，把它们造型独特的高塔鹤立鸡群般伸向天空，装点出独特的阿

运河两岸古老的土地

拉伯风情和庄严的伊斯兰宗教象征。有几座临河的城市十分美丽，街道繁华，椰树成行，楼房都是具有阿拉伯风格的拱形门窗，紧靠运河边还辟有公园，游人如织。我们的邮轮经过时有人热情向我们招手，我们也

向他们招手。其中一座跨河而建的城市大概就是地图上所标的坎塔拉吧，看它的规模不少于 30 万人。两岸之间的交通靠轮渡，渡口聚集着很多车辆和行人，渡轮一到，车辆和行人便一起涌上渡轮，运到对岸后，又将对岸的车辆和行人运过来。为什么不架设大桥呢？可能与运河通行大型船只有关，像大西洋号这样的邮轮有好几十米高，必须保证足够高的空间。我们在运河上只看到了一座桥，一座高高的钢绳斜拉大桥，其引桥足有千米长。显然，在运河上架设很多这样的大型桥梁是不现实的。

运河看似祥和安宁，其实也透着几丝紧张气氛。每隔一段便有一个军事哨所，有荷枪军人值班站守。两岸都有，西岸居多。哨所建在岸边的沙丘上，有的是用柱子撑在半空，类似高脚屋，有梯子可供上下。沙丘也仿佛是人工堆成，可供作战时利用。船上有朋友说，这些设施在 20 世纪六七十年代就有了，它们既是保护运河航运安全的措施，也是防范外敌入侵的一道防线。

其实，运河东岸的沙丘早就是军事设施，是当年以色列侵占西奈半岛后沿运河构筑的防御工事，叫"巴列夫防线"。在 1973 年 10 月的埃以战争中，埃及军队用高压水枪冲击东岸以色列的沙堤，冲出一个个豁口，在大炮和战机的掩护下，8000 名战士分乘 1000 艘橡皮舟划向东岸，架起浮桥，10 个小时之后，埃及 5 个师的兵力、500 辆坦克和装甲车驶过浮桥，以排山倒海之势冲垮了以色列的"巴列夫防线"。如今，战争硝烟早已散去，但残留的战争遗迹还在向过往的游人诉说着当年的历史。

夕阳西下，这里盛行的西北风呼呼地吹着，苏伊士运河两岸的古老大地笼罩在朦胧的暮色之中。夕阳是那样的红、那样的圆、那样的大。我蓦然想起前不久翻阅过的古埃及的一首颂扬太阳神阿顿的诗：

黎明时，您从天边升起，您，阿顿神，在白天照耀着，您赶跑了黑暗，放出光芒，上下埃及每天都在欢乐，人们苏醒了，站起来了，这是您使他们站起来的。他们洗了身子，穿了衣服，高举双臂来欢迎您。在世界各地，人们劳动了，野兽吃饱了，树木花草盛开了，鸟从巢里飞了出来，展开了翅翼来赞仰您……您在地上造了一条尼罗河，您按照自己的意愿把它给了人民，来养育人民，就像您创造他们那样。您是一切人的主人，您为他们劳累，您是大地之主，为它而升起，白天的阿顿神，伟大的主啊！

现在是黄昏，但黄昏孕育着新的黎明，预示太阳神新的升起。

进入地中海

上午用一个多小时补写昨天的日记。昨天没时间写日记，太忙碌了，在甲板上前后左右地跑来跑去，生怕遗漏掉运河两岸的任何一点风光。天黑下来的时候运河还没有过完，心想后半截运河是看不到了，带着遗憾早早休息了。今天起了一个大早，可是登上

大西洋号驶入地中海

甲板一看，邮轮已经航行在大海上了。还没来得及向苏伊士运河告别呢，便已经进入地中海。

苏伊士运河的北端是塞得港，一出塞得港便是地中海。经过十几个小时的河道航行，眼前重现海洋的开阔。

哦，地中海，陆地中间的海，与欧亚非三大洲牵手的海。

地中海可称得上是人类文明的一大摇篮。现代人类的祖先几万年前从东非走出以后，就以地中海为集散地迁往世界各地。此后的古埃及文明、古希腊文明、古罗马文明乃至两河文明都是以地中海为中心发展起来的。世界上的几大宗教，除佛教外，基督教、伊斯兰教和犹太教都是在地中海地区诞生的。地中海上演了人类早期文明的一幕幕活剧，它是人类早期活动的一个大舞台。

作为世界上最大的陆间海，它东西长约 4000 公里，南北最宽处 1800

公里，面积约为250万平方公里。平均水深1500米，最深处达5121米。地中海沿岸有23个国家，总面积853万平方公里，人口约3.5亿，主要有阿拉伯人、土耳其人、斯拉夫人、意大利人、法兰西人和西班牙人等。南岸和东岸各国居民主要信奉伊斯兰教，北岸和西岸各国主要信奉天主教。由于信仰的差别以及其他原因，历史上曾酿成绵延几个世纪的宗教战争。

如今的地中海仍然不大安宁，它的岸边枪炮之声不绝于耳，而从硝烟中逃出的难民，纷纷取道地中海涌往欧洲，很多难民竟葬身于地中海的波涛之中。地中海轮番上演着人类的喜剧和悲剧。

3月26日　星期四

马尔马里斯

继续向北，经过一天一夜的航行，邮轮今天到达土耳其的马尔马里斯。

马尔马里斯是邮轮当局用来代替埃及金字塔和开罗的新增景点。对很多人来说，马尔马里斯是一个陌生的地名，连博学的上海王老师都说它"名不见经传"。因此大家对它并不抱多大期望，只怀着聊胜于无的心态去转一转。可是事实证明，我们错了。

马尔马里斯位于土耳其的西南部，濒临地中海。邮轮于凌晨驶进港口。6时左右我走上阳台，被眼前的景色震撼。这是一个青山环抱的海湾。晨光初露，东边的群山在晨曦的反衬下显得轮廓分明，港湾里停泊着密密麻麻一大片洁白的游艇，桅杆宛如森林。岸上便是如诗如画的马尔马里斯市。大片红瓦白墙的建筑背靠青山，面对碧海，在清晨的光线下显得柔美而秀丽。此刻，小城和它周围的一切好像还未睡醒，一片静悄悄。少顷，日出东山，朝霞绚烂，小城、海湾和群山都被染上亮色，一切都从酣睡中醒了过来。甲板上站满了人，大家都以惊异的眼光看着眼前这幅图画。

土耳其海滨小镇马尔马里斯

　　难怪大家惊异，这个藏在土耳其西南边陲的绝佳去处很少有中国人问津。中国人来土耳其旅游，一般是坐飞机去安卡拉和伊斯坦布尔等地，不会绕到这个角落来。我们一行可能是第一批成团来此旅游的中国游客。其实，从港口如林的游艇可以判断，这里肯定是一个热门景点；再从欧洲人的视角来看，这里面对地中海北部的爱琴海，与希腊意大利隔海相望，它不但不偏僻，反而是土耳其的前门。既然如此，我们来这里是来对了，应当补上中国人的这个缺漏。

　　我们在马尔马里斯市观光。沿着滨海大道漫步，街道上排列着很多旅馆、酒吧、饭店和露天咖啡馆，并不宏大气派，但装饰整洁考究，具有浓郁的民族特色。往前不远有一座古堡，石砌的高墙围着一片岩石高地，高地上耸立着古老的塔楼，是马尔马里斯的历史标记。从古堡向右拐弯，是一片繁华的商业区，棋盘式的小街纵横交错，其中几条小街建有拱形穹顶借以遮阳避雨，从一端望去犹如深邃的走廊。市中心辟有喷泉广场，清流、雕塑、绿树、红花，组合自然，洁净优雅。这里的居民热情好客，主动与我们打招呼，他们对于一下子来了这么多中国游客颇感惊讶。往回走的路上，远远地看见了我们的邮轮，它像一座庞大的楼房，巍然停在小城旁边，为小城平添了一道靓丽的风景。

　　马尔马里斯在古代曾长期属于希腊的统治范围，受希腊文化影响较深，据说至今很多人信仰基督教，这与土耳其的其他地方很不相同。走在马尔马里斯街上，会感受到它的多元特征，既有伊斯兰风情，又有基督教氛围。

被淤积的文明

我们在马尔马里斯附近寻访了一处文明古迹。

从码头出发，大巴沿盘山公路迤逦而上，从车窗望去，马尔马里斯尽呈眼底。又从一个新的角度来看这座古城了，青山碧海之间坐落着一大片建筑，红白相间，分外惹眼。继续向山里驶去，两边山坡上长满了高大的松树，郁郁葱葱。不久大巴进入开阔的盆地，路两旁开始出现村镇，一处接着一处。民居几乎都是别墅式建筑，一般两层，呈正方体，屋顶向四边倾斜，覆以红瓦，墙外多设贯通式阳台，宽敞美观。房子虽有豪华与简陋之分，但都十分整洁。每座楼顶上都安装了太阳能装置，说明他们很在意新能源的开发和利用。时值春季，桃杏花盛开，田野柳绿花红。前方很远处隐隐可见积雪的高山。

大约一个半小时后，到达达利安，一个临河的镇子。从镇外码头登船，沿达利安河顺流而下。河水清澈碧绿，近岸生长着茂密的芦苇，两侧青山陡峭，颇像我国桂林山水。继续前行，青山变为黄褐色的绝壁，绝壁上凿有饰以宫殿门楣的石窟，大小不等有好几处，下临碧潭，约有几十米高。据说这是2500多年前当地统治者为自己修建的墓窟，属于一种崖葬形式，但不同于一般的悬棺。

约20分钟后，到达这次寻访的终点——距今2500多年前的卡诺斯古城遗址。遗址位于达利安河入海口不远处的山坡上，石砌建筑的废墟遍布山坡。有露天大剧场、神庙、教堂、浴室、集市以及城墙等遗存。虽然只是废墟，但也可以推知当年的规模十分宏大。露天大剧场依山势而建，呈扇形，用石块逐级砌成，石台阶就是当年的座位，保存基本完好，其规模足可容纳几千人。站在大剧场最高的台阶上，俯视这个由一条条曲线构成的古代公共场所，立刻联想到当年奴隶制民主制下开会议事、群情激昂的情景。在这里还可以俯瞰整个城市遗址的全貌。这是两千多年前一座背山面海的城市，有自己的港口。当时有两万多人口，城内熙熙攘攘，山下舟楫往来。按地域和存在时间推算，它应当属于公元前5世纪前后古希腊爱琴文明圈中的一个城邦。那时候古希腊文明已经相当发达，以爱琴海为中心，包括希腊半岛、爱琴海诸岛和小亚细亚半岛西部。这座古城正好位于小亚细亚西部海滨，与爱琴海的数百个岛屿连成一片，属于爱琴文明圈。尽管当时的小亚细亚整体上属于波斯帝国，但西部濒临爱琴海的地区仍然处于希腊管辖之下。据史书记载，希波战争（发生于公元前500年～公元前449年的希腊与波斯之间的战争）期间，雅典和爱琴海各岛屿及小亚细亚希腊各城邦，为了对付波斯，结成同盟，以雅典为首，史称雅典海上同盟，其成员包括二百多个城邦。这座卡诺斯古城应当就是那二百多个城邦中的一个。

卡诺斯古剧场

如今，昔日的繁华已化为寂然废墟，当年的舞榭歌台已随风飘散，曾经的喧闹港口已成一片沼泽。只有稍远处悬崖墓窟中的亡灵与这片废墟形影相吊。是什么原因使这座繁华的城市消失了？据说就是因为达利安河中的泥沙逐渐淤积了港口，积累起来的泥沙逼退了海水，使这座依托海洋繁荣起来的城市失去了命脉。现在的山下，即当年的港口处，衰草一片，而大海已退得很远很远。远离了海洋，也便告别了繁华。

文明本是一种积累，但它却被另一种积累所毁灭。无论是自然界的积累，还是社会的积累，抑或是生命体的积累，既是一种可敬的力量，也是一种可怕的力量。我们需要积累，也需要克服积累。

3月27日　星期五

克里特岛访古

昨夜风浪大作，大西洋号破浪夜航，向西开往183海里之外的希腊克里特岛。

这地中海的风浪还真不小，涌起的浪峰绽放出白色的水花，不断地生成又消失，消失又生成，起伏翻滚，无边无际。走在甲板上，甲板在晃动，站在地板上，地板在颤抖，躺在床上，床也在摇晃，船舱里不断发出咯吱咯吱的响声。好不容易挨到天明，走上甲板一看，嗬，大风还在劲吹，天地一片灰蒙蒙，好像刮过沙尘暴一样。自出行以来，还没有遇到过这样的坏天气。心想，这里怎么会有沙尘天气呢？再一想，这里不是离非洲很近么，地中海的南岸不远处就是非洲的撒哈拉大沙漠，遇上刮南风，沙尘就会一下子飘到地中海来。我估计，地中海这样的坏天气不会太少。

不管怎样，克里特岛毕竟快要到了，已经能够模糊看见它的轮廓了。它可是爱琴文明、希腊文明乃至欧洲文明的发祥地啊。

克里特岛位于东地中海中部，爱琴海南端，是爱琴海几百个岛屿中最大的一个，它东西长约250公里，南北宽从12公里到60公里不等，横卧海中，犹如爱琴海区域的门户。这里处于希腊半岛、埃及和小亚细亚三地连线的交叉点上，海上交通方便，爱琴海区域最早的奴隶制国家就产生在这里，著名的米诺斯文化就埋藏在这里。

8点半集合，我们乘车直奔米诺斯文化的代表——克诺索斯王宫遗址。遗址位于距港口不远的克里特岛首府伊拉克利翁市东南郊的一座缓平的山坡上，即克诺索斯山冈。一下车就被眼前的景象震撼，整个山坡遍布石头废墟：矗立的石柱，纵横的残墙，弯曲的古道，残存的宫殿……这里俗称"迷宫"，意为建筑群结构复杂容易迷路。幸好，一位希腊专业导游——半老的中年女性，小个子，穿红色大衣，打红色阳伞，架一副黑框眼镜，手里举着一张地图，十足的专家形象，她十分认真地领着我们边看边讲。依次参观了露天剧场、王道（国王专用通道）、神庙、教堂、仓库、中庭大台阶、王后居室、国王居室以及壁画，等等。仓库里巨大的陶缸还三三两两的摆放着，是当时储藏谷物和酒的，长廊的壁画栩栩如生地展示了当时王宫和岛民的生活情景，其中有奴隶模样的几位女子用双手捧着陶罐和陶壶作伺候主人状。整个遗址总面积约20000 平方米，房屋 1300 多间，依山而建，高下相连，左右沟通。中央是个很大的长方形庭院，四周坐落着王座房间、王后房间、王后浴室、双刃斧大厅、祭坛以及仓库等。各建筑之间有长廊、门庭、复道、楼梯、台阶等连接，千门万户，曲折幽深，建筑结构十分复杂，是名副其实的"迷宫"。

热心讲解

很难想象，这是产生于距今将近 4000 年的文明，其年代相当于中国的夏商时期。米诺斯王朝当时处于鼎盛阶段，已进入青铜器时代，而且发明了欧洲最早的文字——线形文字。国王将王宫建在距大海不远的山坡上，既便于号令岛上的民众，又便于居高临下观察海上风云。那时候，作为海上民族，这里的造船业已相当发达，扬帆出海进行海上贸易或征服其他部族是经常的国家活动。米诺斯王朝不仅将克里特岛上的其他小国收纳于自己麾下，而且依靠海上武力，使整个爱琴海地区的众多岛国都臣服于自己，甚至连希腊半岛的雅典也曾向它低头纳贡。不断的征伐和掠夺提供了数量众多的奴隶可供驱使，常年的出海贸易促进了米诺斯王朝经济和文化的繁荣。

这样古老的一个文明之邦，却被深深地埋藏在历史的灰尘中，几千年来一直不为世人所知，直到 20 世纪初年才被发现，轰动世界。

事情缘起于 19 世纪后半期欧洲考古学的长足进步。1871 年到 1890 年，德国考古学家谢里曼根据荷马史诗中的有关描写，在南希腊和小亚细亚半岛进行考古发掘，取得了重大成果。这一成果极大的触发了考古学界进一步研究古希腊文明的热情。一位叫伊文思的英国考古学家根据古希腊神话中关于米诺斯王宫的描写，在克里特岛进行考古发掘，于 1900 年终于在现在我们所处的这个位置发现了米诺斯王宫的遗址。这一重大发现，为人类文明史补写了弥足珍贵的一页，是研究古希腊文明的历史性突破。从此，米诺斯王宫遗址成为古希腊文明的源头吸引全世界千千万万的人们来寻访。

流连于几千年前的王宫废墟中，看到来自世界各地的参观者，一种遥远悠长的历史感油然而生。

这个在今天看来再平常不过的海岛，何以成为爱琴文明、希腊文明乃至欧洲文明的发祥地呢？答案也许就在于它的地理位置。它正好处于古代文明开化较早的埃及、希腊半岛和小亚细亚半岛的中间，距这三个地方都很近，便捷的水上交通使它频繁往来于这些不同的文明之邦，从而取得了一种左右逢源、兼取众长的优势。那时候，这个海岛和它所在的海域一定是非常热闹的，多种文化在这里汇聚、交流、融合、生长。米诺斯文明得天独厚、勃然兴起。

但是，成也萧何败也萧何，正是这个处于中心的地理位置，也使它容易招致来自四邻的侵略，那些后来居上的更强的对手几乎不需要劳师远征就可以扼杀它。果然，这个岛国后来被来自北方、西方和东方的强敌先后吞并过，曾经光耀欧洲的文明衰落了。这里上演了文明的喜剧，也上演了文明的悲剧。

人类历史上，没有哪一个民族会一直上演喜剧，喜剧之后往往是悲剧。要紧的是，怎样把悲剧转变为喜剧。

伊拉克利翁

寻访米诺斯文明，不能绕开伊拉克利翁。

说起伊拉克利翁，由于名称中有"伊拉克"三个字，我们出发前在北京开会时还闹过一个笑话：一位老同志情绪激动地说："为什么安排我们去伊拉克？那里每天都在打仗！"这位老同志显然过于粗心，他在浏览行程表时对其中出现的"伊拉克"三个字格外敏感，却没有注意到后边还有两个字。

伊拉克利翁位于克里特岛北部海滨，是克里特岛的首府，14万人口，占全岛人口的四分之一。站在"迷宫"所在的克诺索斯山冈上，可以俯瞰城市的全貌。"迷宫"有多古老，伊拉克利翁就有多古老。它是一座具有4000多年历史的古城，见证了太多的兴亡更替、刀光剑影、战船飞镝。

参观"迷宫"

曾经，它是米诺斯王朝的都城；又曾经，它是罗马帝国的一个港口；后来，它为威尼斯所占；再后来，它隶属于土耳其奥斯曼帝国；它还一度成为没有国籍的国际保护地。第二次世界大战中，纳粹德国的500多架飞机像蝗虫一样飞临它的上空，它被空降的德国军队占领。二战胜利后，这个流浪了多少个世纪的游子最终回到希腊母亲的怀抱。

它确实非常古老。旧城被高大厚实的城墙环抱，城墙是500年前威尼斯人占领时所修，它把鳞次栉比的民居、纵横交错的街道和尖塔高耸的教堂全都揽在怀中。港口的库莱斯堡是一个古代军事要塞，全部由石块砌成，方形堡垒，巍然屹立在海畔，静静地倾听着大海的涛声。在它旁边不远处，沿海排列着几座残缺不全类似窑洞一样的古建筑，高大而幽深，也全部用石块砌成，据说是古代港口的客栈和集会场所。老城中心的韦尼泽洛斯广场，是这座城市的地标。广场中心的狮子喷泉名闻遐迩，装饰喷泉的石狮子是 14 世纪的文物，已经 600 多岁了，依然形态逼真，翘首注视着喷涌的水柱。伊拉克利翁市内多为低层建筑和狭窄街道。现在是旅游淡季，街上行人较少。我们这一批 600 多中国游客的到来，在当地成为一件大事，几天来都是新闻热点。红衣导游说，全城的出租车司机都知道你们来了。

在市内徜徉，有点累了，正好近旁是圣米纳斯大教堂，进去坐坐吧。高大的教堂里很空旷，我和妻子在后排靠墙的长椅上坐了下来。这时，一位老年妇女脚步轻轻地走进来，先在靠近门口的柜子里投进一枚硬币，接着从柜台上堆放的一摞细细的蜡烛中抽取了二三支，走到右侧点烛处点燃插上，然后依次来到位于大厅中央的几尊圣像前轻吻圣人之手，从一尊到另一尊，边走边在胸前划着十字，一脸虔诚。做完这一切后她便轻轻地走出了教堂。像这样零零星星来教堂进行宗教活动的人可不少，在我们停留教堂的 20 分钟内，先后有十几位，有老有少，有男有女，都是一样的步态，一样的表情，一样的动作，一样的程序。所不同的，有人随身拎着购物袋，好像刚从市场购物回来路过教堂，顺便进去履行当天应当履行的宗教仪式。他们中几乎没有一个人注意到我们的存在，没有投来哪怕一瞥眼光。是的，在这里，人们心中只有神，他们全神贯注于对神的膜拜和对神的祈祷，除此之外，一切仿佛都不存在。

古老的伊拉克利翁，在浓浓的宗教气氛中日复一日、年复一年。

返回港口时仍然一路步行，小城，多走走，就能多看看。忽然，前边传来手风琴的声音，近前一看，一位盲人姑娘坐在街边门口台阶上在拉手风琴。她显然借此聊以糊口。妻子塞给她几美元，我们继续往前走。无独有偶，不远处又有一位老年妇女坐在街边乞讨，衣衫褴褛，面前放一小盒。我示意妻子，也给她一点吧。妻子拒绝了："走吧走吧，也不知道真假，哪能都给。"说着便拉着我离开了，可我心里总感不安。中国的城市里确有一些乞讨专业户，装作很可怜的样子在街边骗人，很多人都有过上当的经历，外国也有这样的人吗？正寻思着，迎面走来一位中年妇女，笑容可掬地把手中捧着的一束鲜花抽出两支来分别递给我和妻子，口中还不住地说着什么。我们一时没有反应过来，也不知当地有无这样的好客风俗，便顺手接住。可是接下来中年妇女做出讨钱的手势，我们这才明白过来，原来这花不是白白"献佛"的，便客气地把花退还她，匆匆离开了。

希腊这几年经济不大景气，政府债务危机闹得沸沸扬扬。从克里特岛的这座小城似乎可窥一斑。然而，伊拉克利翁毕竟坐拥自己独有的财富。

3 月 28 日　星期六

这就是雅典

大西洋号本应于昨天下午 5 时启航的，但一直迟迟不动。后来船上广播："因邮轮出现技术故障，推迟启航。"一直延至今晨零时才开动，而且还改了目的地：原定去圣托里尼改为去雅典了，雅典本应是后天才到的。先去雅典是为了修船，只有那里才有条件排除大西洋号目前的技术故障。

雅典，一座古老的名城：古老的神话、古老的建筑、古老的哲学、古老的科学、古老的民主、古老的马拉松、古老的奥运会，还有古老的卫城、古老的帕特农神庙，以及古老的苏格拉底、柏拉图和亚里士多德，等等。它拥有太多的古老标记和历史辉煌，是人类文明史上一颗耀眼的明珠。

俯瞰雅典

　　从伊拉克利翁到雅典并不远，169 海里。上午 9 时左右，大西洋号前方的海面上出现了几座岛屿，这是爱琴海诸多岛屿的一部分。继续往前航行，半个小时后，大陆出现了，起伏的绿色丘陵上铺展着大片大片的白色建筑，这应该就是雅典了。我举起望远镜瞭望，从密密麻麻的建筑中，居然看见了高高耸立的卫城和卫城上边的帕特农神庙，和在照片上看到的一模一样。我惊喜地叫道："卫城，卫城，我看见卫城了！"引得甲板上许多人伸着脖子张望。

　　港口到了，这个港口叫比雷埃夫斯港，距离雅典市中心还有大约 20 公里路程。下船后转乘大巴，沿着海湾行驶，经 2004 年雅典奥运会主场馆及几个分馆，导游一一指点讲解。然后向东行驶，沿着一条宽阔的马路直奔市中心。

　　我们首先被领到世界第一届现代奥运会的举办场地参观。这是一个马蹄形的露天大体育场，宽阔的看台可容纳 7 万观众。比赛场地绿草如茵，跑道铺设一新。1896 年在这里举行了世界第一届现代奥运会，当时虽然只有 200 多名运动员参加，比赛项目也只有 9 个，但它却是一个划时代的开端，标志着现代奥运会的诞生。矗立在体育场门外广场的顾拜旦雕像，吸引很多游人仰观拍照。这位虽是法国人却对古希腊文化有着浓厚兴趣的教育家，是现代奥运会的奠基者。正是他，热情宣传，辛苦奔波，在希腊政府的支持下，使中断了一千多年的奥林匹克运动得到复兴。

　　希腊及其首都雅典对竞技体育有着独特的爱好和悠久的传统。两千多年前的希波战争中，希腊军队在马拉松大败波斯军队，他们派一位战士去雅典报讯。那位从马拉松长跑40多公里赶往雅典报告喜讯的战士一路狂奔，把喜讯及时带到了雅典。但是，这位战士却因劳累过度而倒在了终点，临终时还高喊"我们胜利了！"故事很感人，两千多年来一直是希腊爱国主义精神的象征。为了纪念这位战士，后人把"马拉松长跑"列为竞技体育项目，并逐渐演变成为一项国际性体育赛事。而发源于距雅典300多公里奥林匹亚的古代奥运会，也有了两千多年的历史。古希腊人每四年一次在南希腊的奥林匹亚举行盛大祭祀活动，同时还举行体育竞赛和文艺表演，这便是奥运会的雏形。

帕特农神庙遗迹

大巴终于开到了卫城脚下。下了汽车，抬头一望，壁立的卫城和矗立其上的帕特农神庙呈现眼前。卫城其实是一座石山，高出周围平地150多米。原是一座防御敌人的军事城堡，三面峭壁，一面缓坡，居高临下，易守难攻，后来建起了帕特农神庙及其附属建筑。大家抓紧时间从西边的小路快步登山，不一会儿便到了卫城山门。山门耸立着一组残破而高大的石头建筑，上山的游人来到这里都要停一停，仰望这组苍老而宏伟的建筑，门前台阶上密密麻麻地站满了各种肤色的游人。我们停了片刻继续前行，进了山门，到了山顶。山顶是一个很大的平台，相当于一个足球场的面积，帕特农神庙就矗立在平台上。仰头看去，这帕特农神庙比想象中的要宏伟。若不是亲眼所见，很难相信两千多年前人类会创造出这样的建筑奇迹。高大粗壮的多立亚式圆柱围成一个长方体结构，没有屋顶，没有墙壁，只有这些圆柱支撑着檐梁和三角形的门楣，全身通透，可以看见对面的蓝天白云，显得格外苍劲挺拔。多立亚式圆柱是这座现存古建筑的主体，每根都高达十多米。前后两面各有 8 根，左右两侧各有 17 根，柱身伟岸，上刻垂直凹槽，美观而浑厚。整座神庙宽 31 米，长 70 米，高约 20 米，是卫城上最大的古建筑。

帕特农神庙兴建于公元前 447 年，距今将近 2500 年。它是为奉祀雅典人传说中的智慧女神、也即雅典城守护神雅典娜而修建的，"雅典"的名称也由此而来。当时集中了希腊全国优秀的石匠、金匠和雕刻匠，耗时 15 年才完工，建成后雄踞雅典城中心，是当时欧洲最宏伟的建筑。庙内原有雅典娜女神像，高 12 米，全部用黄金和象牙做成，豪华无比，但却毁于兵火。神庙后来也被外来入侵者充当火药库，在一次交战中被炮弹击中，引起火药爆炸，庙顶和墙壁全部炸飞，只剩下空落落的框架。这是发生在 300 多年前的一场劫难。如今，这些孤零零的石柱仿佛在向来自世界各地的游人诉说着文明的悲哀。

在帕特农神庙近旁，还有厄瑞克忒翁神庙、罗马女神和奥古斯都神庙以及雅典娜祭坛等建筑，也都是残缺不全的遗址。厄瑞克忒翁神庙以少女廊柱闻名，六位站立少女，脚登台基，头顶屋檐，身姿婀娜，神态安详，是高超的艺术品。

卫城的南侧峭壁之下有两座露天大剧场，其一为狄俄尼索斯酒神剧场，半圆形阶梯式石头建筑，依山势而建，石阶残破，显得十分老迈衰朽。其二是希洛德·阿提库斯剧场，与狄俄尼索斯酒神剧场相距约三百米，也是依山而建的半圆形建筑，建成较晚，阶梯棱角分明，现在还在使用，每年的希腊戏剧节的主剧场就设在这里。这两个剧场与几天前在马尔马里斯看到的剧场完全一样。剧场是古希腊建筑的重要组成部分，是当时进行社会活动的重要场所，既用来演戏，又用来集会，是借以实现奴隶制民主的重要舞台。

站在高高的卫城上，可以俯瞰雅典全貌。雅典位处丘陵地区，市内多小山，密密麻麻的建筑铺展在众多山坡和山坡下的平地上，远望颇为壮观。城市东边远远的有高山蜿蜒，西边可遥见大海，几百万人口就散落在这青山碧海之间。而无论在市区的哪个角落，都可以清晰地看见卫城和卫城之上的帕特农神庙。雅典人把他们的保护神雅典娜供奉在高高的卫城之上是有道理的。

雅典又一日

按计划，大西洋号应于昨晚 10 时启航南行，前往希腊的另一个景点圣托里尼。可是睡到半夜时分，发现它还停在雅典的比雷埃夫斯港原地未动。怀着疑问挨到天明，船仍未动。人们开始议论：出什么事了？许多人去二层的服务中心询问。不久，船上广播通知："因邮轮技术故障还未修好，大西洋号须推迟离开雅典。"同时宣布，上午 10 点，将组织大家再去雅典做"轻松旅游"。错愕之余，反倒高兴。好啊，雅典这座世界名城，是应该再看上一天才对。

乘车再次进城。首先参观卫城博物馆，它就在卫城山脚下，昨天未及去看。一座现代化的建筑，馆藏文物大多是从卫城废墟中挖掘出来的，以石雕为主，包括人物雕像、动物雕像以及宏大的群体雕塑，显示了两千多年前古希腊高超的雕刻艺术。

博物馆对面，卫城东侧的山脚下，便是著名的"普拉卡"即旧城。古色古香的旧建筑，弯弯曲曲的小街道，构成古老雅典的街市风貌。几条主要的小街都是步行街，其中一条全用大理石铺路，两边店铺林立，游人熙熙攘攘。说是步行街，但有两种车辆被允许通行：一种是供多人同时骑乘的四轮带蓬自行车，青年男女们结伴骑行，嘻嘻哈哈地徜徉于街巷之中；另一种是状如小火车的游览电瓶车，长长的一串，供游人乘坐观光。

同伊拉克利翁一样，雅典"普拉卡"一带也有许多以"献花"为诱饵向游人讨钱的年轻女子，而且更多。看长相，不像本地人，肤色较黑。她们拦路"献花"，游人往往猝不及防。同船的老杜被一少女拦住，少女笑吟吟地献上一支花，老杜慌乱中不知如何应对，嘴里不住地说着"谢谢，谢谢"，其他船友及时从旁提醒，才脱身而去。附近还有不少卖艺"乞食者"：演木偶戏的——几具木偶，只由一人牵线并奏乐，手脚并用，演出各种滑稽动作，吸引游人掏出几枚硬币；活人雕塑——全身涂成金色或银色，做出某种造型，立在那里纹丝不动，乍一看就是一具雕像。我第一次看到时还以为是真的雕像，凑上前去拍照，蓦然间"雕像"向我眨眼，吓我一跳，再注意他的脚下，放着一个小盒子，这才明白过来。大千世界，芸芸众生，在谋生之路上，展示了多少人间情态。

如果说，"普拉卡"展示的是雅典的民俗，那么，宪法广场、雅典大学、希腊科学院以及国家图书馆则展示的是雅典的高雅。从普拉卡步行约20分钟到达宪法广场。用我们的标准衡量，这广场实在太小了，大约两三个篮球场那么大，但它却是雅典最大的中心广场。它之所以称为宪法广场，大概因为希腊议会大厦坐落在这里，象征着宪政民主。议会大厦是一座米黄色的旧式王宫，门前飘着希腊国旗，正面墙上嵌有无名战士纪念碑。我们来到这里时，正逢举行卫兵换岗仪式。穿着古代戎装、肩扛长枪、踢着90°正步的卫兵，在一名军官注目下向哨位铿锵行进，引来众多游人围观。再往前走不远是雅典大学大街，这里坐落着雅典大学、雅典科学院和国家图书馆，三座宏伟而雅致的建筑一字儿排开，形成一个统一协调的建筑群。苏格拉底和柏拉图的雕像高高立在门前石柱上，给这里带来了浓浓的哲人气息，这里是希腊的大脑和思想库。

意外地坐上了双层观光大巴，是北京的老武在街上碰见我们时送给我们的票。观光大巴的上层是敞露的，视野十分开阔。一路经过了雅典的许多大街小巷，浏览了很多街区、建筑和广场。其中一条满是古董旧货摊档的又窄又长的街道和一个人头攒动的"古市场"令人印象深刻。"古市场"就是两千多年前苏格拉底、柏拉图和亚里士多德聚徒讲学的地方，也是雅典老百姓经常聚会的地方。它距卫城不远，当年这里曾回响着古希腊先哲们的滔滔演讲和人们关于世界本源的激烈辩论。

古希腊是西方文明的重要发源地，雅典则是西方文明的中心之一。这里产生了在人类历史上开创先河并具有深远影响的一大批哲学家、思想家、政治家、科学家、戏剧家、雕刻家、建筑家和诗人。至今，人们一提到荷马史诗、梭伦改革、古代民主、百科全书式的学者、古代唯物论和古代辩证法、《理想国》以及"吾爱吾师，吾更爱真理"的名言，便马上想到希腊，想到雅典。

是什么原因让希腊和雅典成就了如此荣光？试析其由，大略有三：一是地理位置恰处欧亚非交接地带，便于就近从埃及、巴比伦、小亚细亚和欧洲本土广泛汲取文明营养；二是海洋民族，航海业和商品交换自古发达，具有很强的开放意识和开阔视野；三是由此催生的政治上的民主，营造了文化繁荣的良好条件。古希腊的奴隶制民主，是现代民主制的最早雏形，现代民主制的基本要素如公民大会制、选举制和任期制，在那时已基本奠定了。它虽排斥奴隶，但却在平民和贵族中实行民主，已经是一个了不起的进步。可以说，古希腊在人类政治文明的进化中迈出了第一步。

在返回港口的车上，又回头望了望卫城，卫城也仿佛在望着我们。

再见了，卫城！再见了，雅典！

3 月 30 日　星期一

童话世界圣托里尼

大西洋号终于排除了故障，于昨晚 10 时驶离雅典，向东南方向的圣托里尼岛驶去。这个本应前几日造访的名胜却排在了希腊之行的最后。

只有短短的 83 海里，很快就到了。晨光熹微中，海面上出现了一个绝壁耸立的岛屿。邮轮向它靠近，靠近却不靠岸，因为这里也没有供大型船只停靠的码头，我们仍得转乘接驳船，一船一船地渡到岸上去。上岸抬头一看，壁立千仞，赭红与黛青相间的岩石就悬在头顶。这怎么上得去呢？导游指挥若定，招呼我们登上了大巴。心想，大巴能开上陡崖？可是大巴还是开动了，居然真的有路，就在前边不远处，隐藏在草树间，呈"之"字形攀绕而上。大巴"突突"地叫着，拐了六七个弯，终于开到了崖顶，我们悬着的心放了下来。

崖顶居高临下，海阔天空。这是一个南北走向略呈弯月状的山脊。山脊西边是我们刚刚攀上的陡崖，东边是伸向大海的漫长斜坡，斜坡上分布着一些小村庄和葡萄种植园。而主要的村镇却建在眼前的山脊上，最靠近我们的小镇就是这个岛的"首府"菲拉镇，美丽的白色建筑连成一片，白花花仿佛披在山脊上的白纱。我们穿过菲拉镇向岛北端的伊亚镇驶去，从那里开始我们的全岛游览。

伊亚镇建在岛北端的山脊上。其实，与其说建在山脊上，不如说"挂在"山坡上，因为多数建筑分布在山脊两边的陡坡上，高低错落，多为白色小屋，也有浅黄色、粉色的；另有一些蓝色圆顶建筑，竖有白色十字架，那是教堂，在一片浅色中显得格外醒目。小屋及其庭院形态各异，依坡而建，有小径和台阶相互勾连。沿着小径或台阶穿行，左绕右拐，时上时下，一步一景，变幻无穷，每每有一种山穷水尽又柳暗花明的感觉。建筑物小而别致，有的嵌入山岩，称为"洞屋"。有的因山就势，巧用地形，很像童话世界中的玲珑小屋。可是无论怎样局促，每家每户几乎都有一个小小的庭院，哪怕只能放一把小椅，摆几盆花草。小屋、庭院、小径、台阶，不仅小巧玲珑，而且都十分干净整洁，再加鲜花处处，绿草丛丛，置身其中真像进入童话世界。小镇的另一侧即山脊那边较为平缓，有一条小街，排列着几家店铺，出售饮料和纪念品之类，甚至还有一家小小的书店。这里的居民生活悠闲，对于成群结队的游客虽报以微笑但也司空见惯，从容不迫地干着自己手中的活计。

导游引领我们登上小镇中心一个高高的平台，这里可以俯瞰全镇。小镇百门千户，一片素色，点缀在翠绿色的山巅。它的边缘就是褐色的山崖，山崖之下便是大海。小镇白似雪，山崖褐如黛，大海碧如蓝，置身此处，犹如仙境。我们站立的平台海拔好几百米，远望大海一片澄碧平静，全无往日的波涛汹涌；而停泊在海面上的大西洋号邮轮，则小得像一艘游艇。顿时联想到苏东坡的名句："纵一苇之所如，凌万顷之茫然。浩浩乎如凭虚御风，而不知其所止；飘飘乎如遗世独立，羽化而登仙。"

海风吹起了我们的衣角，飘起了女士们的长发，大家真有点飘飘欲仙的感觉。

圣托里尼风光

　　接下来登车南行，沿着山脊攀上了该岛的最高点——海拔566米的桑托林火山顶端。"欲穷千里目，更上一层楼"，我们上到了最高层。从这里放眼，天高地迥，空阔无际，圣托里尼及其附近诸岛一览无余。这些岛构成一组环形岛，我们站立的是其中最大的一个岛，面积约50平方公里，对面还有一个较小的岛与此遥相呼应，也是月牙形，两个岛构成类似中国太极图中的两条相拥相逐的"鱼"。它们中间是一个更小的低洼的岛，黑乎乎的全是岩石，寸草不生，据说那是古代的火山口。远古的火山就从那里喷涌而出，岩浆喷射升空后落向四围，堆出海面，形成海岛；喷发口在停止喷发后逐渐塌缩，海水倒灌，形成环形山，环形山也因塌缩变成相互隔开的月牙岛。这便是眼前的圣托里尼，它真是一只从火中诞生的凤凰啊。俯瞰全岛，山川多彩，村落点缀，碧海环绕，衬以蓝天白云，真是美不胜收。在靠近海滨处还有一个飞机场，亮闪闪的时有飞机起降，据说每逢旅游旺季，每天起降飞机达46架次。岛上常住人口虽不足一万人，可旅游旺季人口可达10万。

　　不得不提一下岛上的另一个奇特景观——葡萄园。岛上到处是葡萄园，但是不同于别处的葡萄园。这里的葡萄藤非常奇特，它不是攀在架上，而是蜷作一团，匍匐在地上，远看就像一团团蓬蒿。那么大的葡萄园竟没有一个供葡萄引蔓的架子。为什么会是这样？据说这是因为岛上常年刮大风，葡萄藤如果攀上架去，便会被风吹跑，于是为适应环境便进化成这种蜷缩在地上的葡萄藤。"物竞天择，适者生存"，达尔文如果地下有知，也会颔首微笑。

岛上的风真的很大，我们在山顶上被吹得站立不稳。导游说，去山下品尝一下这里的葡萄酒吧。于是来到菲拉镇的一家葡萄酒厂，厂家在接待大厅摆出明晃晃一大长桌玻璃杯，盛满了葡萄酒，旁边还有一篮子小面包，热情地劝我们品尝。味道确实不错，临走时不少人解囊购买，准备带上船去喝。

菲拉镇本是我们最先到达的地方，现在却成为最后一个游览景点。导游说："大家自由活动吧！别误了上船。"我与妻子沿着镇中小路徜徉。这里的建筑风格与伊亚镇一样，只是建筑物更多更密集。我们上上下下地穿过许多幽径小巷，饶有兴味地观赏了许多风格各异的庭院和小屋。突然，在一个拐角处，几头毛驴出现在眼前，它们由一位当地人牵着，刚刚从盘山坡道走上来，还在呼哧呼哧地喘气。毛驴背上有褥垫和鞍鞯，显然是供游人骑行的，是当地的一项特色服务项目。

看看时间快到了，我们按约定时间来到缆车站——返回时要求大家从菲拉镇乘缆车直下悬崖到码头集合。大家三三五五地来到缆车站，钻进车厢，从崖顶凌空而下，仿佛从天上回到人间。

人到齐后，大西洋号起航了。正是夕阳西下的时候，晚霞瑰丽，暮云峥嵘，太阳把余晖洒向圣托里尼，对面的崖壁一片通红。

哦，披在崖顶上的伊亚镇和菲拉镇宛如积雪的山头。

"维纳斯"从这里走向世界

在圣托里尼游览时，意外地知道，"维纳斯"就诞生在距圣托里尼很近的一个小岛上。它叫米诺斯岛，与圣托里尼岛同属爱琴海南部的基克拉泽斯群岛。

这里说的"维纳斯"，是指全世界家喻户晓的维纳斯雕像，一个断臂美人。在几乎所有的美学教材和历史教科书中都有她的照片。她是法国罗浮宫镇馆三宝之一，与"胜利女神像"和"蒙娜丽莎像"相并列，每天吸引着千千万万来自世界各地的游人引颈争看、凝神端详、争相拍照。

她的被发现，纯属偶然，是当地一个农民翻地时发现的。发现的过程和细节，说法不一，大体可以这样描述：1820 年 2 月，早春时节，一个平平常常的日子，米诺斯岛上的一位农民来到一处偏僻的墓地，他打算在附近开垦一块粮田。干了一会儿，累了，坐下来歇一歇。他打量着眼前的墓地，看着散落周围的残砖断瓦，心想，这是什么人的墓地，连我的爷爷生前都未曾说起过，一定是年代很久了。歇了一会儿继续挖地。突然，他发现地里埋着一块很大的石头，他很纳闷，继续往下挖，发现竟是半截石人。这是什么人的雕像？怎么只有半截？另外半截呢？他判断一定也在附近。果然，另外半截也被他找到了，合起来是一个完整的女人雕像，只是两只胳臂不知断落到何处了。

维纳斯雕像

事情很快传开了。当时驻米诺斯岛的法国领事和另一位法国海军军官分别找到这位农民，提出要把雕像买下来，并付了定金，同时向驻君士坦丁堡的法国大使报告。大使获讯立即派人前往交易。不料岛上长老出面干预，要求那位农民不要将雕像卖给法国人，而是卖给一位希腊官员。正在希腊人装船准备运走的时候，法国人赶到，双方发生激烈争执，剑拔弩张。最后，法国人软硬兼施，多方斡旋，硬是把雕像转到了法国船上，运到巴黎，成为法国的国家财产。

维纳斯是古希腊神话中掌管爱与美的女神阿佛洛狄忒，古罗马时代称为"维纳斯"。这尊维纳斯雕像，据考证产生于公元前 100 年前后，距今两千多年了，是名副其实的稀世珍宝。

按说，维纳斯的诞生地不应该在爱琴海的小岛上，而应该在希腊半岛的奥林匹斯山。据古希腊神话传说，奥林匹斯山有 12 位主神，分别是天神宙斯、天后赫拉、海神波塞冬、太阳神阿波罗、农神得墨忒耳、智慧女神雅典娜、铁匠之神赫菲斯托斯、月亮女神阿尔忒弥斯、爱与美之神阿佛洛狄忒、战神阿瑞斯、灶神赫斯提，还有神使赫耳墨斯。但不知为什么，爱与美之神阿佛洛狄忒的雕像却藏在爱琴海一个小岛上。当智慧女神雅典娜的金身塑像早已高高站立在雅典卫城之上的时候，同是女神的她还蒙尘荒岛，不为人知。

真应该感谢米诺斯岛上的那位农民，他就像中国陕西临潼打井的农民一样，一不小心便挖出了世界奇迹。

迟来的维纳斯让世界惊叹不已。她缺了两条胳膊，掉下来的胳膊无法找到，其实也无须找到，就让她保持这样一种残缺似乎更好。曾有不少好心人想给她补上胳膊，设计过多种方案，但总给人以画蛇添足之感。她，就是断臂美人，这已经是维纳斯的特定标记，是打在亿万人心中的烙印，再要改变会遭到人心的拒斥。两千多年前的雕刻艺术家把传说中的神人格化，雕塑出一个肌肤健美、身材匀称、庄重大方、妩媚动人的青年妇女形象，不妨称她为绝美的古典现实主义作品。的确，我们看到的，就是两千年前爱琴海地区的少女，作者完全是以现实中人的形象来塑造神的。而且，我们不能不佩服作者的开放观念。维纳斯是一个上半身全裸的女性形象，这在两千年前的古代社会应当说是相当大胆的创意。作者对人体美作了充分的展现：略微右倾的躯干，轻轻抬起的左腿，纯朴自然的面容，曲折优美的线条，身体的各个部位配合得恰到好处，保持了自然、协调和平衡。"人是万物的尺度"，从这个雕像身上，似乎已经透露出早期人文主义的萌芽。

"维纳斯"从这里走向世界，世界也永远记住了这里：米诺斯岛，还有那个老实巴交的农民。

船上员工的敬业精神

今天是航海日。结束了在希腊的四天游览，大西洋号在地中海迎风破浪，向西北方向的意大利西西里岛开进。从圣托里尼到西西里岛相距500 海里，邮轮需要航行 20 多个小时。

几天的希腊游，安排得满满的，今天感觉累了。上午躺在床上睡懒觉、翻看照片、阅读资料并规划下一阶段的上岸游。

9 时去卡鲁索剧场听介绍马赛和巴塞罗那的讲座，演示了不少珍贵的幻灯照片。讲解人巴比罗，大家按船上的习惯称他为"讲师"。他是西班牙人，瘦高而清俊，一副文质彬彬的样子，具有丰富的旅游、地理和历史知识。他的讲解不仅内容翔实，而且图文并茂，很受大家欢迎。当然，这其中也有翻译——一位中国姑娘的功劳，她现场口译，流利而准确。

这样的讲座，船上每隔几天就会举行一次，把下一阶段将要经过的地方及其历史和风土人情介绍给大家。每次都是巴比罗讲，他总是一丝不苟地一边讲解一边演示幻灯，个把小时就提供给大家很多的信息量。大家很佩服他渊博的知识和侃侃而谈的风度。一开始我们还以为他是船上聘请的专家，后来得知，他原来是船上一名普通员工，从底层干起，通过勤奋努力，刻苦自学，成长为大西洋号上专门为旅客上课的"讲师"。

其实，大西洋号上的员工都很敬业。

打扫客舱的服务员每天定时打扫，每一个角落都不马虎，一切用具，包括洗漱盆和水龙头全都擦得光洁可鉴，连阳台上的地板和软椅每天都要冲洗。各层甲板的清洁工从早到晚几乎不间断地清洗着甲板和擦拭着扶手；维修工则不间断地修理加固或打磨除锈。即使在烈日的暴晒下也勤勉如常，汗津津地在那里干着。大西洋号上的每层甲板、每个通道、每个扶手、每片玻璃、每个桌椅都纤尘不染，光洁可鉴。

我特别注意到船上的乐队。他们分为好几个组，分别在游客比较集中的二层、三层和九层的中央大厅、维内托休闲中心、蝴蝶夫人广场、佛洛里安咖啡厅和舞国游泳池为大家表演。每个组2至3人，用器乐伴唱，既是乐手，又是歌手。可是，由于船上全是中国游客，可能不大习惯西方风格的演奏，表演现场常常门可罗雀，有时候甚至一个人也没有。在这种情况下，乐手们并无丝毫懈怠，他们照样满怀激情地演唱着和演奏着，仿佛面对着很多观众一样。我好多次路过，看见他们在空无一人的场地上十分投入地演唱演奏，并且还扭动着身躯，那情景很让人感动。他们"目中无人，心里有客"，恪尽职守，一丝不苟，把昂扬优美的音乐连同他们的敬业精神一起传播到大西洋号的角角落落。

一丝不苟的分餐员

这里不能不再次提到我们那些在船上打工的同胞，那些来自祖国各地的少男少女们。他们大多是独生子女，在家里是"小太阳"或"小公主"。可是他们成为大西洋号的员工以后，被磨炼得完全变了样子。他们都特别能吃苦，特别能忍耐，特别有涵养，特别能包容。船上几乎所有与旅客直接打交道的事情都由他们办理，其间免不了矛盾和争吵。但是，他们总是表现得非常耐心和克制，绝不与旅客正面冲突或唇枪舌剑。凡旅客提出要求，他们总是千方百计给予满足，有时候还设身处地向旅客提出建议。有的旅客曾经与他们发生过争执，向他们发过火，但一段时间下来，自己后悔了，主动找他们道歉。

环境熏陶人，管理塑造人。有什么样的环境和管理，就有什么样的员工。大西洋号的管理非常严格。我们目睹了这样一个例子：在我们就餐的提香餐厅98号桌，每天上菜的服务生是一位菲律宾籍的小伙子，服务态度一直不错。可是不知为什么，有一天给同桌的周女士上菜上慢了，一道菜吃完好半天还不见下一道菜上来，周女士不高兴了，向小伙子提出了批评。到第二天上菜的时候，小伙子带着情绪，一下子将几道菜同时摆在周女士面前。这显然不符合提香餐厅的上菜规矩，周女士火了，感到自己受欺负了，便向餐厅经理反映了此事。事情的处理出乎我们的预料。几天后，当我们发现小伙子由另一位服务生顶替了的时候，一问之下，说是他已办完手续，到下一个港口便要下船回国了——小伙子竟然被解雇了。这事让我们98号桌感到吃惊和不安。按照我们国内的习惯，这事大不了批评教育了结，可他们居然一下子就开除了。同桌中有人为此还埋怨过周女士：小伙子外出谋生不易，何必告他一状？但是，这都是从我们的角度想问题，船方却有他们的理由。他们的理由便是：没有铁一般的纪律，便没有铁一般的员工。对于一艘航行在茫茫大海上承载着几千人安全的邮轮来说，铁的纪律比什么都重要，来不得丝毫含糊。

攀登欧洲最高的活火山

经过两夜一天的航行，大西洋号于今晨7时抵达意大利的西西里岛。

西西里岛是地中海最大的岛屿，位于地中海中部，与意大利本土隔着一条海峡。意大利地图酷似一只踢足球的脚，而西西里岛就是脚尖上的那个足球。

邮轮停靠的港口是卡塔尼亚，西西里岛第二大城市。今天天气晴好，霞光绚烂。从邮轮10层甲板望去，卡塔尼亚市楼宇交错，色彩斑斓，而城市后边不远处便耸立着埃特纳火山。它是欧洲最高的活火山，海拔3340米。几天前这里刚刚下过一场大雨，埃特纳火山的上部却披上了厚厚的白雪，在晨光下晶莹闪亮。

埃特纳火山不仅是欧洲最高的活火山，而且是世界上喷发次数最多的活火山。从有文献记载以来，它已经喷发了500多次，其中1950~1951

年的那次喷发持续竟达 372 天。当地人告诉我们，埃特纳火山近几年发生过两次喷发，最近的一次喷发发生在仅仅 6 个月之前。正是由于频繁喷发，它才被取名为"埃特纳火山"。"埃特纳"的希腊语含义是"我燃烧了"。

"我燃烧了"燃起了我们的探险热情。我们在邮轮上预订的西西里岛旅游项目，就认定一个——"埃特纳火山探险"。船上发给我们的导游资料上说，此行的目的是攀登至火山上的某个观景台，"观赏激动人心的火山全景以及几千年来火山喷发的岩浆所形成的景观"。这太吸引人了，以致昨天晚上我们俩人都没有睡好觉，早早地就醒了。

8 时乘越野车出发，共 6 辆，每辆乘 6 人。参加这项探险活动的大部分是年轻人，只有诗人西子乔和我们夫妇等几位是上了年纪的。从海港沿滨海路穿过卡塔尼亚部分市区，进入郊区村镇，一路都是上坡。逐渐的，村镇没有了，房舍减少了，绿色变淡了，最后呈现在眼前的尽是黑黢黢的火山砂砾和火山石。越野车绕着"之"字形盘山道继续爬高，到了一处好像是采石场的地方停了下来，让大家下车拍照。下车一看，白雪皑皑的主峰像一座巨大的银色金字塔矗立在前方，在晴空下泛着亮光。山是那样的贴近，雪是那样的洁白，天是那样的瓦蓝，脚下的火山石又

埃特纳火山

是那样的黢黑，它们奇妙地组合成一幅色泽鲜明而又壮美无比的景观。大家不由得发出惊叹，忙不迭地拍照留影，诗人西子乔更是诗情大发，一连声"啊，真美啊！"

但是，这还不是最好的观景处。接着上车继续前进，越爬越高，越爬越险，到了一处山口，又出现一个平台。导游招呼我们下车。啊，好大的风，吹得人站立不稳。这里已经到达雪线了，眼前积雪的山坡上，强风卷起的雪雾一缕一缕翻卷着，像玉龙在打滚。我们都穿着厚厚的防寒服，仍然感到冷风像刀子一样砭人肌骨。平台旁边就是一个小的火山坑，导游领我们去看，它像一

口大锅，黑乎乎的，早已死寂。正在这时，又一股强风刮来，同行的一个 5 岁小男孩被刮得顺风直跑，太危险了！前边就是陡坡！我立即扑上去抓住小孩，高喊"家长呢？"孩子妈妈闻声赶到，一脸惊慌地抱走了小孩。我们没走几步，又是一股强风，猛地将我刮倒，爬在砂砾上，手掌擦破了，幸好没有大碍。

真有点惊险呀，可是后边还有惊险项目。

我们继续向另一个更高的观景台进发。谁料通往观景台的路被厚厚的积雪覆盖，越野车轮胎打滑开不上去，试了几次都不成功。最后只好调头，绕道而行。导游领我们绕行到山腰的另一侧，在这里下车，徒手攀爬。我们攀上了一座不大的山顶平台，抬头一看，啊，埃特纳火山的主峰巍然呈现在眼前，比原来更近了，仿佛一个巨人耸入蓝天。我赶忙调整好望远镜焦距，清晰地看到主峰的火山口，像一张对着天空张开的大嘴，吐出一缕淡黄色的轻烟，飘向天际。这是火山生命的象征，说明埃特纳火山确实"活着"，只是没有大规模喷发。更令人震撼的是，从火山口向下的宽阔的山坡，除了上部披着积雪之外，其他都被从火山口流出而现在已经凝固的黑褐色岩浆覆盖，缕缕流痕，清晰可见，就像巨大的瀑布一泻而下，其宽度约有数百米，长度则有几千米，一直漫溢到远处的山脚下，形成罕见的石瀑奇观。这时风小了，我们对着冒烟的火山口和一泻千米的"大瀑布"，痴痴地望了很久。遗憾的是不能再往上爬了，再往上是专业登山队员的活动范围。

怀着饱览之后的满足和仍然留下的几许遗憾登车下山。山下绿色葱茏、车水马龙，与山上的白雪黑石、高远空寂相比，不啻天上人间。归船后余兴未尽，又登上 10 层甲板，从远处继续瞭望刚才爬过的火山。现在，埃特纳火山在 20 公里之外，它不再是狂风狰厉、雪雾翻滚的险境，而是静静的一座圆锥形雪山，矗立在蓝色的天幕下，白云从它顶上飘过，一派诗情画意。

不由地想到，人们观山，既须深入山中，又要远在山外。深入山中看细节，远在山外睹全貌。只有前者，不过是一堆物象；只有后者，不过是一个轮廓；只有二者的结合才会有对山的完整印象。苏东坡所谓"不识庐山真面目，只缘身在此山中"讲的大概就是这个道理。

其实，对世间许多事物的认识都是如此：既要入乎其内，又要出乎其外；既要探究细节，又要把握宏观。

说说西西里岛

不知是西西里岛沾了埃特纳火山的光，还是埃特纳火山沾了西西里岛的光，它们两位都名闻遐迩。

已经在船上 10 层甲板瞭望过西西里岛的第二大城市卡塔尼亚，它就坐落在火山脚下，距火山只有 20 公里。背山面海，市区分布在由火山喷发形成的缓坡上，楼房鳞次栉比，在雪山的辉映下格外清晰，也格外美丽。全市约有 30 万人口。我想，这个与经常喷发的火山挨在一起的城市，是怎么度过一次次的劫难，保持了今日的繁华和从容？

上午在爬上埃特纳火山半山腰的时候也曾驻足俯瞰过西西里岛：远山、盆地、河流、村镇、农田、树林，还有风力发电塔——岛上的风力资源很丰富。这是一个很大的岛，在地中海的几千个岛屿中，它是老大，面积两万多平方公里，人口 500 万。它现在是意大利的一个行政区，下辖了 9 个省！卡塔尼亚市便是岛上一个同名省的省会。这里气候温暖湿润，适合农作物生长，曾经是罗马帝国的"谷仓"，现在也仍然是意大利的重要农业区，盛产小麦、蔬菜和水果。

也许是因为它的地理位置的特殊——处于地中海的中心，北边与意大利半岛只隔着几千米的墨西拿海峡，西南边与非洲的突尼斯相距也不远，约 160 公里，南边距马耳他不到 100 公里。它就像挂在十字路口的一大块肥肉，很容易引起左邻右舍和过往行人的垂涎和争夺。历史上，它确实被夺来夺去，先后被好几个国家统治过。最早是希腊，公元前 8 世纪，当时独步欧洲文明前列的希腊就已经在岛上殖民，建立了城邦，至今岛上还有不少古希腊建筑遗迹。后来，北非的迦太基人也把势力扩展到岛上，与希腊争雄。公元前 3 世纪中期，在亚平宁半岛崛起的罗马共和国，向周围扩张，西西里岛首当其冲，在与迦太基人进行两次战争之后，西西里岛被纳入罗马共和国的版图，成为它的一个行省。再后来，从公元9世纪起，阿拉伯人夺取该岛，统治200多年，如今岛上盛产的柑橘、柠檬、甜瓜等，就是阿拉伯人带来的。继阿拉伯人之后，法国诺曼人又入主西西里岛，他们兴建了不少城堡和教堂，还留下了不少蓝眼睛的后代。接下来，西西里岛又被西班牙人占领，统治长达几个世纪，又留下了西班牙的文化元素如巴洛克式建筑。直到1860年，意大利著名将领加里波第率领"千人团"渡过墨西拿海峡，一举拿下西西里岛，从此以后，西西里岛便成为意大利的一个行政区。可见，这个地处要津的岛屿，不仅有频繁爆发的火山，而且有频繁燃烧的战火。几千年来发生了很多次战争——从古罗马共和国与迦太基人的布匿战争到第二次世界大战美英军队与意大利墨索里尼军队的战争，以及历史上声势浩大的西西里奴隶起义战争，等等，这里都曾经刀枪交鸣、战火熊熊。

埃特纳火山下的卡塔尼亚市

如此特殊的历史，形成了西西里岛的多元特征，多种文化交错并存，蔚为大观。岛上的古希腊建筑遗存，如阿格里真托的古希腊神庙，与雅典的帕特农神庙十分相似；陶尔米纳的古希腊露天剧场与雅典卫城的酒神露天剧场异曲同工，它们都被列为世界遗产。岛上中部地区的罗马乡村别墅和古堡是罗马帝国时期的文化遗产，其精妙的地板镶嵌画，尽显当年贵族的奢华生活。罗马乡村别墅也被列为世界遗产。而诺曼人的教堂、西班牙人的宫殿、阿拉伯风情的建筑，在岛上都不少见。西西里岛这样的多元文化交错并存的现象，在世界岛屿中恐怕绝无仅有。

最值得西西里岛自豪的，当属它是一位世界级的伟大科学家的故乡。这位科学家就是阿基米德。他大约于公元前287年前后诞生于该岛东南的锡拉库萨镇。阿基米德的主要贡献是发现了浮力定律，这在两千多年前的古代是一项非常了不起的成就。据说，他是在浴池洗澡时触发灵感，经进一步实验揭示了这一物理学定律。这一说法有一点传奇意味，实际上，只要想一想，当时的西西里岛已经是舟楫往来的海上通衢，造船修船业相当发达，而造船修船和航海都离不开解决浮力问题。从小生活在海边的阿基米德一定是受到社会生产实践活动的推动而做出了他的伟大贡献。然而令人扼腕的是，这位伟大的科学家却在公元前211年罗马与迦太基人的激战中被乱兵杀死。

什么时候能重游一次西西里岛，细细地再看上几天。

4月2日　星期四

今天开始"自由行"了

行走在罗马圣彼得广场

离开西西里岛，邮轮向罗马驶去，365海里航程，需要十多个小时才能到达。

昨晚11点，妞曼敲门送来了当天的邮轮日报。奇怪这么晚才送邮轮日报，没准有什么变动吧。果然，日报上通知，因邮轮技术故障，明天上午10点半才能到达奇维塔韦基亚——罗马的港口。又是技术故障，又是延时。大西洋号据说大修不久，为何老出毛病？

不仅如此，船上的一些收费也令大家不满，比如上岸游的收费，大家都嫌贵。越来越多的人开始自由行了。自由行虽有某些不便，但花钱少，参观多，个性化旅游，选择余地大。船上不仅年轻人而且一些年纪较大的船友也开始了自由行，我们决定，从罗马开始也自由行。

自由行需要找合适的游伴。每个人的兴趣爱好不同，对景点的选择也不同，容易出现矛盾。船上有的自由行小组就因为兴趣爱好相左而发生分歧以致解体重组了，因此必须找志同道合者。我们和北京的老武、湖南的老王老张谈得来，兴趣爱好也比较接近，商定一起出行。但老王老张夫妇事先已经报了船上组织的罗马观光团并交了款，只能等游完罗马之后再与我们汇合。

就这样，在罗马，我们夫妇和老武一起开始了自由行。

罗马行

上午 10 时，邮轮驶抵罗马奇维塔韦基亚港。

船上通知，当地港口为了迎接首次从中国出发的环球邮轮到港，特地举行喷水欢迎仪式。这是我们从上海出发以来第一次遇到。大家闻讯急忙聚上甲板。只见大西洋号前方有两艘拖轮一左一右迎面驶来，

罗马港口举行欢迎仪式

接近大西洋号时，两艘拖轮上的高压水管分别向两侧喷出水柱，高高地抛向天空，又落向海里。大西洋号也拉响汽笛，向喷水船致意。邮轮甲板上人头攒动，大家怀着激动的心情纷纷举起相机拍照，留下这难得一见的场景。

10 点半登上码头，由港口巴士送到距港口约两公里的汽车客运站，再转乘客运大巴至火车站。在这里我们乘上了去罗马的火车。开局还算比较顺利，一同登上火车的自由行船友有好几组，不下 30 人。有道是"条条大路通罗马"，我们是沿着铁路进罗马了。

从港口到罗马约有 30 公里路。火车先是沿着海滨行驶，接着折向东行。窗外是罗马郊外的一个个村镇和一片片农田。这趟列车是从港口奇维塔韦基亚开往罗马市区的专线车，车上乘客多是上下班的当地职工，他们好奇地看着一下子涌上来这么多中国人。

半小时左右火车到达罗马圣彼得广场站，我们就在这里下车。出站拐过几个街角，便到了著名的圣彼得广场和圣彼得大教堂。这里已经进入梵蒂冈辖地，算是另一个国家了。几年前我曾经来过这里，对圣彼得大教堂的高大宏伟和富丽堂皇印象深刻。眼前，参观大教堂的游客沿着柱廊排成了几百米长队。我们考虑到时间有限，且 3 人以前都已参观过大教堂，便决定先乘观光巴士游览罗马市容，然后参观斗兽场。

在圣彼得广场的巴士车站候车。一位身穿巴士工作服、手拿广告牌的青年男子向我们招手。我们走到他跟前，他指着手里的广告牌，示意要我们买票。广告牌上写着每人 18 欧元。没多犹豫，我们立即买了 3 张巴士票，以便车一到就可上车。可是售票男子却示意要我们跟着他往前走。还往哪儿走？这里就是巴士车站啊。原来，他要我们乘坐的巴士并不在这个车站停靠，他是来这儿拉客的。没办法，我们只好跟他走。大约走了 300 米才让停下来等车，这一等就等了 20 分钟。我们急了，冲着他边比画边质问。他也使劲打着手势，伸出 5 个指头，意思大概是 5 分钟就到。唉，我们遇到洋"车托儿"了。不管怎样，总算等到巴士了。上到二层，找了座位坐下来。打量这车，十分陈旧，比街上其他观光巴士逊色许多；试了试座位上的语音翻译耳机，居然没有中文解说。幸好我们带了罗马市旅游地图，上面标注甚详，巴士经过哪些街区和景点大体能够判断出来。

车一开动，刚才的不快也便置诸脑后了，毕竟罗马的魅力更能调动人的情绪。从圣彼得广场出发，首先到达的是圣天使古堡，一座下方上圆的红砖建筑，顶上塑有展翅欲飞的天使雕像，据说原来是罗马帝国哈德良皇帝的陵墓，现在是兵器博物馆。接下来到达的是石柱广场，这里坐落着意大利众议院。与它相隔不远的是奎里纳莱宫，即现在的总统府。而接下来的圣玛利亚大教堂，据说是罗马四大教堂之一，与圣彼得大教堂、圣乔瓦尼教堂、圣保罗教堂相并列。不远处是威尼斯广场，这是罗马众多广场中最有气派的一个。它位于市中心，多条马路在此交会，车如流，人如织。广场一侧矗立着一座宏伟的白色大理石建筑，半圆形柱廊气势恢宏，据说是为纪念统一意大利的君主埃马努埃莱而修的纪念堂。它的前面就是这位君主的骑马铜像，铜像下面是"祖国祭坛"，即无名英雄墓。广场东西两侧耸立着古罗马著名文物图拉真记功柱，柱上刻有 2500 人的浮雕，描绘了图拉真皇帝远征西亚的"战功"。

观光大巴穿过了罗马的主要街区，让我们以开阔的视野浏览了罗马的市容；楼房如峭壁，马路如峡谷，汽车如河流。其中一些建筑古老典雅，精雕细琢，是美轮美奂的艺术品。恰逢今日天气晴好，蓝天白云下罗马城显得格外亮丽。

浏览了罗马的街景，我们在斗兽场下车，这里是我们今天参观的重点。斗兽场是罗马帝国的象征，是古罗马最宏伟的建筑。上次来罗马时虽然到过它的跟前，仰望过它的雄姿，但未能入内参观。今天我们决定补上这一课。好在排队购票的队伍还不算长，我们排了不到半个小时便购到了票，每人 12 欧元。

穿过高大幽深的走廊，登阶梯进入一个拱形门洞，穿过门洞，一个巨大的褐色锅形建筑便呈现在眼前，比想象的要宏大，其周长估计不少于 400 米。周围是层层看台，看台之间夹着几条环形通道，沿通道每隔一段便有一座拱门通向外边，共有三层拱门。看台的最上边是垛墙，开有很多窗口，可以窥见外边的景物。斗兽场的中心是角斗台，现已坍塌，透过坍塌面，可以窥见其内部结构颇为复杂，有多条纵向夹道和横向隔墙，这是当年临时圈养野兽和供奴隶角斗士赛前居住的地方。可以想象，每当角斗开始，在看台上几万观众的一片喧叫声中，奴隶角斗士赤膊出场，野兽也被放出，人兽之间展开你死我活的搏斗，该是一种多么残忍血腥的场面。古罗马帝国的皇帝从奴隶和野兽的搏斗中，从野兽撕扯和吞噬奴隶的场面中寻求刺激和快感。奴隶大多是从战争中俘获的战俘，他们一为俘虏，便由人变为非人，由战士变为工具，同野兽归为一类。

而这个残害奴隶的斗兽场竟然就是由这些奴隶修建的。史书记载，古罗马皇帝远征耶路撒冷时带回4万俘虏，他驱使这些奴隶花费8年时间才建成了这座斗兽场。

罗马斗兽场内景

我们沿着看台的通道一边走一边端详，走了一圈，又伫立良久。老武提醒说："不早了，该回去了。"

还坐那趟火车，一路上回味着罗马。

最深的感受是它的古典气象。罗马是一座古城，有2500多年的历史。罗马人喜欢把他们的城市与母狼救小孩的神话故事联系起来。那两个被扔入台伯河的小男孩被狼妈妈救起并哺育长大，成人后杀了他们的仇人，成为罗马的首领。但是后来兄弟二人又互相残杀，哥哥杀死弟弟，以他的名字命名新的城市叫"罗马"。这故事其实讲的是"狼的人性"和"人的狼性"。母狼救起并哺育小孩，这是狼的人性；被救的小孩长大后互相残杀，哥哥杀死弟弟，这是人的狼性。虽然是神话，听起来有点怪诞，但神话是人创造的，是人的生活的虚幻反映，因此"神话"实际上是"人话"。人不仅具有人性，也具有狼性（当然不是指所有人），甚至超过狼性，罗马斗兽场明白无误地展示了人的超于狼性的狼性！但不管怎样，罗马确实具有不同凡响的古典气象，它有古王政时期的遗迹，有罗马共和国和罗马帝国时期的废墟，更有文艺复兴时期的建筑。穿行于罗马街头，各个时代各种风格的建筑比肩而立，教堂、神殿、凯旋门、记功柱、古城墙、浴场、水道、竞技场，等等，整个罗马城就是一座收纳了几千年历史的巨大博物馆。

其次是它的宗教氛围。罗马是天主教的全球中心，著名的"国中之国"梵蒂冈就在罗马市内，而整个罗马地区在历史上曾有一千多年属于天主教领地，处于罗马教皇的直接统治之下，这就使罗马积淀了并弥漫着浓厚的宗教氛围。据说，现在罗马市内共有大小教堂400多座，每天的宗教活动是这座城市的人们乃至来自世界各地的教徒们的重要活动内容。

还有它的兴衰历史。罗马的名气大，主要源于历史上以罗马为名的那个国家的扩张、征战和称霸。罗马原来只是台伯河畔的一个城邦，公元前6世纪到公元前3世纪初，经过200多年断断续续的征战，领土大体延展到整个意大利半岛。又经多年扩张，罗马已成为地中海世界的霸主，罗马城不仅是意大利的国都，而且是地中海地区的政治中心。从公元前3世纪中期到公元前2世纪后期，罗马又通过一系列战争，由意大利的统治者扩张成为东起小亚细亚、西到大西洋岸、南到北部非洲，领土横跨欧亚非三洲的大帝国，连希腊这个比它开化要早的国家也被置于它的统治之下。然而，盛极而衰，罗马帝国后来在一系列内外矛盾中分裂了、衰落了，当年的金戈铁马、气吞万里如虎，变为衰草荒塚、风流尽被雨打风吹去；凯旋门再无凯旋，记功柱无功可记，罗马帝国最终成为一段历史的记忆和供人们参观的废墟。不是说罗马统一意大利没有进步作用，而是说它后来贪得无厌的扩张给许多民族带来深重灾难，也招致了它自身的灭亡。细想之下，世界上所有的霸权都是如此，其兴也勃，其亡也忽。拿破仑如此，希特勒也如此，梦想建立"新罗马帝国"的墨索里尼更是如此。由此推及，世界本质上是不允许有霸主和霸权的，即便称霸，也仅一时，跌落之后，处境更惨。人间正道是平等、合作、发展、和谐。那些迷恋霸权的人，应当以史为鉴。

魅力马赛

离开罗马，大西洋号继续在地中海航行，下一站是法国马赛。

马赛，一个很响亮也很熟悉的地名。它是法国的南大门，第一大港口，第二大城市。以前去过巴黎，去过卢瓦尔河谷，穿越过法国北部，却没能到达位于法国南部的马赛。

对马赛地名的熟悉，主要源于与它相关的两个历史故事。

一个是《马赛曲》的诞生。18世纪法国大革命胜利后，新政权遭到欧洲封建势力的仇视和围剿。1792年，普鲁士国王和奥地利皇帝联合发动了对法国的武装干涉。法国人民奋起反抗，各地纷纷组织义勇军，开赴巴黎，保卫革命果实。马赛人民也组织了一支由500余人组成的义勇军，徒步行军开往巴黎。他们沿途高唱"莱茵军歌"（一首创作于法国大革命时期的进步军歌，最早在马赛地区传唱），跋涉27天，把爱国激情和革命歌曲一并带进了巴黎。后来这首旋律昂扬、曲调铿锵的"莱茵军歌"被改名为"马赛曲"，广为传唱，并被确定为法国国歌。一个城市的名字成为一个国家国歌的名字，这是很罕见的，马赛因此为世人熟知。

另一个是，20世纪初期，一批中国热血青年怀着出洋求学、报效祖国的愿望，前往法国勤工俭学。他们乘坐老式轮船，万里迢迢，经过几十天的颠簸到达马赛，就在这里登上了法国土地。他们之中就包括后来成为中华人民共和国开国元勋的周恩来、邓小平、陈毅、聂荣臻、李立三等人，他们都是改变历史的一代伟人。马赛留下了他们的足迹，也在中国人心中增加了知名度。

在开往马赛的路上一直是强风鼓浪，大西洋号颠簸着航行了一夜半天，走完347海里航程，于今天下午两点半抵达马赛，比原计划晚了半个小时。

我们与湖南老王、老张夫妇结伴而行。他们两位是第一次自由行，兴高采烈，跃跃欲试。下船后我们乘港口大巴至"老港"。老港是马赛的旧港口，紧靠市中心，有几条繁华大街从这里向东、南、北三个方向伸展出去，它是马赛的大门，是当年人流和物流的集散地。如今毕竟老了，水深只有6米，无法停泊大船，所以在它北边十几里外又建了新的现代化港口，我们的大西洋号就停泊在新港口。

当年周恩来、邓小平他们上岸的地方就是老港口。现在，差不多100年后，却成为他们的后人们蜂拥而至的旅游观光地。想想那时，一批刚刚经过长途劳顿、背着行囊、睁着惊异的目光从这里准备转乘火车赶往里昂等地的中国青年学子，大概没有多少兴致欣赏周围的景色，他们心里着急的是能不能进入工厂、找到工作、勤工俭学。而如今，经过改革开放已经富起来的一批中国男女老少，衣着光鲜，兴致勃勃，乘豪华游轮来这里领略异域风光。他们在先辈们曾经留下脚印的地方又留下了自己的脚印，这前后隔了一个世纪的中国脚印，反映了中国由贫弱到富强的变化。人世有代谢，往来成古今。历史就是一串脚印，一串前后相继的脚印啊。

下车后，我们便急急忙忙打听观光大巴售票处的所在。由于语言不通，虽借助纸条、手势，也不大奏效，问了几个路人，都以摇头表示。正焦急中，突然一列长长的"小火车"开过来，停在路边公交车站，我们断定这就是前不久在雅典看到过的那种观光车，也不问开往哪里，四个人一跃而上。同时上车的还有其他十几位船友。上车后每人花8欧元买了票，任由它拉着走。反正观光车一般是环行，拉多远还会绕回来的。

"小火车"沿着老港转了半个圆，然后沿"新滨海大道"向南开行，经过"肯尼迪峭壁路"，左转弯开上了一座小山，山顶上耸立着一座又高又尖的教堂，"小火车"在教堂旁边的停车场停了下来。这里好像是终点站，乘客全都下了车，我们也跟着下了车。

随着人群，爬了一段台阶，便到了教堂正面的一个平台。这里是马赛的制高点，是一个绝佳的观景平台，整个马赛市全都展现在眼前：密密麻麻的建筑，红色的屋顶，大大小小的教堂，纵横交错的街道，景象十分壮观。不仅马赛市区一览无余，连市区周围的群山和大海也一望而收。马赛市三面环山，一面临海。南、北、东三面青山环拱，西面濒临地中海，宛若一个伸开臂膀拥抱海洋的美人。我们的大西洋号远远的停泊在港口里，船友们像看到自己的家一样兴奋地向它挥手。今天天气很好，蓝天白云，青山碧海，衬托着一座百万人口的繁华城市，马赛的风光确实很美。它虽比不上巴黎的雍容华贵，也比不上卢瓦尔河谷的楚楚动人，但它坐拥山海形胜，显得大气而寥廓。

马赛大观

俯瞰波光粼粼的海面，上面漂浮着三个小岛，距岸很近。其中最近最小的一个就是大仲马小说《基度山伯爵》中所描写的伊芙岛，几位船友因慕其名专门雇船前往参观。

我们登临的这座小山叫金象山，海拔162米，在老港南侧，是市区的最高点。为什么叫金象山？与山顶的这座教堂有关。这座教堂名为"加尔德圣母院"，拜占庭式风格，色彩灿烂，壮丽华贵。最突出的是它的塔楼，高达60米，在山下很远的地方就可以看到，塔楼顶端矗立着一尊镀金的圣母像，在阳光下闪闪发光，金象山的山名即由此而来。加尔德圣母院是马赛的标志性建筑，每天来这儿参观和朝圣的人很多。

我们转身进入教堂。教堂内金碧辉煌，庄严肃穆，有几位信徒在虔诚地祈祷。游人轻轻移步，静静参观，谁都不愿打扰这里的天人对话。在转角处，有十几位男女老幼，一律身着黑色或白色衣服，面容凄楚地围站一圈，一位神职人员在旁边念念有词。我们判断，这是当地一个家族在以宗教形式为亡人送行，他们围在中间的，也许是一个骨灰盒。我们不便细看，默然离开。

四个人商量了一下，决定还乘"小火车"下山，去市区游览。"小火车"绕道穿行在港南市区。窄窄的小街起伏于丘陵之间，古色古香的小楼，络绎不绝的车辆行人，岩石交错的美丽海岸，还有海上的白帆，路旁的棕榈，山脚的别墅，令人赏心悦目。如我们所料，"小火车"绕行一圈之后最终停在老港旁边我们上车的那个车站。

下车后，我们径直向东边的闹市区走去。很快便到了马赛最著名的大街——拉卡纳比耶尔大道，这是一条步行商业街，马赛人自豪地把它比喻为法国的第二条香榭丽舍大街。我们从它的西口进入，一眼望去，街两旁的大楼一字儿排开，刀削一般，整齐而气派。街上游人很多，在熙熙攘攘的人群中，有不少阿拉伯人和非洲人，他们并非游客，而是当地的居民，有些则是街边的卖艺人。一位黑皮肤的青年男子不断地表演倒立，向过往游人展示才艺，讨点小钱；另有不少涂成金色或银色的"人体雕塑"站立街心，吸引过往游人。而街上随处都有的露天咖啡摊，聚集着悠闲的各色人等，慢饮轻尝，笑语盈盈。马赛所处的地理位置，使它成为众多人种聚居的城市，据说，仅阿拉伯人在马赛就超过 10 万，这是马赛的一大特点。

该往回返了，我们绕道从另外一条街道返回，一路穿越了马赛的老城区。老城区街道狭窄，楼宇古朴。这里被称为马赛人心灵的故乡，见证了马赛 2500 多年的历史。

早在公元前 6 世纪，古希腊人就驾驶帆船来到这里，建起了居民点。中世纪时，这里是十字军东征的补给点，1481 年正式并入法兰西王国。马赛市政厅和市政厅广场就坐落在老城区，一幢巴洛克式建筑，古老而典雅。这里不仅建筑典雅，人也"典雅"：在市政厅门口的台阶上，一对老年男女（估计有 70 岁左右）旁若无人地长时间拥抱接吻，像热恋中的情侣一般，尽显马赛人的浪漫和风情。

又回到了老港，仿佛见到了老朋友一样。夕阳西下，水面光影斑驳，老港显得格外热闹，岸上的小吃摊和咖啡馆很多，露天座位都被占满，人们一边喝着咖啡，一边欣赏着落日的余晖。我们没有时间再逗留了，匆匆登上了开往新港口的大巴。

透过车窗玻璃，望见对面金象山上那座镀金的圣母像，她在夕阳映照下显得格外璀璨。

4月4日 星期六

"欧洲之花"巴塞罗那

下一站是巴塞罗那。从法国的马赛到西班牙的巴塞罗那，距离并不远，只有193海里。大西洋号航行了一个晚上，于今天早晨8时到达。港口也举行了喷水欢迎仪式。

巴塞罗那是欧洲名城，著名的国际旅游城市。提到它，人们马上会想到著名建筑学家高迪、著名画家毕加索和前国际奥委会主席萨马兰奇等重量级人物，他们都是巴塞罗那的骄子。

西班牙的大文学家塞万提斯在其名著《堂吉诃德》中曾经称赞巴塞罗那是"举世无双的欧洲之花"。

这个城市现有人口150多万，是西班牙第二大城市。1992年成功举办了第25届奥运会，进一步提高了它的知名度。

下船后，我们四人乘巴士至和平门广场，这里距港口很近，只几分钟车程。到达后首先映入眼帘的是矗立在广场中央的哥伦布纪念柱。赭红色大理石圆柱，约有60米高，柱顶是哥伦布全身立像，一只手指向海洋，两眼凝视远方，仿佛当年立于"圣玛利亚"号船头指挥探险队横渡大西洋一样。西班牙是哥伦布远航探险的出发地，西班牙人向来把哥伦布尊为民族英雄，尽管哥伦布并非西班牙人。

仰望着这座高大的纪念柱，看着上边镌刻的"光荣属于哥伦布"的铭文，又一次想到我国的郑和：郑和下西洋在时间上比哥伦布横渡大西洋要早七十多年，船队规模比哥伦布的船队大几十倍，航程也比哥伦布远得多，他是名副其实的人类大航海时代的开拓者和先行者。但是，郑和的知名度却远远不如哥伦布。西方不少城市都有哥伦布的雕像和纪念柱，却没有一座郑和的雕像和纪念柱。

更不可思议的是，连他的祖国也没有为他竖起一座像样的纪念柱。虽然现在在南京有修缮一新的郑和墓，在江苏太仓和苏州以及云南晋宁等地建起了郑和纪念馆，但仍然没有一座足可傲视哥伦布的高大纪念柱。我们尽可以批评西方的"欧洲中心论"和种族偏见，可是，对于自己长期轻慢自己的航海英雄，又该作何反省呢？

和平门广场有发往市内的观光大巴，我们购买了每人 27 欧元的套餐票。所谓"套餐票"，是包含三条观光线路的通用票，分红、蓝、绿三色，在 24 小时之内可以任意使用。我们先登上红色线路的大巴，目的是想首先去看看据称是欧洲最大的教堂——神圣家族教堂（即所谓"圣家堂"）。大巴经滨海环路至奥林匹克志愿者广场拐弯，沿一条南北走向的大街北行，到加泰罗尼亚广场后换乘蓝色线路巴士，经格拉西亚路到达神圣家族教堂。

事不凑巧，我们排了足有一小时的队，到售票窗口时却被告知上午的票已经售完，只能买到下午五点半的参观票。怎么办？我们犹豫片刻，最后还是买了五点半的。晚就晚点吧，神圣家族教堂毕竟是巴塞罗那的标志性建筑。

我们又登上蓝色线路巴士，准备作一次环城游。经过了几条不知名的街道，都很繁华热闹。途经加泰罗尼亚广场时，时已中午，决定下车歇一歇，吃点儿午饭，欣赏欣赏广场的喷泉和雕塑。大群的鸽子围了过来。同欧洲许多城市的鸽子一样，它们并不怕人，是这座城市里非常友好的成员。

广场南侧正对着著名的拉兰布拉大街，是一条笔直的通往海边的繁华商业街，靠近广场的一段被辟为步行街。我们在步行街上随着人流徜徉观光。正是在这里，我们的两位女士因为找厕所而演绎了一个令人捧腹的故事。这里的厕所都是收费的，而且只收欧元。当时兜里正好没带欧元。情急之下，看见一个巷口有位穿着餐馆工作服的姑娘正向我们招手，便走上前去，也不答话，跟着她来到他们位于巷子里边的餐馆。正当姑娘笑盈盈地招呼我们入座并递上菜谱要我们点菜的时候，两位女士却以手势表示不是来吃饭的，而是来找厕所的。餐馆姑娘这才明白过来，双方相视大笑。姑娘很友善地指了指餐馆里厕所的位置，总算解了燃眉之急。

出了餐馆，我们换乘红色线路巴士，穿街过巷，由西北折向西南，经西班牙广场，到位于蒙特惠奇山的国家宫下车。这里是巴塞罗那的制高点，山虽不高，但也可以俯瞰全市。宏伟的国家宫就建在山巅，我们来到国家宫门前的平台上，眼前展现出巴塞罗那的全貌。这真是一朵美丽的"欧洲之花"！近处是壮观的大喷泉，几十个喷口对着蓝天喷珠吐玉。喷泉前边是一条宽阔的马路，宏伟的议会大厦和宇宙广场分列两旁。再往前就是西班牙广场，也是一个中心广场，有六条马路呈放射状从广场伸向全市，广场周边矗立着许多彩柱，还坐落着一幢圆形的玫瑰色建筑。再往远处看，提维达波山蜿蜒在市区北部边缘，那里有巴塞罗那的最高峰，海拔 500 米，山顶上的气象塔清晰可见。从我们所在的蒙特惠奇山到提维达波山大概有 15 公里的距离，两山之间是如海如锦如花如簇的巴塞罗那市区，各种建筑争奇斗艳，像是一座巨大的露天建筑展览馆。

"欧洲之花"巴塞罗那

面对此情此景，首先想到毕加索（1881—1973），想到那位画了许多奇奇怪怪立体组合的绘画作品的著名画家。如画的城市造就了绘画巨人。毕加索 14 岁时（1895）全家迁到巴塞罗那，在这里他以优异成绩考入美术学院深造。当时的巴塞罗那得欧洲风气之先，各种文化思潮在这里汇聚。毕加索参加了当地著名的文艺沙龙，受到最新文艺思潮的深深熏陶。1904 年毕加索前往巴黎，进入了创作高峰期。他是一位极勤奋、极富创新性的画家，一生创作了 1.3 万多幅油画、10 万幅版画、3.4 万多幅书籍插图、300 件雕塑和陶瓷艺术品，数量之多，为全球之冠，被载入《吉尼斯世界纪录大全》。他的作品在兼取诸家之长的基础上大胆创新，画作不求形似，着重表现画家的情绪和情感。尽管由于欣赏习惯的不同，我们中国人可能看不大习惯或看不大懂毕加索的作品，但是他的艺术造诣是世界公认的，引起极大轰动。

接下来参观奥林匹克村。沿着修筑在蒙特惠奇山平缓山巅上的体育场大街前行，依次参观了胡安塞拉伊马体育场、蒙特惠奇奥林匹克体育场和市游泳馆。它们是巴塞罗那 1992 年举办第 25 届奥运会的主场馆，开幕式在蒙特惠奇奥林匹克体育场举行。

参观奥林匹克村就不能不想到萨马兰奇。这位慈祥的小个子老人，在中国几乎是家喻户晓。大家都知道他积极促成中国举办了 2008 年奥运会，还记得他给邓亚萍颁奖时那亲切慈祥的笑容。他是土生土长的巴塞罗那人，毕业于巴塞罗那高等企业学院，曾担任过西班牙驻苏联大使，懂得英、法、德、俄等多门外语。他一生酷爱体育，对冰球、拳击、滑雪、足球乃至高尔夫球等都具有浓厚兴趣且达到很高专业水平，曾作为队长率领西班牙冰球队夺得过世界冠军。1980 年萨马兰奇当选为国际奥委会主席，连任几届共 21 年，为国际奥林匹克事业做出了巨大贡献。他是一位传奇人物，是巴塞罗那和西班牙的骄子，也是中国人民的挚友。

已经下午 5 点了，我们抓紧赶到了神圣家族教堂。这真是一座风格独具的教堂，由许多耸入高空的锥状尖塔构成一组塔群，每座塔的高度都在 100 米以上，鹤立鸡群般矗立在城市中心，我们在蒙特惠奇山上就已经远远地看见了它。尖塔之下的主体建筑，从墙壁到门楣，雕塑繁复，由数不清的人物造型和宗教故事构成，几乎没留下任何闲置的墙面。进入大厅，空阔高远，巨大的石柱从四面稳稳地撑起整座建筑；每根石柱的上半截分出多条较细的支柱，呈优美的扇状，伸展开来斜托起巨大的拱形屋顶；屋顶上绘有精美的油画，仰望好像悬在天际；墙壁上的大窗户镶嵌着彩绘玻璃；大厅正面是圣像，在神灯的映照下显得肃穆而神秘。大厅里摆放了一排排木椅，许多人坐着听神职人员讲经。这座教堂是我见过的教堂中最大的，它比巴黎圣母院和罗马的圣彼得大教堂还要大一些。更令人称奇的是，它是一座建了100多年而至今还没有完工的建筑，教堂外还矗立着高高的塔吊。教堂始建于1882年，是一项几代人接力的世纪工程。它的设计者就是大名鼎鼎的高迪。

高迪（1852—1926）也是巴塞罗那人，他在巴塞罗那的新潮建筑设计使巴塞罗那以建筑奇特著称于世。不仅神圣家族教堂是标新立异的建筑，还有许多属于他的创新之作分布在巴塞罗那市内。位于拉兰布拉大街的圭尔宫和位于新城区的米拉宫就是著名代表。抛物线型的拱门、曲拱形的廊道、彩陶的镶嵌、波浪形凸起的窗楣，还有精致的铁栅栏，令人眼前为之一亮。这些建筑一反常规，大胆创新，就如同毕加索的立体主义绘画一样，开辟了一种新的建筑艺术样式，为此联合国教科文组织将其列为世界文化遗产，而高迪也因此成为广受尊崇的新潮派设计大师。

巴塞罗那的一日之游，给人留下的最深印象是：这是一个充满创新精神的城市，是一个敢于标新立异的城市，代表人物就是以上谈到的三位，我们不妨把他们称为"巴塞罗那三杰"。

4月5日　星期日

西方教堂与中国寺庙

下一站是葡萄牙的里斯本。大西洋号沿着西班牙海岸向西南方向航行。这一段路程较远，836海里，邮轮将在海上航行两天，途中驶过直布罗陀海峡，意味着告别地中海，进入大西洋。

今天的邮轮日报预告：下午，邮轮将穿越格林尼治子午线，从地球的东经区进入西经区。一点半的时候，邮轮开始广播："各位旅客，我们的邮轮现在正通过本初子午线即零度经线，进入西半球。"这就是说，从现在开始，船的经度方位从西经零度向上累计。

这里说的西半球和东半球，显然只指地球经度的划分，与通常人们所说的"西方"和"东方"还有差别。

说到西方和东方，有一个话题常常被出国旅游的人们说起，这就是西方教堂与中国寺庙。

一直以来流传着这样一条段子："上车睡觉，下车看庙，抓紧时间拍照，回去一问，什么都不知道。"这是对国人旅游情状的大体符合实际的描写。的确，旅游中，"看庙"或"看教堂"是重要内容之一。但看完回去以后，对许多人来说，可能真的"什么都不知道"了。

金象山上的加尔德圣母院（法国马赛）

然而教堂和寺庙是不能不看的，因为它们凝结了人类社会在精神和物质两方面的很多内容，有着深厚的文化和历史积淀。

西方教堂与中国寺庙有许多相同点。

它们都是信教者的精神寄托之所。教堂和寺庙都是宗教活动场所，它们代表着某种精神信仰，是这些精神信仰的物质承载形式。信教的人们把供奉神灵的教堂和寺庙视为自己的精神寄托之所。通过日常的宗教活动表达自己的信仰，憧憬自己的未来，祈求神灵保佑平安。

它们都是信教者的灵魂洗涤之所。教徒也是凡夫俗子，也有七情六欲，而且，按照基督教圣经的说法，人人都有"原罪"。信教者的一生中还会有这样那样的罪错。有罪错就需要清洗（忏悔），而且需要当着神的面清洗，"涤灭我罪，拔除恶念"，教堂便成为灵魂洗涤之所。中国信神的人也常常去庙里烧香磕头，除了祈福，有些人也是去忏悔，去洗涤自己的灵魂。

111

它们都是人类才艺的荟萃之所。无论是西方的教堂还是中国的寺庙，都搞得金碧辉煌和高大威严，都经过精雕细刻和悉心打造，都集中体现了人类多方面的才艺。在这里，建筑艺术、雕塑艺术、绘画艺术乃至表演艺术等都被发挥到极致，人们虔诚地把最好的东西奉献给神灵。

它们也是人们钱财的捐赠之所。西方的教堂，建筑耗资巨大，往往需要几代人的不懈努力。花费的巨量经费基本上都是由教徒们自愿捐献的。中国的寺庙，大型的也要经过几代人的建设，也要花很多很多钱，其来源，除少数官办的寺庙如承德外八庙、五台山佛教寺院、武当山道教寺院等由朝廷拨款外，大量的还是靠民间捐赠和化缘；即便是穷乡僻壤，老百姓住着破旧的房子，也要竭尽全力凑出钱来把村中那座庙宇修得像模像样。

这样，自古以来，西方东方，国内国外，农村城市，最显眼、最辉煌、最宏伟、最高大的建筑往往是教堂和寺庙。可以说，教堂和寺庙是一种凝结、一种汇聚、一种堆积、一种号召，是人们经年累世制造出来的物质和精神合而为一的偶像。

以上是二者的共同点。但西方教堂与中国寺庙又存在显著区别。为了便于比较，这里所说"中国寺庙"只限于汉族地区的寺庙，不包括少数民族地区寺庙。

区别首先表现在建筑式样上。教堂追求高度，寺庙讲究形制。追求高度，象征的是天人相接，与上帝对话；讲究形制，体现的是等级有序，五行相辅。去西方旅行，看到的教堂无论哥特式的还是拜占庭式的，都是尖塔耸立，直指青天；在国内旅游，看到的寺庙无论是北方的五台还是南方的普陀，都是重门深院，殿宇嵯峨。最常见的中国佛寺形制是所谓"伽蓝七堂"，即山门、天王殿、钟楼、鼓楼、大雄宝殿、东配殿、西配殿等七块。

区别还表现在使用的建筑材料上。教堂一般都用石材筑就，寺庙大多用砖木构建。不知何因，在建筑材料的使用上，西方人喜欢使用石材，那些著名的大教堂，基本上都是用石块砌成的，这就使它们比较经得住历代战火的摧残，保存下来的较多。而在中国，无论建庙还是建房，都喜欢用木材和砖瓦，石材也用，但是很少，因此中国古代那些著名的建筑如阿房宫、圆明园以及许多寺庙，多在战火中化为灰烬。

它们的宗教功能也存在区别。虽然教堂和寺庙都是宗教活动场所，但其宗教功能区别较大。教堂的宗教功能专一而浓厚，而寺庙的宗教功能多元而淡薄。西方的教堂，虽然分属于不同的教派，如基督教、天主教、东正教等，但所尊奉的"上帝"是一样的，它们的宗教活动和宗教仪式规范严密，具有较强的约束力。在中国，除一些少数民族地区外，人们一般信奉很多神，可以是佛陀菩萨，也可以是玉皇大帝，还可以是土地财神，因此，"信神"的人虽然不少，但"信教"的人其实不多，并且缺乏严格的宗教活动和宗教仪轨。从这一点说，中国的大部分地区虽有寺庙却并无宗教，寺庙的功能与西方教堂的功能是不一样的。

还有一点，它们与世俗社会的关系也存在显著区别。在西方特别是欧洲的历史上，宗教曾长期是世俗社会的统治者，神权高于人权，教皇高于国王，国王登基还须教皇加冕。整个中世纪被称为"宗教冬眠"时期。这种情况，从文艺复兴以后才逐渐发生变化。而在中国历史上，除某些少数民族地区外，历来不存在宗教凌驾于世俗政权之上的情况，尽管某些皇帝笃信佛教、道教或儒教，但皇权始终是至高无上的。

西方教堂与中国寺庙的区别，从一个方面反映了东西方文化的差别。

人类社会早已进入科学昌明的时代，现代科学技术突飞猛进的发展，更是日益全面和深刻地揭示着世界的真实面目，宗教和神学赖以存在的土壤越来越小。但宗教和神学的存在，就跟它的产生一样，具有一定必然性。而且，它现在还在深刻地影响着我们的社会生活。作为一种文化现象和社会现象，很值得我们关注和思考。

4月6日　星期一

穿越直布罗陀海峡

离开西班牙的巴塞罗那之后，我们向葡萄牙的里斯本进发。上午8

点多，大西洋号驶入直布罗陀海峡。

直布罗陀海峡是著名的海上通道和战略要地，是地中海与大西洋的水上走廊，也是西欧、北欧各国舰船进入地中海的咽喉要道。它的北面是欧洲的西班牙，南面是非洲的摩洛哥，一峡分两洲，南北距离最窄处不到15公里，是欧洲与非洲之间最近的距离。

大西洋号长鸣一声，破浪前进。两岸的陆地清晰可见。北岸远处山峦起伏，近处一个伸入海中的不大的半岛格外惹眼。半岛上有一座兀立的石山，陡峭险峻，山顶上有雷达站或气象站之类的建筑，山下分布着成片楼房，近岸处还矗立着一座白色的导航灯塔。这就是著名的直布罗陀市，直布罗陀海峡就是以它的名字命名的，它所在的这个半岛叫欧罗巴角。

直布罗陀是一个拥有3万人口的小城市。它虽然在西班牙境内，却被英国占领，是英国的一块海外领地，由英国国王任命的总督管辖。

小小一个海角，由于地理位置的特殊重要，自古以来就被争来夺去，经历了几千年的战火杀伐、政治更迭和宗教摩擦。

远古时代这里曾有土著居民生活，后来北非腓尼基人来此居住，他们只需划着小船用一个小时左右即可从非洲到达这里。公元前2世纪罗马人称霸地中海地区，这里被罗马人占领。罗马帝国灭亡后，接踵而至的先后有哥特人、伊比利亚人和摩尔人，相互之间争夺激烈。8世纪，阿拉伯人渡海入侵伊比利亚半岛时从这里登陆，他们集结于前边说到的那座兀立海边的险峻石山之下，以他们首领的名字为这座山命名，叫"塔里克之山"，后来英译为"直布罗陀"，这便是直布罗陀地名的由来。

15世纪初，西班牙人收复了直布罗陀，不久正式并入西班牙版图。可是后来发生了一场被称为"西班牙王位继承战争"的战争，这片领土又得而复失了。欧洲国家的王位继承往往会引发国与国之间的战争，因为欧洲各国王室之间有相互联姻的传统，彼此都是亲戚。比如人们熟知的英国维多利亚女王，她的9个子女中，有4个是欧洲其他国家的王后，她的外孙一辈中有德国皇帝，也有俄国沙皇的皇后，因此被称为"欧洲的祖母"。西班牙国王卡洛斯二世无嗣，立遗嘱由法国波旁王族（也是他的亲戚）继承西班牙王位。1700年，卡洛斯二世病逝，法国国王路易十四的孙子菲利普被宣布为西班牙国王。但是，此举引起奥地利王室的激烈反对，他们认为，奥地利查理大公即卡洛斯二世的外甥按传统和血缘关系最应当继承西班牙王位。于是，爆发了西班牙王位继承战争。这场战争，本应只发生在西班牙与奥地利之间，但是英国和荷兰也找借口掺和进来，它们以支持奥地利查理大公的名义派联军攻占直布罗陀，并于1713年强迫西班牙签订和约，西班牙被迫把直布罗陀及一些海外殖民地割让给英国，以此为条件，保住了菲利普的西班牙国王地位。

从这以后，直布罗陀便一直处于英国的统治之下，英国在此建立了海军基地，扼住了大西洋通往地中海的咽喉。但是西班牙一直没有放弃对直布罗陀的主权要求，两国之间进行了长达300余年的时断时续的外交谈判，后来联合国也曾参与斡旋。然而迄今为止，直布罗陀的归属仍是一桩历史悬案。

大西洋号继续破浪前行。南岸的非洲部分也可见高山蜿蜒，山坡上立着许多风力发电塔，涡轮叶片在强劲的海风中快速旋转。滨海有一座较大的城市，楼房密集，从海边伸展到丘陵，从东到西绵延十余里。对照地图，判断可能是摩洛哥的丹吉尔市。

在船上听到了一个关于直布罗陀海峡的现代神话：

英国和法国的一些探险家和科学家，认为传说中的神秘陆地"亚特兰蒂斯"就在直布罗陀海峡之下，他们正在组织考察，希望找到这个陆沉于海底的人间天堂。"亚特兰蒂斯"的传说起因于几千年前柏拉图在《对话录》中的一段描写：地中海西方遥远的大西洋上，有一个令人惊奇的大陆。它被无数黄金与白银装饰着，有设备完善的港口和船只，还有能够载人飞翔的物体，它的势力远及非洲大陆。但在一次大地震后，它沉落海底，随之在人们的记忆中消失。柏拉图的上述描写，也只是传说，他并没有亲见。但这个传说几千年来却不断地被人们重复咀嚼甚至添油加醋，有的人还致力于寻找这个神秘的"亚特兰蒂斯"。现在，英法两国的某些探险家和科学家声言它就隐藏在直布罗陀海峡之下，可说是新一轮的"亚特兰蒂斯热"了。但是我总觉得，他们不过是仍在续写神话罢了。

六十多公里的直布罗陀海峡，邮轮航行了一个多小时，终于离开了地中海，进入了大西洋。大西洋号与"大西洋"见面了。

4 月 7 日　星期二

里斯本记游

里斯本是葡萄牙的首都，一座位于欧洲最西端的城市。它背靠欧洲大陆，面向大西洋，历史上曾是地理大发现的启航点，当时葡萄牙的船队就是从这里扬帆出海，走向世界的。现有人口连同郊区约 200 万，是葡萄牙最大的城市。

葡萄牙首都里斯本

我们从巴塞罗那出发航行了 836 海里，于今天清晨到达里斯本。港口就在紧挨市区的特茹河畔，邮轮等于驶进了里斯本市区，可以开轩面城郭、就近赏街景了。凭栏看去，眼前是一座美丽的丘陵之城。红顶白墙的各式楼房和尖塔高耸的大小教堂，布满起伏的山丘和平地。街道上已经有很多车辆和行人，开始了一天的忙碌。特茹河是发源于西班牙而流经葡萄牙的一条河流，里斯本就在这条河流的入海口处，这里河面很宽，约有几千米。邮轮从大西洋驶来，可以长驱直入。

今天我们自由行的队伍扩大了，除了湖南的老王老张夫妇和北京的老武，上海的郭教授唐教授夫妇也加入了，这样我们就是 7 个人的队伍了。下船出港，出口处就有揽客的面包车。一位年轻司机热情迎上来，郭教授用英语与他交涉，老武则把我们商定要去的景点用英文列在一张纸上递给司机。经过一番讨价还价，谈妥共付230欧元，包车一日。事情进行得很顺利，不到10分钟，我们7人便已坐在车上上路了。

我们首先进入叫作"拜克萨"的旧城区参观。这一片是里斯本最早的城区，呈棋盘网格状，建筑物密集，街道狭窄，商店集中。

这里的标志性建筑是贸易广场。它位于旧城区南侧，濒临特茹河，东西北三面建有长廊的宫廷式建筑，装饰考究，典雅而整齐。南面直接面对特茹河。广场长约200米，宽约150米，远远看去，就像里斯本的大门一样面对河海敞开。其实，它确实是里斯本的大门，过去曾是葡萄牙航海家们登船远航的起点。广场名为"贸易广场"，说明它过去是商贾云集之地，濒水的地理条件使它成为商品的集散地。

广场北面正中是通往拜克萨旧城区的大门，它正对着旧城区的一条繁华的商业步行街。我们从这里进入步行街，踏着小石子铺成的路面漫步观光。街两边店铺繁密，街上行人摩肩接踵，街道中间设有许多露天咖啡点，一字儿排开，行人走累了就可以坐下来喝杯咖啡。街上有不少"人体塑像"，或全身银白，或通体金黄，做出不同造型，一动不动地伫立在那里，偶尔眨巴眨巴眼睛，有点吓人。几个黑人在街边耍杂技，有的翻筋斗，有的吹着足有七八尺长的拖地长号。一位瘦小的老妇缩坐在屋檐下，衣衫褴褛，身旁放着写明乞讨原因的纸牌子和一个小木箱。更多的人则衣冠楚楚，绅士般漫步街头。

步行街东侧有一座小山，山上有古堡式建筑，我们想去登临一览。拐了几条小巷，不知如何取道上山。向路人比画打听，路人指向一座靠山的像楼房一样的建筑。犹豫趋前进入其门，发现内有电梯可通山上，原来这就是上山的通道，也是公共交通工具，外表像楼房，里边宽敞，可避风雨，很多人从这里上上下下。据说类似的交通工具在这个丘陵城市里到处都有。山上的古城堡名为"圣若热城堡"，是里斯本市最古老的建筑，据说始建于罗马时代，已经有两千年历史了。1580年葡萄牙人民反抗西班牙侵略时曾作为前沿阵地。

下山后前往罗西乌广场，这是一个长方形的中心广场，中央矗立着一座高约 60 米的纪念柱，顶端是一尊站立的人物雕像，他就是葡萄牙国王兼巴西皇帝唐佩德罗四世。纪念柱前后各有一个喷泉，雕琢精美。我们沿着园林式大街——自由大街北行，经庞巴尔侯爵广场到爱德华七世公园。爱德华七世公园是一个很大的绿地公园，像欧洲的许多城市公园一样，被设计为对称的几何图案。这在中国人看来有点呆板，既无曲径通幽，又无亭台楼阁，但草色翠绿，视野开阔，再加四周高树环绕，也不失为休闲的好去处。

城区的游览至此结束，下一个目的地是西郊的古镇和城堡。车行约30 公里，抵达一座美丽的山间小镇。这里环境清幽，树木茂密，小溪淙淙，鸟语花香。镇子依山而建，多是彩色小屋，古色古香。狭窄的街道上上下下，弯弯曲曲，有的街道像楼梯，上街就如爬楼梯。小巧玲珑的店铺里陈列着当地特有的瓷器、瓷砖、瓷画和其他旅游纪念品，主人客气地招揽顾客。游人很多，给这个幽静的山间小镇带来了热闹。虽说是山间小镇，地处偏僻，可它是见过世面的，不仅每天接待着来自世界各地成千上万的游客，而且葡萄牙国王的夏宫就建在它旁边的山上。这个镇子就是著名的辛特拉镇。

在镇里盘桓良久，买了一点纪念品，便开始爬山去参观古城堡即葡萄牙国王的夏宫"佩纳宫"。沿盘山公路而上，树木森森，遮天蔽日，到了山顶，豁然开朗，一座城堡呈现眼前，这便是佩纳宫。同欧洲许多城堡一样，它也是一座用石头砌起来的建筑，百门千户，迷宫一般，结构十分复杂。我们参观了王室客厅、卧室、厨房、家具用品陈列以及王室专用小教堂等。王室的用品，同所有各国的王室一样，都是广搜天下珍奇，极尽豪华奢侈。但与中国皇宫比起来有点不同，这里的王室似乎更注重艺术品位，除各种精美的工艺品外，客厅和卧室里悬挂了很多名家油画。城堡分好几层，最高一层有一个观景台，从这里可以鸟瞰周围广阔的原野，放眼望去，绿油油的丘陵和平原上分布着一些村镇，更远处还可遥见蔚蓝色的大西洋。

中午下山。车子绕山脚开向"罗卡角"——一个伸向大西洋的海角，是欧洲的最西端。这里海岸崎岖多石，海浪澎湃激荡，岸边有残垣断墙围起的院落，似为古代屯兵之所。一座石碑上刻有葡萄牙诗人卡蒙斯的诗句"陆止于此，海始于斯"，有点类似中国的天涯海角。

再往前就是古老的"贝伦塔"了，矗立在特茹河畔的一座灰白色石头碉楼，约有三十米高，四层，宽大浑厚，顶层四角竖着四个圆塔。它建于 16 世纪初期，是保卫葡萄牙通海水道的要塞，也是葡萄牙海上探险事业的象征，被列为世界文化遗产。距它不远处，矗立着一座巨大的船型纪念碑——大发现纪念碑。整座纪念碑由船身和船帆两个基本部分组成，船身两边紧贴船帆雕有人物群像，分别是葡萄牙王子恩里克、远航到印度的达·伽马、远航到巴西的卡布拉尔和首次完成环球航行的麦哲伦等人。这座纪念碑修建于 1960 年，是为纪念葡萄牙航海事业的奠基人恩里克王子逝世 500 周年而建的。它比贝伦塔还要高大，面向特茹河和大西洋，象征着葡萄牙昔日辉煌的航海事业和"地理大发现"的功勋。

葡萄牙这个在中国人看来不过是"蕞尔小国"的国家（面积只有 9 万余平方公里，人口只有 1 千余万），几百年前却是一个扬帆全球的航海大国。从 15 世纪初恩里克王子执掌政权以后，大力推动航海事业，设立航海学校，培养航海人才，奖励航海探险，从而揭开了地理大发现的序幕。1419 年，葡萄牙的船队沿非洲西海岸南下探险；1498 年，达·伽马开辟了绕过好望角到达印度的新航路；1500 年，卡布拉尔探险到达巴西；1519—1521 年，麦哲伦率船队完成了人类历史上首次环球航行。葡萄牙在一个世纪的海上探险中，先后占领了南美和非洲的大片地方以及印度的部分地区，还于 1553 年占领了中国的澳门。这些地方的面积加起来相当于葡萄牙本土面积的 100 多倍。

中国人都记得 1999 年 12 月 20 日那个日子：澳门正式回归中国，五星红旗第一次飘扬在这片土地上，中国与葡萄牙的关系做了一次历史性的交割。很难想象，一个面积只有 9 万多平方公里的小国，历史上却屡次欺负中国，仗着暴发起来的航海力量，到处攻城略地。对澳门由租借到占领再到统治，前后延续了几百年。

时移世易，葡萄牙这个昔日的大帝国早已风光不再。如今人们只能徘徊在大发现纪念碑前回味历史。而历史是一面镜子，是一本教科书，它给人们提供了很多值得深思的道理。

驶向亚速尔群岛

昨天下午5时，大西洋号告别里斯本，驶向葡萄牙的海外领土——位于大西洋深处的亚速尔群岛。这是一段不近的距离，786海里，合1456公里，邮轮须航行30多个小时。

对于中国游客来说，亚速尔群岛相当陌生。如果不是乘邮轮旅游，一般不会到达这个地方，因为它孤悬海外，离葡萄牙本土太远了，乘飞机还须飞行两个半小时。大西洋号上的船友们几乎都没有来过这个地方。为此，邮轮于上午九点半在卡鲁索剧场举行专题介绍会，介绍了亚速尔群岛的情况。

亚速尔群岛位于大西洋中东部，由大小不等的9座火山岛组成，像一串绿色的葡萄，漂浮在绵延600公里的海面上，被称为"大西洋的9个女儿"。群岛总面积2300多平方公里，人口25万，是葡萄牙的一个自治区。它于1427年被葡萄牙人发现并辟为领土，16世纪曾一度被西班牙占领，后重归葡萄牙。亚速尔群岛在葡萄牙人到达之前是一片无人荒岛，鸟类是这里的主人。葡萄牙人到来后，给它起名"亚速尔群岛"意即"海鹰的群岛"。经过几百年的开发，这里已经成为经济发达、物产丰富的旅游胜地，优良的自然条件和宜人的气候吸引着成千上万的人们来这里旅游度假。我们这次要去的是圣米格尔岛。它是亚速尔群岛中最大的一个岛屿，长约60公里，宽约15公里，人口13万，是自治区的首府所在地。这里有很多独特的风光和奇异的景观。

亚速尔首府蓬塔德尔加达

　　听完介绍，大家的情绪便被调动起来。我们这个自由行团队 7 人在 9 层的餐厅里碰头，商量明天如何上岸游。没想到的是，商量过程中发生了争执，弄得个别同志很不愉快。由于兴趣爱好不同，脾气秉性不同，几句话不合，便激动起来。其实都是小事，个别船友说话口气不大好，伤了别人的自尊。

　　大西洋号在加速行驶，意欲夺回在雅典修船耽误的一天时间。但今天风浪又大了，船身晃动利害。海面上不但有波涛，而且有一朵朵白色的浪花，浪花的出现，是风浪增大的标志。下午在卡鲁索剧场观看滑稽剧表演时，整个剧场都在晃动，我们也跟着晃动，大家都成滑稽演员了。

4 月 9 日　星期四

"世外桃源"

　　大西洋号比原定时间提前 4 小时到达亚速尔群岛的首府蓬塔德尔加达。船友们已经提前聚集在甲板上眺望、拍照。

　　从 10 层甲板上望去，一座美丽的岛屿，怀抱着一座美丽的小城。

岛屿就是圣米格尔岛，亚速尔群岛中最大的岛屿；小城就是蓬塔德尔加达，亚速尔群岛的首府。眼前的景色异乎寻常的明净和亮丽，这是在大陆上难得见到的景色，大家的目光里闪烁着惊异和兴奋，急急下船向码头走去。

我们的自由行团队今天少了一人。老武因不满另一位团员昨天的出言不敬，已宣布退出，加入了别的团队。我们一行6人于9时下船，在港口门外找到一辆小巴士，向司机出示了我们要去的景点（昨天晚上做好的"功课"，列在纸条上，标有英文），司机看后表示需付180欧元车费，郭教授与他砍价，最后敲定130欧元，人均21欧元多一点。这比船上组织的团队游便宜多了，船上按景点多少每人从60欧元到116欧元不等，而且，我们要去的景点还比他们的多。司机是个朴实爽快人，一路上不断地向我们介绍当地情况，表情中带着旅游景点常见的本地人的自豪感。郭教授充当我们的翻译，他坐在副驾驶位置上，借助手势与司机进行着艰难的交流。

今天我们的观光计划是"两湖两镇"，分别位于圣米格尔岛的东、西、南、北四个方向。

我们首先从游览"两湖"开始。圣米格尔岛是火山岛，它和所有的火山岛一样，由岩浆喷发漫溢形成，地形总体中间高，四周低。中间凸起的山岭因火山口塌缩，形成了火山湖。火山口不止一处，火山湖也有几个。我们要去的"两湖"，一个是位于岛西端的双子湖，另一个是位于岛东端的火湖。车子穿过蓬塔德尔加达市区向双子湖开行，一路风景如画，绿地、草场、牛群、小楼、杜鹃花、海岸、丘陵，一切都很洁净、很清秀、很靓丽。不久车子开始爬山，山并不陡，路况也不错，不一会儿便到达位于山顶的双子湖边。下车后快步向前，眼前的景致令人惊叹，原来在山脚下看到的尖尖的山顶，在这里却是一个深陷下去的巨大的"锅"，山下看到的"山顶"不过是"锅"的外部边缘而已。"锅"里边是一片澄碧而平静的湖水，湖面被一条小山脊分开，形成两个水域，因此称为"双子湖"。湖边是一片碧绿的草地，草地上还坐落着一个小村庄，屋舍俨然，鸡犬相闻。湖水倒映着蓝天白云和四周的青山，一叶小舟缓缓地在湖面移动，周边的山坡上长满了茂盛的树木和各种花草，鸟声宛转，彩蝶漫舞。此情此景，真有点世外桃源的味道。心想，在高高的山峦之上，隐藏着这样一个高高在上的湖泊，像大自然擎起的一碗甘露，而岸边居然还有一个濒湖小村，真是造化的神功。

接下来去看火湖。车子沿原路下山，再次穿过蓬塔德尔加达市区，向东北方向驶去。初为平地，后上山坡，凭窗望去，视野开阔，岛上风光尽收眼底。蓬塔德尔加达市位于大海与青山之间的绿色坡地上，富有当地特点的各色建筑点缀在大自然织就的绿毯上。绿毯起伏不平，远处还凸起许多锥状小山，大小不等，它们都是远古火山家族的成员，都是喷吐岩浆的火山口。较小的火山口与雄踞岛屿中心的几座大火山口共同组成了壮观的火山群，整个圣米格尔岛就是由它们喷吐的岩浆造成的。如今，火灭烟消，沧海桑田，茂盛的草树覆盖了所有的山头，在较大的火山口里还荡漾着浩浩清波。

前边就是火湖了，天不作美，此时山顶上大雾弥漫，下车后根本不见火湖的影子。海岛的天气说变就变，刚才上山路上还是晴空朗野，突然间雾裹山头，我们如堕五里雾中。司机是个好心人，提议大家上车，开往较低的地方，另寻可观览处。幸好，车子走出了云雾，可以清晰地看到一个火山湖，比双子湖小一点，圆圆的像一面镜子，清澈可鉴，被四围青山环抱着。湖边聚集了不少水鸟，有的在泥里觅食，有的在水面嬉戏，不时发出清脆的叫声，给这里平添了无限生机。我们盘桓良久，满意下山。只是没有搞清楚火湖为什么叫"火湖"。

接下来游览"两镇"。

从火湖北坡下山，来到海边一个叫"大里贝拉"的小镇，这是我们要寻访的第一个小镇。据说这是圣米格尔岛北部最大的"城市"，大约有几千居民。由于地处偏僻，这里的人们至今过着古朴的生活。他们看到一下子来了这么多中国人（其他船友们差不多都会来这里），用诧异的目光打量着我们，表情纯朴而友善。小镇的街道窄而长，都用鹅卵石铺筑，干净整洁。车辆很少，行人也很少，一片安静。建筑物小巧玲珑，古色古香，带有浓郁的当地特色：白色的墙壁上用黑色的火山石镶嵌出各种图案，房屋的门框和窗框也大多用黑色火山石镶上黑边，色泽对比鲜明而又十分协调。教堂是少不了的，不止一个，都修得小而精致。一条小溪从镇中流过，注入海里，入海口层岩叠石，溅起雪白的浪花。树荫下，居民们三五聚谈，恬淡闲适。这情景，又有点世外桃源的味道。

告别大里贝拉镇，车子向南翻越山岭，前往我们的最后一站——蓬塔德尔加达。蓬塔德尔加达本来是我们的出发地，参观途中又两次经过，但都没有停留。把它放在最后游览，是考虑到我们的邮轮就泊在它的旁边，便于掌握时间随时上船，同时可早点辞别司机，双方都方便。

蓬塔德尔加达是亚速尔群岛最大的城市，但也不过 13 万人口，比中国的普通县城还小，所以我们把它列为"两镇"之一。"小"是它的特点，也是它的优点。它没有现代社会的城市病，再加上得天独厚的地理环境和气候条件，使它美如画。天是那么的蓝，水是那么的清，市容市貌是那么的干净整洁和风格独具。本地人就地取材，用岛上特有的火山石装扮他们的城市，小街的路面都用小石子镶嵌，黑白二色，组合成美丽的花纹，经年累月，石子被磨得溜光，干净而美观。街道两旁的房屋都是两三层的小楼，墙壁以白色为主色调，间有蓝、黄、粉、灰，而屋顶则基本上都是红色。屋宇造型古朴，美观大方，没有太多的雕饰。标志性建筑是位于滨海广场的三座方石大拱门，白底黑边，矗立在广场中间，两侧有廊柱排列，配以波纹状的广场地砖，显得十分别致美观。它的前边就是蔚蓝色的大海，滨海有一条宽阔的大道，几辆供游客乘坐的马车在大道上嗒嗒奔驰，车上坐着我们的船友，看见我们时欢快地打着招呼。

如画的亚速尔

我们在蓬塔德尔加达市内徜徉许久，经过了多条小街，看到了多处街心花园，参观了著名的植物园，饱览了街景民俗。最后的结论是，蓬塔德尔加达是一座"五色之城"：绿——到处是绿草，绿树，绿地，背靠着绿山；蓝——处在远离大陆、远离污染的海岛上，天特别蓝，海也特别蓝；白——天上飘着白云，地上点缀着白色的小楼；黑——黑色的火山石到处被用来铺路和装饰墙壁；红——大部分屋顶是红色，城里城外到处是红花。

蓬塔德尔加达连同圣米格尔岛，就是由绿、蓝、白、黑、红这五种颜色搭配组合而成的"世外桃源"。

4 月 10 日　星期五

风浪大西洋

昨天下午四时半，大西洋号驶离了亚速尔群岛。看着渐行渐远的美丽岛屿，大家还在兴致勃勃地议论着游览该岛的感受。

我们前边是漫长的航程，邮轮要横渡大西洋，前往美国的纽约。从蓬塔德尔加达到纽约的距离是 2268 海里，合 4200 公里，需航行 4 天 4 夜。

上午在卡鲁索剧场听巴比罗讲师介绍下一阶段上岸游的景点，分别介绍了美国的纽约、迈阿密、洛杉矶、旧金山，还有牙买加的奥乔里奥斯和墨西哥的曼萨尼约。

邮轮日报今天的天气预报是：气温 10℃~16℃，海况中浪。

说是中浪，可邮轮摇晃得厉害。许多人发生晕船，中午吃饭时同桌的田女士因为严重晕船竟没来吃饭。船上封闭了第三层甲板，甲板门口的牌子上写着："由于风大浪高，为保

风浪中闪现彩虹

证您的安全，禁止去甲板散步。"广播里也提醒大家："邮轮航行中会发生摇晃，请大家注意安全；为减轻摇晃，邮轮将适当减速。"初进大西洋时，还庆幸大西洋的风浪小呢，可是没过多久，惊涛骇浪便不期而至。

由于邮轮晃动剧烈，船友中有人做了"万一"的准备。一位老同志把从家里带来的棉衣从箱子里拿出来放在床头，把钱和贵重物品装在棉衣口袋里，准备一旦情况紧急，便立即穿上棉衣，再套上舱里早就备好的救生衣，以应付可能面临的海水浸泡，等待救援。

我倒觉得，大西洋号这样的巨型邮轮，除非发生重大意外，比如像泰坦尼克号那样撞上冰山，一般风浪恐怕很难对它构成威胁。于是在卡鲁索剧场外的走廊里找了一个临窗的座位坐下来观赏起风浪海景。这是一条装饰得很漂亮的小走廊，临窗设有软椅和小茶几，靠海的一面开有一排圆形的窗户。平时这里人很少，今天就更少了，只有一位来自东北的船友坐在离我较远的窗口注视着外面的大海。我们俩可算是"志同道合"。

这里是轮船的第三层，位置较低，从这里观海，与在10层甲板观海大不一样，由俯视变为平视，波浪就显得特别高大威猛，像万马奔腾，前赴后继。刚刚掀起的浪峰，瞬间跌入浪谷，峰与谷交替变幻，喧嚣着，翻滚着，溅起的浪花时时打在我们的玻璃窗上。大风大浪的海面与寻常海面的不同之处，除了会溅起如开锅般白花花的浪花之外，还会在阳光下折射出无数的彩虹。我和那位东北船友最感惊异的大概就是这些彩虹。它们在溅起的水雾中现身，赤橙黄绿青蓝紫，美妙无比。身段并不长，短短的，瞬间消失，瞬间产生，无数的浪峰，产生无数的彩虹。这真是大海上的一道奇观。

由此想到太阳的神奇，它的伟力无所不在，它把自己的光线通过水的微粒分解为缤纷七色，在雨后的天际、在飞泻的瀑布、在澎湃的大海，到处展示它的绚烂。

风浪没有减小的迹象，大海一片澎湃激荡。

看累了，回舱里歇歇去吧。

大西洋的述说

我们在波涛汹涌的大海上继续西行，深入大西洋的腹地了。邮轮现在的位置是北纬 36°，西经 26°。按照船上的通知，又把手表往后调慢了一个小时。我们一路上已经向后调过很多次了。

眼前的这片汪洋是世界四大洋中的老二，仅次于太平洋。它北连北冰洋，南接南极洲，呈 S 形纵贯西半球。总面积 9166 万平方公里，约占世界海洋总面积的 25%。它的东岸是欧洲和非洲，西岸是北美洲和南美洲。东西两岸分别通过巴拿马运河和苏伊士运河与太平洋和印度洋连通。由于两岸排列着欧美许多发达国家，且两岸距离较近（最窄处 2200 多公里），所以海上航运较其他大洋繁忙。据统计，大西洋海运货物周转量及货物吞吐量分别占世界海洋的三分之二和五分之三，航线稠密，纵横交错，沿岸港口很多，占世界港口总量的四分之三。

暮色中的大西洋

大西洋的航线，除了正常的贸易往来之外，在历史上，它还是人类较早的探险之路，是西方列强的霸权争夺之路，也是欧洲向美洲大规模移民之路，还是臭名昭著的贩卖黑人奴隶之路。从一定意义上说，大西洋上演了一部西方近代史。

葡萄牙人较早开始了大西洋的探险活动。15 世纪初就南下非洲西海岸，拉开了海上扩张的序幕。接下来西班牙派出了哥伦布，横渡大西洋发现了美洲。紧接着，葡萄牙派出达·伽马沿大西洋南下，开辟了绕过非洲到达印度的航线。再接下来西班牙派出麦哲伦从大西洋出发完成了人类首次环球航行。以上只是主要的探险活动，期间还穿插着大大小小很多次探险活动。

西方列强之间的海上争霸，也首先在大西洋上演。最先走上舞台的，仍然是欧洲的那两颗"牙"。葡萄牙与西班牙海上探险最早，海上争霸也最早。相互之间斗来斗去，西班牙占了上风。但西班牙也好景不长，1588年英国海军击溃了西班牙的"无敌舰队"，以后又经过"三十年战争"和其他几次战争，基本上摧毁了西班牙的海上力量，夺去了西班牙的大片殖民地，建立起英国在大西洋的霸权。荷兰也不甘示弱，大力发展海上军事力量和商业船队，欲与英国一争高下。但是荷兰毕竟不是英国的对手，很快甘拜下风。只剩下法国可以抗衡英国，两国之间进行激烈的争夺，经过四次重要战争，法国也终于败下阵来，英国确立了它在大西洋和全球的霸主地位。但是正当英国做着"日不落大帝国"美梦的时候，德国崛起了，日耳曼人挑战盎格鲁撒克逊人的霸主地位，在大西洋海域发动了激烈的海战。虽然经过两次世界大战，德国失败了，但是英国也被削弱了，最后，大西洋彼岸的美国取代英国，成为大西洋和全世界的霸主。

现在的北美洲，几乎是白人的世界，北美"文明"同欧洲文明一起，被称作"西方文明"。其实谁都知道，北美洲是印第安人自古居住的家乡。从 15 世纪开始的所谓"地理大发现"之后，欧洲殖民者抢夺印第安人的土地，建立殖民地，开始从欧洲大量移民。大西洋的航线上，几个世纪以来络绎不绝地颠簸着运输欧洲移民的船只。"五月花号孤帆悬，大西洋上苦颠连；一帆引得千帆过，始有今日美利坚。"这是几年前我去美国时随口吟出的一首小诗。"五月花号"是从英国驶往北美的最早的一艘移民船。

大西洋航线上发生的最不齿于人类的事情，莫过于臭名昭著的贩卖黑奴的"三角贸易"，马克思称它为"贩卖人类血肉"的勾当。欧洲殖民者组织"捕奴队"驾船来到非洲西海岸，用赤裸裸的"盗猎"手段，偷袭黑人村庄，杀死老弱病残，将青壮年男子掳掠装船，运往美洲卖给种植园主，从中谋取暴利。后来殖民者还实行"专业分工"，捕捉者只管抓捕，运输者专司贩运。抓捕到的黑奴被成串牵往海边的奴隶市场，由奴隶贩子选购，成交后的黑奴被烧红的烙铁在臂上和胸前烫上烙印，关入地牢待运。而运输过程是黑奴的真正噩梦。几十天甚至几个月的闷舱关押、饥饿疾病和其他折磨，致大批黑奴在运输途中死亡。据估计，约有三分之一到二分之一的黑奴在运输过程中被折磨致死，其数量至少有几百万到一千万。死亡黑奴被抛入海中，这条航线因此被称为黑人奴隶的死亡线。加入这种罪恶买卖的有葡萄牙、西班牙、荷兰、英国、法国、丹麦、瑞典、美国等国。从 15 世纪到 19 世纪，几百年间，先后有 1000 多万黑人被卖到美洲，殖民者从中获取了巨额利润。资料显示，在 17 世纪，非洲海岸一个黑奴的离岸价格是 25 英镑，运到美洲可卖 150 英镑；18 世纪，在非洲用 50 美元买一个黑人，到美洲可卖 400 美元。由于从欧洲出发到非洲买奴，再从非洲到美洲卖奴，最后带着钱财返回欧洲，这条航路，正好在大西洋上划了一个三角形，因而被称为"三角贸易"。这些向来以"文明"相标榜的欧洲国家，居然干出如此野蛮的勾当！我在欧洲旅行时，每每看到那些衣冠楚楚、举止文雅的现代绅士们，常常会在脑子里闪过一个不大礼貌的联想：他们的祖先不定就是依靠"人类的血和肉白手起家"（一位英国作家语）的奴隶贩子吧。

　　大西洋的波涛，见证了西方的近代史，也见证了西方文明的功过是非。

大国的架子

　　上午在卡鲁索剧场由邮轮副总监罗炎炎为大家讲"美国'面签'注意事项"。过两天我们下船入境美国要在港口进行"面签"，尽管出发前已在美国驻北京大使馆进行过"细致入微"的面签，但入境时还得搞一次。离美国还远呢，老早就给大家打招呼，对其他国家可没这样做。美国是大国，大国有大国的架子，入境签证要比其他国家难很多。条件苛刻，手续繁杂，连照片规格都与别国不同。

罗炎炎指着屏幕一条一条向大家交代：要求每人填写"海关申报表"，内容包括姓名，出生日期，同行的家庭成员，在美国住宿的街道（旅店）和城市，居住国，此次抵达美国前曾去过哪些国家，所乘航班公司航班号或船名，此次旅行目的是否商务，是否携带水果、蔬菜、植物、种子、食物、昆虫、肉类、动物、动物产品、病原体、细胞培养物、蜗牛、土壤，是否到过农场牧场放牧草场，是否与家畜近距离接近过，是否携带超过一万美元或等值外币的货币或金融票据，有否携带销售用物件、用来推销获取订单的样品或非个人使用的物品，访客包括商品在内的将留在美国的全部物件的总价值是多少，等等。要求大家认真填写，不得遗漏，明天上交。

每个国家都会关心自己国家的安全，都对外国人入境签证有一定要求，美国当然不能例外。但是我总觉得，美国的某些要求有点过分，有点与众不同，有点摆大国的架子。该简化的应当简化，该免除的适当免除。你考虑自己的安全和架子，但你考虑过千千万万旅游者的方便了吗？

比如，"是否与家畜近距离接近过"这一条，"近距离"是指多近的距离？船友中一些人前不久在阿曼围观过单峰骆驼，算不算"近距离接近"家畜？如果填上这些，他们是否会被拒绝入境？

总之，美国的有些做法，令大家感到不快。

下午在卡鲁索剧场观赏音乐会。由澳大利亚的两位歌唱家为大家演唱，一男一女，都是中年，音色浑厚，感情充沛，是比较典型的美声唱法。

罗炎炎告诉我，船上的演艺人员，除部分属于邮轮的专职人员外，其余由歌诗达邮轮公司在全球范围聘请。所聘人员与公司签订合同后，在公司所属各邮轮巡回演出。这些邮轮分布在世界各地的不同航线上，因此演艺人员需要乘飞机在各路邮轮停泊的港口之间飞来飞去，类似中国演员的"赶场"。也有在一艘船上待较长时间的，那是因为安排了连续几场演出。

给我们的印象，这些演艺人员有很高的素质和很好的敬业精神，每场演出都很认真，都能赢得热烈掌声。看来，无论干哪一行，都要以敬业赢得赞许，以汗水浇灌成就，以诚信换来信任。干哪一行都不容易啊。

4月13日　星期一

功罪哥伦布

　　行驶在从欧洲通往美洲的大西洋航线上，不能不想到哥伦布，不能不说到哥伦布。因为这条航线，就是 500 余年前哥伦布探险的航线。

　　1492 年 8 月 3 日黎明，哥伦布率领的三艘探险船从西班牙港口正式启航，驶入茫茫大西洋。他们要去"西方的东方"寻找新大陆，寻找黄金。最初的几天，海上风平浪静，三艘船上的 90 名船员心情也是平静的。但是，随着祖国的陆地从地平线上最后消失，随着海面上风起浪涌，人们的情绪开始波动了，后悔、恐惧、沮丧甚至绝望的情绪笼罩着船队。哥伦布竭力安抚人心，不断地用编造的"好消息"给大家鼓劲，船队仍然坚持向西航行。可过了不几天，人心又开始浮动，这一次情绪激烈，一部分船员强烈要求哥伦布改变

哥伦布纪念柱（西班牙）

航向，返回祖国。为防止发生暴动，哥伦布假意答应，暂时调转了船头。但是他不能半途而废啊，他可是和国王签订了协议的啊。他说服了一部分人，答应将来给他们奖赏，又拨回了船头。就这样，在一边搏击风浪一边应对动摇和争吵中航行了 33 天。

　　1492 年 10 月 12 日，在船的前方出现了陆地，大家仿佛看见了救星。哥伦布在他的日记中描述道："这是一个面积很大而又地势平坦的海岛，上面有许多绿色的树林。"他们从船上放下小艇，划向岸边。哥伦布以

"海洋司令和副王的身份"在岸边升起了西班牙国旗。这时从树林中走出了当地的土著人,他们以惊愕的眼神打量着这些从未见过的长相怪异的海外来客。探险队的人也以同样的目光注视着土著人,警惕他们会不会发动袭击。但是,土著人很快缓和情绪,表现得十分友善。因为他们判断,这些来客虽然长相怪异,但他们同自己一样,也是人,是人就应当以礼相待。"他们对我们所表示的友好态度使人感到惊讶。这些人驾着独木舟来到我们乘坐的小船跟前,给我们带来了鹦鹉、一捆一捆棉线、标枪和其他许多东西,以报答我们送给他们的物品。"哥伦布写道:"我给他们一些红色的圆形帽、玻璃念珠和另外一些价值低廉的东西,就是这些东西已经使他们心满意足了,甚至一些被打碎的器皿和玻璃碎片他们也要。""他们光着身子。我所看到的人都很年轻,他们的体态很好看,他们的身材和脸型长得很美,皮肤黝黑,全身上下都画着图案。"土著人把他们的海岛叫"瓜纳哈尼",哥伦布给这个岛取了一个基督教名字——圣萨尔瓦多,意为"拯救者"。这样,哥伦布和他的探险队终于发现了新陆地,它就是现在的巴哈马群岛中的一个小岛。

接下来哥伦布继续向南航行,又发现了属于巴哈马群岛中的另外几个岛屿。他们向当地土著打听黄金的产地,还抓了几个土著人为他们当向导,此后的一个多月里又先后发现了古巴岛和海地岛。他们认为,这就是传说中的印度,他们把当地土著称为"印第安人"即印度人。这次探险成功之后,哥伦布又进行过三次同一方向的探险,历时12年,踪迹遍及整个加勒比海地区。

哥伦布的跨洋远航,确实充满了艰险和曲折。他们经历了诸如狂风巨浪、樯倾楫摧、搁浅受困、断炊绝粮、内部分裂、同舟相斗、国王反目、枷锁加身等考验。最惊险的一次,大概要数哥伦布写好了遗书抱定一死的那一次。那是1493年2月,探险队返回西班牙途中遇到了强风暴,同行的另一艘船失去了联系,哥伦布乘坐的一艘较小的船眼看就要翻沉,哥伦布绝望了。绝望中他想到的是,自己死了,西班牙和欧洲将无人知道他的伟大发现。于是拿出一张羊皮纸,快速写上了他的探险发现并恳请捡到此信的人把它呈递给西班牙国王,然后用蜡布包好装入一个木桶投入大海。谁料，持续了几天的风暴竟然平息了，他们侥幸活下来并回到了西班牙。而他的那封"木桶信"在大海中漂流了 359 年，直到 1852 年才被一个美国船长在直布罗陀海峡发现，

哥伦布是欧洲第一个横渡大西洋到达美洲的人，是"地理大发现"的先行者，是向欧洲打开世界地图的航海家和探险家。他的探险，促成了世界范围的人类大迁徙和人种新分布，促进了商品经济和世界贸易的发展，推动了封建社会向资本主义社会的转变。马克思恩格斯在《共产党宣言》中指出："美洲的发现，绕过非洲的航行，给新兴的资产阶级开辟了新的活动场所。东印度和中国的市场、美洲的殖民化、对殖民地的贸易、交换手段和一般的商品的增加，使商业、航海业和工业空前高涨，因而使正在崩溃的封建社会内部的革命因素迅速发展。"

但是，哥伦布同许多历史人物一样，功罪集于一身，是两种人格的复合体。他既是英雄，也是海盗；既是探险家，也是殖民者；既传播文明，又毁灭文明。

他为什么要远航探险？哥伦布本是意大利人，1451 年出生在意大利北方海港城市热那亚，父亲是一个羊毛商人。在他的青少年时期，正是"文艺复兴"运动在意大利如火如荼的时期，意大利是欧洲"文艺复兴"的中心，著名的代表人物达·芬奇、拉斐尔、米开朗琪罗、布鲁诺以及波兰的哥白尼，都是哥伦布的同时代人，甚至是同龄人（达·芬奇诞生于 1452 年，比哥伦布小一岁）。"文艺复兴"所倡导的以人为中心、一切为了人的利益以及稍后流行的地圆学说，对哥伦布有很大影响。而哥伦布是商人的儿子，成年后又做了一家商号的代理人，由于职业的需要，经常航行于地中海和大西洋沿岸，积累了丰富的航海经验。他在 1492 年的日记中说自己已经有了 23 年的航海经历。这些条件加上商人的职业特点，使青年哥伦布具有一种渴望远航探险以获取更大利益的强烈冲动。他后来辗转于葡萄牙和西班牙寻求支持，在向葡萄牙国王和西班牙国王递交的建议书中，毫不掩饰地表达了通过海外探险为王室也为自己获取财富及封号的诉求，甚至与国王达成了分割利益的具体比例和自己所应获得头衔的协议（从所占领的土地上获取的财富十分之一归哥

伦布所有，"陛下把哥伦布封为被发现和夺得的海岛、大陆的副王和首席执政者"）。

哥伦布的远航探险计划也适应了新兴资产阶级的利益要求，得到了一些财团的支持。甚至王室和贵族中也有不少人出于扩张国家利益的考虑，支持哥伦布的探险建议。当时还有一个重要的国际背景，土耳其人的统治阻断了传统的欧亚贸易通道，欧洲国家要开展与亚洲各国的贸易，获取他们急需的黄金、白银、珍珠、宝石、香料、药材以及实现海外领土扩张，只有调转方向，从大西洋往西寻找新的路径。而当时地球是一个圆球的学说已广泛流传，哥伦布及其支持者坚信向西航行可以到达拥有无穷财富的印度和中国，而且距离还要近得多。

由此可见，哥伦布的远航探险，是由一系列主客观条件促成的，他的行动背后是整个阶级和国家的行动。而不论他的探险具有何等重大的历史意义，其直接和基本的动机始终是：利益追逐、金钱搜刮、土地掠夺、种族奴役。

当时的探险者们及其研究者留下了不少足以证明这一动机的文字材料。

"印第安人款待基督教徒们，给他们送来食物，像尊敬他们的父辈一样地尊敬这些外来的人。"但是，这些"外来的人"却"贪得无厌，好像欲望永远得不到满足。印第安人为了换取一块碎玻璃片、一块打碎了的杯子瓷片或者毫无价值的东西就要给西班牙人所要的一切，西班牙人甚至不给他们任何东西，只是白拿或抢掠一切。"这些外来者到处搜索黄金，还强奸和霸占印第安妇女。他们的暴行，引起印第安人的反抗并杀死了一些殖民者。

哥伦布在第二次赴加勒比地区探险时写给西班牙国王的备忘录中，建议"国王陛下恩准并授权"将加勒比地区的土著人运回西班牙充当奴隶。他说，每年派船从西班牙运来牲畜、粮食等，建立西班牙人移民区，返回时装运土著人。"这是一些残暴的人，但是作为奴隶十分适用，他们的体格健壮，思维清晰。我们深信，只要把他们引出这个毫无人性的环境，他们就会变成最驯服的奴隶；他们一旦离开他们的国家，他们身上非人性的东西也一下子就消失了。"这些话所显示的，完全是一个殖民者和奴隶贩子的嘴脸。马克思说："掠夺和抢劫是西班牙冒险者在美洲的唯一目标，哥伦布对西班牙朝廷的报告同样说明了这个问题"，"哥伦布的报告表明了他是一个十足的海盗"，"一个地地道道的奴隶贩卖商"。

有压迫，就有反抗。而哥伦布及其随从们对当地土著人的反抗发起了疯狂的报复。他们用从欧洲运来的马匹和猛犬冲击和撕咬土著人，许多土著人被马踩死或被狗撕得血肉模糊。侥幸逃脱者遁入深山密林，被俘者或者被处死或者沦为奴隶。一位西方人记述了这场灭绝种族的屠杀："基督教徒们用自己的马队、利剑和标枪对印第安人实行血洗政策，制造了种种骇人听闻的暴行。他们闯进村庄，不论是老人和儿童全部杀害，不留一个活人。他们互相打赌，看谁一剑能砍下两个印第安人的头颅，或者能把内脏挖出来。他们从母亲的怀抱里夺走小孩，用石头猛击小孩的头，把它砸个粉碎，或者把母亲和小孩一起投入河水中"，"他们竖起许多排长长的绞架，被绞死的人脚跟几乎能触到地面。每一个绞架上悬挂着 13 个印第安人。为了表示对我们的救世主和他的 12 个信徒的尊敬和爱戴，他们点燃起一堆火，把印第安人投入火中活活烧死"。这位作者愤怒地指出："那些西班牙人是人类中的禽兽和灭绝人种的刽子手。"

就这样，一次次的屠杀和剿灭，使哥伦布最先殖民的伊斯帕尼奥拉岛（今海地岛）上的土著人快速走向灭绝。据统计，1495 年，哥伦布在该岛征收人头税时，那里共有 110 万土著居民，过了 20 年，剩下的就不到 2 万人了。又过了几十年，到 16 世纪中期，这个岛上的原住民便完全灭绝了。虽然这不能由哥伦布一个人负责，但哥伦布是始作俑者和带头参与者。哥伦布之后，欧洲殖民者对北美大陆印第安人的掠夺、镇压和驱赶，使原来拥有 5000 万人口的民族剧减到只有几百万人。而南美大陆被欧洲列强瓜分后，形成了大量的印欧混血种人，真正的原住民也所剩无多。

美丽富饶的南北美洲孕育了自己的文明，这文明田园诗般纯朴，它是人类文明园地中的一枝奇葩。现在全世界的人们大概都离不开马铃薯和玉米，这马铃薯和玉米就是美洲文明的奉献，它们极大地丰富了人类的食物构成，保障了人类的生存、繁衍和发展。今天的欧洲人恐怕更难想象，他们的餐桌上如果没有"当家食品"马铃薯会是一种什么样的情景。美洲的文明本应受到尊重、保护和促进，但却遭到蔑视、糟蹋和毁灭。欧洲的哥伦布们从美洲引进了马铃薯、玉米和棉花，却向美洲输去了暴力、天花和性病。他们一手举着十字架，一手举着利剑，用血与火开拓了他们的"文明"疆土。

对历史人物，既要看他们的言论，更要看他们的行动；既要看他们的动机，更要看他们行为的效果；既要看个人行为，更要看他背后的群体行为。功当功论，过以过评，不以功饰过，不以过掩功。切不可抱定狭隘的偏见或出于既得利益，要么捧之上天，要么贬之入地。对于哥伦布，也应当这样。

4 月 14 日　星期二

纽约印象之一

经过 4 天 4 夜的航行，渡过了大西洋，从欧洲来到了美洲，来到了纽约。

远远看见曼哈顿如林的高楼。船友们齐聚甲板朝岸上瞭望。连续几日的海上航行，已经积聚了对陆地的渴望。这才 4 天，当年哥伦布们可是用了 33 天。

大西洋号缓缓驶进哈德逊湾。自由女神雕像一手高举火炬，一手紧握《人权宣言》，站立在哈德逊湾中，好像纽约的主人站在大门口，迎送来自世界各地的客人。

纽约港也举行喷水欢迎仪

前边就是纽约

式。与雅典和罗马不同，这里的欢迎船不是喷出两股水柱，而是喷出多股水柱，交叉成一个巨大的喷泉造型。恰好又在自由女神像旁边，更增加了欢迎仪式的艺术感和隆重感。

纽约，3年前曾经来过，但只住了一天，这次安排了3天，可以好好看一看。纽约毕竟是纽约，美国最大的城市，联合国总部所在地，世界许多大公司的总部设在这里，是集金融中心、商业中心、经济中心和文化中心于一体的世界大都市。

它还是美国的第一个首都，1789年华盛顿在这里宣誓就任美国第一任总统。

9时整，邮轮泊定，排队"面签"费去将近一个小时，10时出港。与湖南老王老张夫妇结伴自由行。

一上岸就是纽约的中心曼哈顿区。曼哈顿区是一个南北长、东西窄的长条形岛屿，纽约的摩天大楼几乎都集中在这里。街道由南北走向和东西走向交叉为棋盘状，以数字排序并命名街名。我们邮轮停靠的90号码头正对着是西50街，我们就沿着这条街向东走，目的是参观附近的中央公园、大都会博物馆和自然历史博物馆。至第8大街折向北行，穿过哥伦布广场（又是哥伦布）便是中央公园。

中央公园是免费的，它是一个很大的长方形绿地公园，占地300多英亩，约合800多亩，位于曼哈顿区的中央（"中央公园"的名称可能就因此而来），四周被高楼大厦包围着。我们沿园中小路信步北行，沿途看到大片的绿地和一些小丘陵，还分布着几个湖泊，到处生长着高大的树木，报春的花卉也绽放出它们的芳姿。游人并不多，一群男女青年骑着自行车在小路上飞驰，一个业余乐队在为游人演奏，一对新人正在湖边拍婚纱照。这座公园同在欧洲看到的公园风格接近，以绿地、树木和湖泊为基本元素，虽有一些建筑，但多系公园服务设施。这与中国园林的布局——叠山曲水、小径通幽、楼台亭榭、文人题咏大相径庭，因而总感到缺少些人文气息和历史积淀。不过，西方人注重自然美，也值得称道。这中央公园山水草树俱全，占地广阔，闹中取静，不失为都市族群休闲的好去处。

前边不远处就是大都会博物馆，它紧靠中央公园，面对第5大道，是一座宏大的欧式建筑，很多游人进进出出。我们出示护照，以每人 17 美元的优惠价购票进入。果然名不虚传，它的藏品数量之多和品位之高令人惊叹。据解说，大都会博物馆始建于 1870 年，共有藏品 200 多万件，来自世界各地：有古埃及的石雕、古建、木乃伊、文书；有古希腊古罗马的石雕、器皿、铜器；有中国古代的佛像、陶瓷器皿、唐三彩骆驼和马、敦煌壁画、玉器、青铜器、石雕；还有古代印度、古代日本和古代朝鲜的各类文物；当然少不了欧洲著名艺术家莫奈、凡·高、毕加索等人的绘画，等等。要把这些展品细细看完，没几天工夫怕是不行，我们只能走马观花地看一看，用了两个多小时。这是一座庞大的艺术宝库，是可以与罗浮宫比肩的世界最大的艺术博物馆之一。参观过程中不由想：这么多珍贵的文物是怎么收集来的？特别是中国的文物，都是精品，有些在国内都不曾见到，怎么会在这儿展出？美国只是一个具有 200 多年历史的国家啊。其实，个中缘由不难推知，近代世界各民族之间的不平等，在文物的流失和占有方面也体现出来了。这里的藏品，说白了，许多来路不正。不管怎样，它们是人类留下的瑰宝，无论留在哪里都应当小心呵护。

看看时间，已是午后 3 时，原定继续参观自然历史博物馆的计划是不可能实现了。那就逛逛附近的第 5 大道和时报广场吧。第 5 大道是南北走向，它把曼哈顿区纵剖为东西两块，东侧的街道都称为东 × 街，西侧的街道都称为西 × 街。第 5 大道不仅是东西街区的分界线，也是著名的购物街。沿街排列着许多大商厦和大公司，我们路过了著名的苹果公司纽约分部，看到门口那只被咬了一口的大苹果标志，忍不住进去看看新奇。里边的地下大厅是交易市场，灯火辉煌，柜台密布，人声鼎沸。距苹果公司不远处有一座教堂，我们也进去看了看。这里大堂幽暗，安静肃穆，进出的人们轻手轻脚，与苹果公司交易大厅的热闹相比，不啻天上人间。纽约的人们就这样每日奔走于市场与教堂之间，他们既需要物质利益，又需要精神慰藉。

继续前行，来到了第 5 大道与东 48 街的交叉口。从这里往西，不远就到达著名的时报广场。用中国人的标准衡量，时报广场算不上是什么"广场"，不过是稍微宽一点的街道而已。它是由百老汇大街与第 7 大道斜交而形成的三角地。小是小，但名气大，就因为它处在世界大都会纽约的中心点。这里摩天大楼直插半空，楼墙上嵌满了五彩缤纷的电子广告屏幕，天还没黑，已经一片火树银花，炫目的广告屏幕变幻着不同的画面，令人目不暇接。游人自然很多，观夜景，逛夜市，尝夜宵。我们登上广场北侧的观景台，在供游人歇息的玻璃台阶上坐下来，感受一下这里的夜景。眼前的广告来自世界各地，其中也有中国国家旅游局主办的介绍美丽中国的广告，很大的一幅屏幕上闪现着壮丽的黄河黄山、长江长城，让人感到十分亲切。

纽约的突出特点是它的多元化和国际化。它是多种民族、多种文化、多种宗教高度混合的城市。它的居民成分，几乎包揽了全世界所有国家的血统，仅语言就有几百种。纽约州人口中，非洲裔占16%，意大利裔14.4%，西班牙裔14.2%，爱尔兰裔12.9%，德国裔11.1%。居民中40%信仰天主教，30%信仰基督教新教，5%信仰犹太教，3.5%信仰伊斯兰教，1%信仰佛教。纽约市拥有二百多家报纸，350家杂志，数十家电视台，几十个博物馆。每年接待游客达四千多万人次。走在纽约的大街上，给人的感觉是既像在美国，又不像在美国，似乎是在一座地球人杂居的都市。白人、黑人、黄色人种、棕色人种、混血人种数量都不少，熙熙攘攘，来来往往。不同人种、不同民族、不同肤色、不同语言、不同信仰的人们相聚一处，共同组成了这个拥有2000万人口的大纽约。

夜色完全降临，我们穿越纽约的万家灯火，沿上午出发时经过的西50街回到邮轮。

4月15日　星期三

纽约印象之二

今天我们这个自由行团队增加了新成员，除湖南的老王老张夫妇外，北京的老武又加入进来，还有来自南京的诗人西子乔。西子乔已经是老朋友了，今天也同我们结伴而行。他原籍杭州，在南京工作，退休后就在南京安家。虽然 60 多岁了，但激情充沛，感情外露，具有典型的诗人气质。

六人沿着西 50 街，一路说笑来到时报广场，在这里购买了观光巴士票。纽约的观光巴士大多在时报广场停靠，我们购买的是包含 4 条线路、有效期为 2 天的"套餐票"，每人 50 美元。

大家商定，先登高俯瞰纽约全景，再乘观光巴士穿街走巷。选定的登高点是附近的洛克菲勒中心，这座大楼是纽约数得着的高楼之一，常年接待游客。经过例行的安检和大约一个小时的排队，走进电梯，腾空而上，来到了楼顶。眼前立刻呈现出一片高楼的森林。虽然，如今世界上高层建筑已经很多，而且互相攀比，越建越高，最高的楼已经不在纽约。但是纽约仍是全球高层建筑最多的城市之一，而眼前又是纽约高层建筑最集中的曼哈顿区。

俯瞰曼哈顿

放眼望去，曼哈顿的南部是金融区和商业区集中的地区，高楼如簇、争相凌空，重建的世界贸易中心大厦独拔头筹，巍然高出于群楼之上，而建于 1931 年的帝国大厦，仍以排名第二的高度将尖塔耸向天际。更远处哈德逊湾烟水茫茫，自由女神像依依可见。移目北向，高楼包围中的中央公园，就像一个大蛋糕中间被切去了一块，凹陷为深深的长方形谷地，在钢筋水泥的森林里铺展出一片面积不小的绿地。真应该赞赏纽约人的眼光，他们在寸土寸金的曼哈顿地区硬是保留了这片占地 800

多亩的公园，给喧嚣的都市营造了一片宁静，为劳累的人们提供了休憩之所，也让喘息的城市能够换口气。再看东西两侧，东边隔着东河是长岛，有五六座大桥把它与曼哈顿连在一起；西边隔着哈德逊河与新泽西州的东北部为邻，那里也是大片的市区，属大纽约市的跨州组成部分。

很难想象，眼前的这座国际性大都市曾经是印第安人捕鱼打猎的家乡，那时候，这里可不是高楼林立，而是一派田园牧歌景象。更难想象的是，这一片黄金之地竟然是欧洲殖民者只花了24美元从印第安人手中"买"来的。

1524年，由法国国王派遣的第一支欧洲探险队到达这里。1609年，一个叫亨利·哈德逊的英国人受荷兰政府委派带船队登陆此地，宣布这里是荷兰的殖民地。现在的"哈德逊湾""哈德逊河"就是以这个人的名字命名的。1626年，荷兰西印度公司的米钮特以商人的狡黠与当地土著谈判，竟然用价值86荷兰盾（约合24美元）的假珠宝从印第安人手中永久性买下了整个曼哈顿地区，这便成为历史上著名的"曼哈顿购买事件"。但是，自诩为欧洲老大的英国对这块地方垂涎已久。1644年英国派遣三艘军舰不战而夺取此地，并将其荷兰名称"新阿姆斯特丹"改名为"纽约"，以纪念当时英国国王的弟弟约克公爵。从此以后，这里便成为英国的殖民地，直到1776年北美英属殖民地独立，成立美利坚合众国，它才成为美国的一座城市，而且还是美国的第一个首都。此后，它在工业化的浪潮中，在蓬勃发展的世界贸易的推动下，迅速崛起为一座在全美乃至全球具有特殊地位的大都市。

12点了，我们按照计划，用过午餐之后，乘观光巴士穿过几条峡谷一般幽深的街道，然后来到南港，在这里换乘游艇进行水上游览。游艇从布鲁克斯大桥南侧启航，开向哈德逊湾，绕曼哈顿岛南缘作半圆形航行。这是换一个角度来观赏纽约。随着游艇位置的移动，曼哈顿岛如簇的摩天大厦依次展现它们的不同姿容。

上岸后，我们步行深入著名的华尔街——两侧高楼壁立，仰望只见一线天空。许多国际性金融机构设在这里。我们在著名的纽约证券交易所和联邦纪念堂门前稍作停留，然后来到"铜牛"跟前。铜牛是华尔街的"明星"，它被游人团团围住，竞相与之合影。它的头部、双角和屁股被人们抚摸得锃亮发光。我们本想选一个角度与牛合影，人太多，插不进去，只好草草拍了几张离去。转过街角，看见一座教堂。在现代化的高楼群中，挤进这样一座古老教堂，且屈居于周围的摩天大厦之下，显得有点另类。它与其他建筑构成一种奇妙的组合——现代与古代、人间与天堂、经济与宗教的组合。

最后来到重建的世界贸易中心大厦。这座新建筑高达五百多米，玻璃幕墙，雄伟挺拔，旁边还有几座配楼。

旧楼毁于那次震惊世界的恐怖袭击。2001年9月11日上午，两架被恐怖分子劫持的大型客机撞向当时的世界贸易中心双子星大楼，随着巨大的撞击声和爆炸声，顷刻之间，大火浓烟吞噬了大楼，接着这两座当时纽约最高的建筑轰然倒塌，楼内未及逃生的工作人员以及赶来救火的部分消防人员近三千人瞬间罹难。如今，在新建大厦的旁边，修建了两处纪念遗址——两个黑色的正方形巨大深穴，水瀑从四壁泻下，在底部汇聚后又轰然泻入深穴中间的二级深穴，然后杳然不知所踪。它具有很强的象征意义，给人留下无尽遐思。黑色深穴的上部边缘，镌刻着遇难人员的姓名。这是他们留在人间的最后的但也是永久的痕迹。

"9.11"事件让全世界目瞪口呆，它宣告了世界恐怖主义的降临和全球性反恐斗争的开始。如今，时间已经过去了十多年，反恐斗争形势依然严峻，各地恐怖袭击此起彼伏。人们要问，恐怖主义何以兴起和何以如此猖獗？原因除了宗教极端主义和民族分裂主义作祟外，霸权主义、干涉主义以及民族种族歧视也是重要原因。世界上一些原本相对稳定的地区被某些大国强行干涉拆解，激化了原来的矛盾，制造了新的矛盾；它们甚至为了自己的私利，秘密扶持和资助某些宗教极端势力，使之坐大为全球性的恐怖组织。看来，反恐不应只是到处去防范和打击恐怖分子，还要致力于铲除恐怖主义产生的根源。换句话说，不能一边"反恐"一边"造恐"。

夕阳西下，返回的巴士穿街走巷。回到船上已是晚上10点了。

联合国·中国·罗斯福

两天下来，对纽约有点熟了，自由行的队伍便越加"自由"了。湖南老王老张要去唐人街，老武和诗人也另有安排，我和妻子便独自行动了。

联合国总部设在纽约，来纽约不去联合国总部看看，说不过去。我们决定先去参观联合国总部。

先步行至时报广场，转乘观光大巴到帝国大厦，下车后步行约 20 分钟便到了。

联合国总部位于曼哈顿东部的东河河滨，那座大楼全世界人民都熟悉，像一个立起的巨大火柴盒，门前飘扬着将近 200 个会员国的国旗。我俩在门前徘徊，不知道该怎么进去。看到许多参观者都是凭票集体进入，我们既无票，又是散客，还无法打听。正在无奈之中，看见对面走来一位像是中国人的年轻人，决定冒失一问。巧得很，他真是中国人，而且也是来参观联合国总部的。他告诉我们，散客也可以凭护照购票进入，并热情地要我们跟他一起走。真是太好了，异国遇同胞，倍感亲切。一切都进行得很顺利，年轻人一口流利的英语，帮我们在售票处买了门票并一同进入。从简短的交谈中得知，年轻人不是从大陆来的，而是从台湾来的，姓吴，是台湾华航公司来纽约出差的。同为中国人，血浓于水啊。

参观联合国总部，因不能影响联合国的日常工作，只能分小批次参观。我们在一楼大厅等待，这里悬挂着联合国历届秘书长的画像，陈列着联合国开展活动的图片，正好可以看看。直到 11 点 16 分才轮到我们这一批上楼参观。一位女导游引导和讲解，小吴又志愿为我们小声翻译。先后参观了好几个会议厅，其中一个最大的就是联合国每年举行大会的会场，我们进去时那里正在开一个什么会，人不多，座位大部分空着，主席台上有人在发言。我们从会场后门一侧进入，另一侧出来，距开会的人较远，走在厚厚的地毯上，几乎悄无声息，双方互不干扰。接下来参观了几个小会议厅，其中一个是理事会会议厅，空着，椭圆形的会议桌有点眼熟。在另一处的一个类似剧场的较大的会场里正在举行大会，各种肤色的代表坐满了会场，主席台上有人在发言，也许是一个专门委员会在讨论什么问题。这个会场显然不能进去参观，但可以隔着玻璃窗观看和拍照。

联合国会场一瞥

联合国总部的开放和透明给我们留下了深刻印象。这里是世界上除南极外唯一的一块"国际领土"。

联合国成立于第二次世界大战胜利之时，中、美、英、苏四大国是最早的发起国。

当时的中国何以能与美、英、苏比肩，跻身四大国之列，共同倡导成立联合国呢？这除了中国是第二次世界大战中国际反法西斯的东方主战场外，还与一位纽约人有关，他就是美国当时的总统富兰克林·罗斯福。

罗斯福是美国历史上唯一连任四届的总统，是第二次世界大战中叱咤风云的人物。他以高超的战略眼光，力排众议，主张中国应与美英苏一起并列为世界四强，共同发起成立联合国，并为战后世界确立基本秩序。当初英国和苏联是不同意让中国与他们平起平坐的，他们认为中国"不够资格"。而罗斯福为什么坚持要把中国拉进"四强"？

分析起来大概有这么几个原因：首先，也是最主要的原因，是罗斯福正确地看到了中国在反法西斯的东方战场上的重大作用。当时在东半球与法西斯势力浴血抗衡的主要是中国和美国两个国家，一个在陆上，一个在海上，中国坚持长期抗战，拖住了日本100多万兵力，成为美国在东半球的主要同盟国，在最后战胜法西斯特别是日本法西斯中发挥着举足轻重的作用。其次，罗斯福对当时大国关系作了正确权衡。美国与英苏两国既是盟友，也是对手。在处理一系列国际问题上，三个国家之间免不了会有分歧，分歧中美国可能是 2∶1 中的多数，也可能是 1∶2 中的少数。如果拉上中国，美国就基本排除了成为少数的可能，因为中国这个砝码在当时的利益格局中一般会向美国倾斜，中美两国是更靠近的同盟关系。这表现了罗斯福的政治智慧和政治技巧。最后，不能不提到罗斯福的中国情结。罗斯福的外祖父曾长期在中国的广州和港澳从事商务工作，罗斯福的母亲小时候也曾随父母到过中国。在罗斯福少年时期的集邮册中，收集有大量的中国邮票。罗斯福家里还摆满了从中国运回来的家具和装饰。邮票虽小，也是认识中国的窗口，也会给少年罗斯福打上中国文化的烙印，从而在他以后的政治生涯中不经意的发挥着某种作用。

就这样，罗斯福最终说服了英国和苏联，中国从此走上大国舞台。中国人民会记住这位老朋友。毛泽东在延安时曾致函罗斯福，称赞他的远见卓识，甚至还想去华盛顿会见罗斯福，但是未及成行，罗斯福便于 1945 年 4 月 12 日突发脑溢血去世了。他没能看到反法西斯战争的最后胜利。斯人已去，他的一句名言人们都记住了："唯一会限制我们明天实现理想的因素，就是我们今天的迟疑。"

是的，他没有迟疑，他积极推动了联合国的成立，积极推动了战后国际秩序的重建。

联合国成立已经 70 多年了，它走过了风风雨雨。1945 年 6 月 25 日，当来自全球各地的 50 个创始会员国在旧金山一致通过联合国宪章时，人们满怀希望，希望世界从此走出战争的劫难，实现和平、安全、平等和发展。联合国也确实在这方面做了大量工作，为维护国际和平与安全、促进经济社会平等协调发展、实施人道主义救助以及应对其他全球性问题，做出了成绩。但是，联合国的处境始终有点尴尬，它毕竟是一个没有主权的"国家"，它的作用基本限于充当讲坛、做出决议、发出呼吁、应急处突；它往往为霸权国家所左右、所绕开，眼睁睁看着联合国宪章原则被践踏而无能为力。所以，联合国要生存和发展下去，成为真正的"联合国家"，还有许多工作要做，还有很长的路要走。世界不能迟疑，现在就要付诸行动。

走出大楼，我们在院内那个开裂的地球模型前与小吴互相拍照留念，道声谢谢，握手告别。

4月17日 星期五

沿美国东海岸南下

连续三天的纽约游览甚感疲劳，今天需要好好休息一下。早上起得很晚，中午又睡了一觉。此时船上的中午，正是北京的午夜。

大西洋号于昨晚驶离纽约，沿美国东海岸向南航行，下一目的地是美国佛罗里达州的迈阿密，航程1099海里。

窗外又恢复了大海蓝天。卡鲁索剧场里正在演出"声剧表演秀"，两位意大利歌唱家倾情高歌《斗牛士之歌》《今夜星光灿烂》《罗密欧与朱丽叶》等歌曲，深沉高亢，十分投入。二层和三层的几支乐队一如既往地"坚守阵地"，忘情演奏。10层甲板上诗人西子乔正在聚精会神地练健身拳。他的健身拳在船上颇有名气，吸引了不少人跟着他学。这不，现在他的身后就有十几位男女"徒弟"在亦步亦趋。9层的游泳池里，几位不怕冷的船友在清波里翻滚俯仰。旁边不远处，那位西班牙女教练正在舞台上卖力地示范健身操，台下几十位船友跟着她踢脚伸拳。商店里出售各种打折手表，吸引了不少男男女女在那里挑选比较。

别有情趣的手工课在蝴蝶夫人广场的一角进行，两位西方女子领着一帮中国妇女，正在作陶瓷绘画。她们每次都教点新花样，什么面具绘画呀，相框制作呀，纸扎项链呀，挂饰制作呀，卡片制作呀，等等。女同胞们兴致勃勃，乐此不疲。妻子喜滋滋地拿回了她的手工课作业给我看：一对绘了图案的瓷杯。老师发给她们白色的杯子，然后教她们用各色颜料绘上图案。虽然颜料堆得太多，画面稚拙，却也敝帚自珍了。

还有打乒乓球的、玩扑克的、玩电子游戏机的，各取所需，各得其乐。

这就是船上的普通"航海日"。

船员偷逃事件

下午，卡鲁索剧场的歌舞演出正在热热闹闹进行中，突然剧场的扩音器戛然而止。寂静片刻后，竟播送起一位男子的讲话。演员们一下子僵在台上，观众席也一片愕然。这是怎么回事？

原来这与一起船员偷逃事件有关。

两天来船上一直在流传一个消息：三位菲律宾籍船员在纽约港口偷逃了。我们向船上工作人员打听，证明确有其事。据说，纽约港是船员偷逃的高发地。邮轮每到纽约，往往有船员利用上岸观光的机会离船不归，另谋生路去了。为防止此类事件发生，大西洋号规定在纽约港停靠时船员不得离船上岸。那么，那三位船员是怎么逃脱的呢？据说他们趁夜半人静之时从一层甲板跳入水中，在事前约定好的接应者的协助下游到岸上，成功脱逃了。这听起来有点像侠客故事，颇富传奇色彩。

他们为什么要偷逃呢？船上工作人员告诉我们，少数来自贫穷国家的船员对纽约这个世界级大都市抱有某种幻想，认为在这里可以轻松找到一份报酬比较高的工作。可他们哪里知道，纽约并非人间天堂，这里不仅竞争激烈，而且也有很多人沦落在社会下层，艰难度日。

船员逃离而去，不只影响船上工作，还会引起停靠国与邮轮公司的矛盾。为此，船方临时决定，从现在开始，邮轮在美国任何一个港口停靠时都不允许船员上岸观光。不料，这一决定引起了船员的普遍不满。本来，邮轮上的船员，很多人把沿途上岸观光视为一种福利（尽管是分批轮流且比较短暂），视为见世面的一种机会，有的船员正是冲着这一点才应聘来到船上的。现在因为有人偷逃而让大家陪绑，连后边将要到达的迈阿密、洛杉矶和旧金山也不能上岸了，意见一大堆。个别船员的偷逃事件演变为船上的群体性矛盾。

也许觉得众怒难犯吧，船长经过慎重考虑改变了主意。事不宜迟，他立即在自己的办公室打开了船上的广播系统，想及时宣布他的新决定以稳定人心，而匆忙中竟忘记了剧场里正在演出。于是，包括卡鲁索剧场在内的船上每个角落的扩音器都响起船长讲话的声音。我们在剧场听到的那个男人的声音就是他的。幸亏他被及时告知，马上中断了讲话，剧场的演出又恢复了。

船长的话虽然没有讲完，但船员们已经大体知道了他的意思，个个喜形于色。于是，卡鲁索剧场的演出更加热烈，晚上的"特别晚餐"也进行得特别热闹。

所谓"特别晚餐"，是由船上总厨安排的，让全船乘客直接进入位于一层的厨房，参观操作间，并直接领取饭菜，然后乘传动电梯上到二层餐厅用餐。这是一个有点儿创意的活动。我们在船上的每日三餐，50天来一直由服务生送餐，至于船上做饭的厨房什么样，只知道那是"操作重地、闲人免进"的地方，从来没想过能够进去看一看。这次进去一看，挺长见识。很大的厨房，金属灶台和排气管道，七拐八弯的，结构挺复杂，炊具明晃晃全是不锈钢的，用电炉烹炒蒸煮，很干净也很环保。每顿做好的饭菜分类装入大盘，由服务生送上餐厅，然后再由餐厅分餐员依据每位乘客点好的菜单分入碗碟，最后由饭桌服务生送上餐桌。从厨房到餐厅各个岗位的工作人员都十分忙碌，尤其是服务生，肩扛着一摞大盘，在楼层之间穿梭奔忙，十分辛苦。一顿美味的饭菜可是凝结了不少人的辛劳。

于是又想到那三位偷逃的船员，是不是受不了这份劳累？可是，天底下又哪有轻轻松松的人生？

4月19日　星期日

迈阿密览胜

对中国游客来说，迈阿密或许有点儿陌生。这座50万人口的城市地处美国东南边陲，坐落在伸向墨西哥湾的长长的佛罗里达半岛的南端，相对于纽约、华盛顿、洛杉矶、旧金山等城市，显然比较偏远。国内旅行社组织的美国游，一般都不涉足迈阿密。因此很多到过美国甚至几次到过美国的中国游客，却没有到过迈阿密。我们船上的600多位中国乘客绝大多数是第一次来这里。

迈阿密因此具有新鲜感。当大西洋号驶进港口，在晨光辉映中大家涌上甲板，看到碧波荡漾、白帆点点、椰树婆娑、别墅连片的景象，一位女士竟情不自禁地发出赞叹："迈阿密好漂亮啊！"

它确实漂亮。只要看看港口停泊了那么多大型邮轮，就知道它的魅力了。我数了数，有五艘大型邮轮，一字儿排开停在港口中，这景象在其他地方都没有看到过。难怪迈阿密被称为"世界邮轮之都"。这

迈阿密市容

里显然是四方游客趋之若鹜的地方。现在从我们的10层甲板上看去，近岸的海面上布满了小岛。这些小岛被一座座桥梁连接起来，从北向南连成一条长链，各岛上建有一幢幢漂亮的别墅，掩映在绿色的椰林和斑斓的花草中。岛链北边与陆地相接，南边伸向海里，被称为"迈阿密滩"，是著名的旅游胜地。岛链与陆地之间隔着一湾碧蓝的海水，对面就是迈阿密市区，一片高楼矗立在海滨，与"迈阿密滩"隔水相望。海湾水面上有很多白色的游艇，把这一片水域装点得格外靓丽。

综观起来，迈阿密融海岛、陆地和海湾于一体，这种地理布局是它的特点，也是它的优点，再加上亚热带风光和大片沼泽地，就使迈阿密格外招游人喜欢了。

今天的迈阿密之游我们决定先从游览大沼泽国家公园开始。佛罗里达州地势低洼，又处于亚热带潮湿多雨地带，因此拥有大片的天然沼泽地，沼泽地里有很多鳄鱼出没，这在美国是独一无二的。很值得一看。

　　大沼泽国家公园位于迈阿密市的西郊，距港口约有40公里路程。出了市区，巴士沿着平坦的公路快速开行，公路边一条清澈的运河与我们一路相伴，公路和运河的两侧则是广袤的灌木林和草甸，还分布着大大小小许多湖泊。约一个小时便到了公园。我们被安排乘坐汽船沿着沼泽地里的一条水道游览。上船时给每人发了一对耳塞。因为这儿的汽船都安装有大叶轮发动机，发动起来震耳欲聋，不用耳塞可真受不了。水道不宽，水好像也不流动，汽船轰隆隆地开行，两岸是密密的灌木林。各种鸟儿或翻飞于林梢，或伫立于枝头。最吸引游人的是河道中的鳄鱼，它们是大沼泽地的"特产"，也是公园的主角。时不时出现在船前，硕大的脑袋和长长的嘴巴露出水面，眼睛亮闪闪的挺吓人。鳄鱼并不害怕游船，眼看就要被船撞上了，仍然不慌不忙，大概已经习以为常，知道你不敢真撞它。还有不少乌龟，从水中爬到岸边的树干上，懒洋洋地晒太阳。汽船在灌木丛中开行了一段距离后，进入一片开阔水域。水面浩大，水中长满了芦苇，汽船加快了速度，像飞一样从芦苇荡中掠过。映入眼帘的是无边的沼泽和无边的芦苇，莽莽苍苍，横无际涯，据说面积有几万平方公里。船在芦苇荡里兜了一圈后又沿原路开回岸边。我们被领到一座用木头搭建的大茅屋里观看鳄鱼表演。一位络腮胡子的中年男子与一群大鳄鱼逗乐，他居然骑在一只大鳄鱼的背上，抓住它的嘴巴来了一个"飞吻"，接着又从旁边的箱子里依次抓出小鳄鱼、大青蛙、白鹦鹉和水蟹等当地"特产"，一一向大家展示。看来，这大沼泽地国家公园不仅有着独特的自然风光，而且也是诸多野生动物的乐园。

　　离开大沼泽国家公园，我们径直赶往"迈阿密滩"。前边说过，"迈阿密滩"是一串岛链。早上邮轮入港时已经大体领略了它的风采。现在我们自北端进入，实地踏访这块旅游胜地。岛是小岛，桥是小桥，岛桥连通，宛若项链，透出一种玲珑秀气。一座岛就是一块绿洲、一座花园、一处疗养地。椰树是这里的标志性树木，修长的树干高高地擎着一骨朵美丽的树冠，在海风吹拂下婀娜起舞。各种不知名的亚热带花卉盛开在路旁和房前屋后。一座座别墅精致美观，都是富人和明星们的住宅，其中的一个岛直接就叫"明星岛"。继续往前便到了最后一个也是最大的一个岛上。这里铺展着一条很长的银色海滩，蘑菇般的遮阳伞插满了海滩，密密麻麻的游人或卧或坐、或浴或晒，尽情享受着阳光、海水和沙滩。在这里才明白"迈阿密滩"这一名称的由来。烈日当头，热浪袭人，比之几天前纽约的春寒料峭，这里完全是一派南国风光。

该去市区逛逛了。迈阿密滩离市区仅一水之隔。我们乘巴士绕行二十分钟，便到了市区最热闹的"海湾市场"。这里建有配套的濒海市场，集购物、餐饮、住宿、娱乐、休闲于一体。大小商场和露天商亭鳞次栉比，摆满了土特产和旅游纪念品。餐饮店食客盈门，特别是露天平台座无虚席，人们一边慢饮轻尝，一边欣赏海天风光。眼前雪白的游艇，如林的桅杆，再加上远处绿岛曲桥，椰树成行，令人赏心悦目。海湾市场还有另一种"风景"，那就是数目不少的杂耍艺人。其中玩鳄鱼的最多，他们把鳄鱼搂在怀中，像对待宠物一样做出各种亲昵的动作。有的还故意将手中的鳄鱼猛地冲游人晃一下，以吓人一跳为乐。

我们决定走出喧闹，沿着海边僻静的绿地徜徉。一条小河从市区流来，在这里注入海洋。溯河而上，两岸尽是高楼大厦。大厦间，一条盘绕于市区的高架路，高悬于街市之上，游走于楼群半腰。我们特意登上了高架路，体验一下迈阿密的"空中交通"。在悬空的高架路上，透过楼群的空隙，可以看到碧海推浪，众岛牵手，河湖四布，沼泽遍地。迈阿密的景致不同一般。

难怪当年的美国硬是把本不属于自己的这片土地"买"了下来。这片土地，同美国的其他土地一样，原本是印第安人的家乡。1513年，西班牙人来到这里，宣布这一地区属西班牙所有。可是后来法国人也来到这里并开始殖民，西班牙人哪里容得，捣毁了法国的殖民点，

佛罗里达风光

建立了自己的殖民地。螳螂扑蝉，黄雀在后。1763 年，英国又以"交换"的方式从西班牙手中夺得整个佛罗里达地区。这时候，美国还没有建国，还是北美东部的一块英国殖民地。隔了 20 年即 1783 年，被北美英属殖民地独立战争打败的英国，不得不把它夺得的佛罗里达地区重新交还给西班牙。然而，新成立的美国急欲拓展自己的领土，它在向西扩张的同时也向南扩张，与西班牙打了一仗并取得胜利，强迫西班牙将佛罗里达地区"卖"给美国。从此，佛罗里达包括迈阿密便成了美国的领土，成为它的第 27 个州。

如画的山河大地，镌刻着弱肉强食的历史。

船友遭抢劫

晚上回到船上，惊闻两位船友遭抢劫。消息传遍全船，大家议论纷纷。

事情的大致过程是：晚上 8 时左右，我们的一对夫妻船友结束了在迈阿密市区的游览，步行回港口。当他们走到连接市区与港口的那座大桥上时，突然从黑暗中蹿出几个年轻黑人，把他们包围起来。两人意识到情况不妙，开始大喊。劫匪一拥而上，夺走了女士手中的手机，还抢夺男士的背包。男士拼命反抗，背包未被夺走，劫匪仓皇逃离。男士调头追赶，但因劫匪骑车逃遁，只好望"匪"兴叹。夫妻二人立即打电话报警。警察很快赶到了，但是劫匪已经逃之夭夭，不知去向。这起抢劫案只能不了了之，因为我们的邮轮几个小时后就要起航了。

没想到这美丽的迈阿密发生了如此丑陋的事情，明火执仗地拦路抢劫，而抢劫的现场竟在闹市旁边。据了解情况的人说，这里的治安状况很不好，类似今天的抢劫事件屡有发生。联想到我们白天见到的一些乞丐，他们的真实身份很值得怀疑。他们手拿纸杯，径向过往汽车的驾驶室伸进，摆出强要的样子。会不会白天乞讨，晚上抢劫？

看来，迈阿密也并非人间天堂。

"它们是主人，我们是过客"

昨夜 12 时大西洋号驶离迈阿密，向南开往牙买加，航程 734 海里。现在，上午 10 时，船上航行信息显示，船所处位置为北纬 24°，西经 80°，前边不远就是加勒比海。

无风无浪，海平如镜。凭栏凝望，发现海面上有一些像小河一样曲折蜿蜒的水痕，伸向远方，其色泽比别的海水稍浅；间或还有成片分布酷似沼泽者，也是深浅分明。对此甚感疑惑，不知缘何形成，不会是错觉吧。

这大海，粗看蓝色一片，细看气象万千。天光云影和阴晴风雨随时改变着大海的颜色。有时湛蓝如缎，有时晦暗似墨，有时澄碧如镜，有时浊浪排空。它每天都会以不同的面貌迎接日出、送走晚霞。

最让我们感兴趣的，是时不时邂逅的海洋动物。同船的一些摄影发烧友一天到晚地盯着海面，随时准备抓拍露出水面的"模特儿"。机会还是不断地被等到了。有一天，忽听甲板上一阵惊呼，闻声赶去，只见邮轮侧后方有好多条海豚在海面腾跃。它们跃出水面，旋即钻入水中，又跃出水面，又钻入水中，以优雅的身姿与邮轮追逐嬉戏。大家都忙不迭地按动快门，抢拍这难得一见的场面。还有一天，甲板上的人们又骚动起来，纷纷指着远处海面上喷起的水柱，显然那是一头鲸。我正巧带着望远镜，赶忙调好焦距，对准水柱方向看去，果然是一头大鲸在游动，背脊黑黑的像突出海面的小岛，时而身躯下潜，翘起双瓣尾鳍；时而头部浮出，喷射出高高的水柱。这场面令大家兴奋不已，总算亲眼看到了海洋巨无霸。鲸最终还是消失在大海中了。甲板上平静下来之后，一位船友望着海面，意味深长地说出一句话："它们是主人，我们不过是过客。"

好一个"它们是主人，我们不过是过客"！这话说得有深度有哲理。我们人类习惯于把自己看作地球的主人，不仅是陆地的主人，而且是海洋的主人。这是一种片面的观念。正是这个根深蒂固的"主人意识"给地球带来了灾难：地球是我们的，我们可以任意地索取；海洋是我们的，我们可以无节制地捕捞；河流是我们的，我们可以放肆地排污；人的幸福是至高无上的，我们可以不断地灭绝其他生灵。现在，人们终于明白，唯我独尊的主人意识已经给"主人"自己的生存和发展造成了多么大的威胁；人们也终于明白，这世界上的万事万物是那样紧密的相互依存，破坏这种依存关系，无异于自断生路。

想一想，那些被我们捕捉、被我们杀戮、被我们几近剿灭的动物们，我们能离开它们吗？没有它们的生存权，就没有我们的生存权；没有它们的发展权，就没有我们的发展权。

人们都知道，浩瀚的海洋存在着一个无比巨大的、五彩缤纷的动物世界，其数量占全球动物的 70% 以上。千百万年的进化形成了一个精致的生物链和环境圈，这个生物链和环境圈滋养着我们的整个地球，给我们美味佳肴，给我们雨露风霜，给我们江河湖泊，给我们绿树红花。甚至连我们人类须臾不能离开的氧气，大部分也是由海洋中的浮游生物在亿万年中制造出来的。海洋中随便一种鱼类的历史，大概都比我们人类的历史要长得多。

我们人类固然是万物之灵，但是再"灵"也是万物中的一"物"，是自然界生物链中的一环，我们不可能脱离这个生物链而孤立生存。凭什么只认定我们是主人，别的动物就不是呢？

看来，需要彻底转变观念，改变君临天下、唯我独尊、自恃特殊、豪夺万物的观念，树立环境友好、生态平衡、取之有度、用之有节的观念。

面对浩瀚的大海，让我们一齐对着海豚、对着鲸、对着庞大的海洋家族，由衷地说一声："我们和你们，同是大海的主人！"

加勒比海风云

按船上通知，又将手表拨慢了一个小时。

晨 8 时许，大西洋号处在北纬 21°、西经 75° 位置，在古巴北部海域向东南方向航行。

从昨天下午开始，就可以借助望远镜看到古巴的领土。山峦、港口甚至吊车都可目及。按地图所标，那里当是古巴的卡马奎群岛。古巴国土是一个像大虾一样的长条，邮轮花了十几个小时还未走出它的海域。这个加勒比海地区最大的岛国美丽而神秘。

天气越来越热了。在纽约时，尚有寒意，有人穿上了羽绒服；可到了迈阿密时，已是热浪袭人，人们身着短袖衫；现在更靠南了，还在往南走，到了牙买加，会不会更热呢？

下午 3 时，大西洋号绕到了古巴的最东端，折向西南，穿越"向风海峡"，开始进入加勒比海了。眼前海平如镜，水色碧蓝，比之其他海洋，加勒比海似乎独具魅力。

加勒比海被称为"美洲的地中海"。它的周围被海岛和陆地包围。北边有古巴、海地和多米尼加等国；东边是一长串密密麻麻的小岛国，不是专业人员估计很少有人能叫出它们的名称；南边是南美洲的委内瑞拉和哥伦比亚；西边和西南方向便是连接南美洲与北美洲的蜂腰地带，包括巴拿马、哥斯达黎加、尼加拉瓜、洪都拉斯、危地马拉、伯利兹和墨西哥等国。加勒比海的周围加起来竟有 30 多个国家和地区，1.6 亿多人口，是一片很热闹的地区。

别看它现在风平浪静，历史上可是风云激荡，很不平静。

加勒比海地区古代也同南北美洲一样，是印第安人生息和繁衍的地区。独木舟往来于各个岛屿之间，半裸的褐色土著人捕鱼打猎也搞点儿种植。岛上的茅草屋炊烟袅袅，孩子们追逐嬉戏，生活原始而平静。

当然那时也有战争，不同部落之间的争斗和残杀是免不了的。这类现象在人类社会的早期阶段比较普遍，许多文明民族也是从那种状况中走出来的。

到了15世纪末期，这片隐藏在大西洋彼岸的地区被欧洲人"发现"了，或者说，加勒比海人"发现"了欧洲人。最先来到这里的，就是大名鼎鼎的哥伦布。从此以后，这里便发生了巨大的变化。冲突、战争、烧杀、劫掠、瘟疫、灭种、殖民、贩奴、压榨、剥削，一幕幕的人间悲剧轮番上演了。一些土著被灭绝了，一些土著被混血融合了，一些从非洲运来的黑奴在这里安家了，很多来自欧洲的白种人在这里反客为主了。这是一次空前绝后的人种大置换。

现在，这一片地区混血人种占47%，白种人占20%，其余便是非裔黑人和土著印第安人。独木舟消失了，代之以轮船和汽艇；弓箭长矛不见了，代之以步枪和火炮；传统的耕作退出了，代之以农场和庄园。进步与倒退、文明与野蛮、喜剧与悲剧就这样奇特地在这里交织为历史。黑格尔谈到人类历史时，认为暴力不仅仅是一种"恶"，还是一种改变历史的杠杆。这历史的辩证法委实有点儿深奥：进步与倒退相伴，文明与野蛮相随，喜剧与悲剧交织。

说到加勒比海风云，首先便会想到古巴，它是加勒比海历史剧中的主角，是本地区面积最大、人口最多的岛国。现有面积11万多平方公里，人口1100多万。

前边说过，第一个发现古巴的欧洲人是哥伦布。1492年，他带领的西班牙船队到达这里并绕着古巴岛航行大半圈，认定这是一片神秘的大陆。

此后西班牙人接踵而至，1511年正式把它变为西班牙殖民地。从这时开始，将近400年的漫长岁月，古巴一直处于西班牙的统治之下，长期的殖民统治使古巴的通用语言变为西班牙语，古巴的主要人种变为白种人。然而古巴人民不甘被奴役被压迫，同殖民者进行了长期的英勇斗争，发动过两次大规模的独立战争，终于在1902年5月赢得独立，成立古巴共和国。

但是，前门赶走狼，后门又进虎，美国开始染指古巴，逐渐把它变为依附于美国的半殖民地。

新的压迫又引起新的革命。新的革命的领导者就是全世界人民都熟悉的那位一身戎装的"大胡子"菲德尔·卡斯特罗。他1926年出生在一个庄园主家庭，从小追求正义，成年后笃信马克思主义。这位传奇式的人物，与同样是传奇式人物的格瓦拉以及自己的弟弟劳尔·卡斯特罗一起，发动了反对亲美独裁的巴蒂斯塔政权的传奇式斗争，经过起义、坐牢、流亡、偷渡、游击和总攻等曲折艰险的历程，最终于1959年取得胜利，领导古巴走上了社会主义道路。古巴革命的胜利，无异于在美国的后院打进了一个楔子，特别是古巴与美国只一水之隔、近在咫尺，更令美国芒刺在背，于是开始了旷日持久的美古之间的对抗和斗争。

菲德尔·卡斯特罗是一条硬汉，面对美国的政治孤立、经济封锁、军事入侵和一系列的暗杀破坏，他针锋相对，毫不退让。据古巴有关部门披露，美国曾先后策划过634次针对卡斯特罗的暗杀计划，但都以失败告终。卡斯特罗不无幽默地说："今天我还活着，这完全是由于美国中情局的过错。"他还说："如果在被暗杀后的生存能力是奥运会项目，我就会拿金牌。"

卡斯特罗对美国的强硬态度，最突出的，大概要算1962年导弹危机中坚决反对把核武器撤出古巴，宁肯与美国同归于尽，也不向美国示弱。1962年10月，加勒比海风云突变，美苏两国的核大战一触即发，人类面临一场空前的核危机。起因是，按照苏联与古巴签订的《军事技术援助协定》，苏联在古巴秘密部署了瞄准美国的核导弹。美国情报机构很快发现了这个惊天秘密，美国政府和军方立即采取强硬措施，宣布武装封锁古巴并派出军舰拦截苏联开往古巴的船只，要求苏联立即从古巴撤走核导弹。双方剑拔弩张，都做好了按动核按钮的准备，全世界屏住了呼吸。经过紧张的讨价还价，最后，苏联做出让步，同意在联合国监督下从古巴撤出核导弹。作为条件，美国保证不侵犯古巴。一场空前的危机有惊无险，暂告平息。在这场对抗中，卡斯特罗坚决反对撤出核导弹，他对于苏联不经协商就与美国妥协表示愤怒。但是博弈的主角是两个超级大国，是赫鲁晓夫和肯尼迪，卡斯特罗不过是一个棋子。何况，在当时的情况下，达成妥协或许是明智的选择。

事情已经过去了半个多世纪，但是它给人类留下了深刻的教训和思考。它表明，世界发生核大战并不是吓人的神话，而是完全可能变为现实。自从核武器发明以来，这个达摩克利斯之剑就一直悬在人类头上。古巴导弹危机表明人类已经濒临核大战的边缘。虽然联合国和世界各国为限制和销毁核武器做了很多努力，但是如今世界上拥核国家不减反增，核武器的试验、改进和发展未曾停止。更为可怕的是，"核恐怖主义"又成为一种新的威胁，国际恐怖主义势力正在千方百计企图利用核能实施大规模恐怖活动。在核走私、核泄密无法杜绝的情况下，一旦恐怖主义与核武器结合，那将是人类的大灾难。我们这个世界有的是疯子，他们可以搞自杀式炸弹袭击，同样也可以搞自杀式核弹袭击。所以，世界各国，特别是核大国要从全人类共同利益出发，协调动作，形成切实有效的管控机制。必须强化国际合作，凝聚加强核安全的国际共识，打造核安全命运共同体。要管控好源头，共同打击核走私，加强确保放射源安全的合作。坚定不移朝着全面禁止和销毁核武器的目标努力。

此刻，大西洋号继续航行在平静的加勒比海上。卡鲁索剧场正在举办音乐会，一位黑人女歌手登台演唱。她激情充沛，调门高亢，不断以手势调动观众击节助唱，还不时走下舞台，进入观众席演唱。从舞台上投影的演员介绍资料知道，她出身于美国一个普通黑人家庭，经过个人的顽强拼搏，成为颇有名气的职业演员。她的祖先大概也是被从非洲买来的黑奴吧。她的歌声随着邮轮飘荡在加勒比海上。

愿加勒比海永远充满歌声、充满阳光。

4月22日　星期三

牙买加故事

晨8时，大西洋号驶进牙买加的奥乔里奥斯港口。牙买加对于中国游客来说也比较陌生，船友们基本都没有来过。但很多人却知道牙买加的体育健将博尔特，他可是世界奥运会的田径明星。

加勒比海（牙买加海滨）

牙买加是加勒比海地区的一个岛国。如果说加勒比海是美洲的"地中海"，那么牙买加就是加勒比海的"海中地"。它孤零零地漂在加勒比海的中心偏北一点，与加勒比海周边的岛屿和陆地相距都比较远。面积一万多平方公里，仅次于古巴岛和海地岛，是加勒比海地区的第三大岛。

历史上，最先"发现"这个岛屿的欧洲人还是哥伦布。1494 年，哥伦布第二次出洋探险时到达这里。他们看到的是一个"绿荫覆盖、风景秀丽的幸福陆地"。赤身裸体的当地印第安人用各种各样的颜色装饰着自己，他们头上戴着羽毛，乘坐大大小小的独木舟，毫不胆怯地向探险者的大船驶来。开始他们试图阻止这些来历不明的人，但是后来在哥伦布们的软硬兼施下改变了态度，"印第安人款待基督教徒们，给他们送来食物，像尊敬他们的父辈一样地尊敬这些外来的人"。不过，哥伦布看重的可不是这些，他看重的主要是这里有没有黄金。他之所以从古巴海域调头南下驶往牙买加，就是因为听随船的印第安人说这个岛上有很多黄金。可是哥伦布失望了，这里并没有黄金。

但是，哥伦布与牙买加似乎有着某种不解之缘，时隔 7 年之后他又来到这里，并差一点丢了性命。那是 1503 年，哥伦布第四次横渡大西洋来加勒比海地区探险，遇到了持续多日的强风暴，船只损坏严重，无法继续航行。不得已就近驶到牙买加，找了一个避风的港湾，把即将沉没的船拖到浅滩，在甲板上搭起了帐篷，然后派人乘印第安人的独木舟前往 200 公里外的另一个岛屿向当时的西班牙总督求援。但是，好几个月过去了，没有任何音讯，饥饿和疾病折磨着全体船员，大家垂头丧气、焦虑不安，不满和绝望的情绪开始蔓延，最后发展为分裂和暴动。50 多人串通一气，宣布与哥伦布分道扬镳。他们抢走了 10 只独木舟和大船上剩下的全部给养以及几十个印第安人桨手，驶离牙买加，另谋生路去了。但是，分裂出去的 50 多人的下场更惨，暴风又把他们推了回来，流落在牙买加岛上，靠抢劫度日，最后大部分死于非命，不是饿死，就是被当地人杀死。哥伦布和追随他的人历尽艰辛，苦熬了一年，直到 1504 年 6 月，才盼来了救援船只，得以死里逃生。然而，这却是哥伦布与牙买加的永别，2 年后，回到西班牙的哥伦布在贫病交加中死去。这位曾向国王夸口会找到大量黄金的探险家，因没有满足国王的贪欲而遭冷落。他死时身边居然没有一个人陪伴。

眼前的牙买加，放眼望去，同当年哥伦布看到的一样，是一个郁郁葱葱的被绿荫笼罩的美丽岛国。但岛上的居民人数和居民的长相却发生了很大变化。现有人口 250 万，是哥伦布到来那时的几十倍，而且大部分是黑人和黑白混血种人，也有少量白人。这样的人种结构本身就是一部历史。牙买加本来是印第安人阿拉瓦克族居住地，1509 年沦为西班牙殖民地，1655 年被英国夺去，变为英国的殖民地。在长达几百年的殖民统治中，不仅泯灭了土著民族的语言和宗教（现通用英语，大部分人信仰基督教），而且更替了这里的人种。现在的黑人主要是从非洲贩买来的从事种植园劳动的黑奴的后裔。白种人则是欧洲移民的后裔。当然，同加勒比海地区的其他岛国一样，牙买加也通过长期的斗争于 1962 年获得了独立，成为世界大家庭平等的一员。

我们一行 600 多人的到来，对于只有万把人口的奥乔里奥斯港口小镇来说，是一件盛事，港口外闻讯赶来揽生意的大小出租车排成了长队。我们租到的一辆车的司机算是揽到了一笔可观的生意，300 美元包车一天。这在当地是一笔不菲的收入，黑人司机乐呵呵的，服务态度很好。

牙买加的秀色令人惊叹。这个全境处于热带雨林气候中的国家，被湛蓝的加勒比海包围着。岛上既有峭拔的山峰，又有狭窄的沿海平原；

短而湍急的河流从山间泻下，形成许多瀑布；还有不少温泉喷吐着冒气的热水。而无论走到哪里，都是一片翠绿。翠绿之中点缀着五颜六色的鲜花。

邓恩河瀑布是牙买加的王牌景点。河发源于中部山区，沿着阶梯式山沟一路泻下，最后注入加勒比海，形成壮观的瀑布串。水量不大，但十分清澈，激起的水花像晶莹的珍珠。游人一般从它的终点即入海口起步，身着泳装，沿着陡峭滑溜的河床逆流攀爬。这是一种挑战，也是一种乐趣。年轻的男女游客们在当地导游的带领下，手牵着手，脚踩河中石窝，像一串串壁虎鱼，欢快地惊叫着向上攀爬。真正爬完全程的人当然极少，多数人是半途退出。沿河的岸边架设有木梯，可以随时进出。我们几位年龄大一点的没有攀爬的勇气，只在入海口踩着石窝登上了丈许高的台阶，背靠飞泻的瀑布，面向碧蓝的大海，任飞溅的水花打湿衣服，摆出姿势拍了几张照片，也算是不虚此行了。

如果说邓恩河瀑布展示的是山水之美，那么库亚巴植物园和奥乔里奥斯公园则展示的是园林之美。库亚巴植物园位于崇山峻岭之中，车子沿着一条深深的峡谷公路蜿蜒穿行，不久便盘旋上山，穿过茂密的树林，来到位于山巅的植物园。这里是一个植物王国，高树蔽日，繁花似锦，曲径通幽，泉水叮咚。许多不知名的热带花草竞展姿容，其中一种鲜红的花宛若中国春节悬挂的串式灯笼，一串一串地挂在树上，引得大家纷纷举起相机拍照。植物园里还饲养了许多鹦鹉，包括美丽的五彩金刚鹦鹉，它们以斑斓的羽毛和婉转的歌声为这个植物王国平添了无限生机。植物园的一侧濒临深涧，有山泉泻下，注入浓荫笼罩的深沟。附近建有观景台，可以居高一览山海。山下的奥乔里奥斯镇和大海以及停在港口的大西洋号均历历在目。

从山上下来，被直接拉到奥乔里奥斯公园。这是一个非常漂亮的城市公园。椰树成行，绿地如毯，点缀着几汪清澈的湖水。鱼翔浅底，鸟飞蓝天，青山巍巍，白云悠悠。情侣在树荫下低声细语，母亲推着童车在小径漫步，一位黑人汉子抱着他可爱的小女儿，笑呵呵地穿行在绿荫之中。眼前的这一切不由令人赞叹，一个小小的镇子，开辟出这么大一个美丽的公园，足见当地人对自然的珍爱和对生活的热爱。

瞧这父女俩

最后，不能不提及牙买加的华人。中国人的步履早在一百多年前就到达了这里，当然不是来侵略，而是来下苦力。经过数代人的辛勤努力，现在牙买加的华人已经取得了骄人的商业成就。据说在牙买加首都金斯敦的中心商业区聚集了200多家华人商铺。当地人习惯将中国人称为"秦先生"或"秦女士"，对中国人颇有好感，认为中国人能吃苦，待人友善。可以说，中国元素已经深深地扎根于这个遥远的岛国了。

难忘他们的形象

牙买加留给我们的不只是如画的风景和那些享受风景的人们。

另有几个老百姓的形象，印象深刻，久久驻于脑海。

一位少年，约莫十二三岁，黑黑的皮肤，长着一双纯洁的大眼睛。他在公路边的岩洞口守着自己出售旅游纪念品的摊位，期盼过往游客的光顾。他经营的都是一些当地制作的手工艺品，有点儿特色但显得粗糙，过往游客很少在这里留步。可是我们的车子不知为什么在这儿停下来了，大家乐得下车一看。少年殷勤地用当地话介绍着，眼神中充满喜悦和期望。但是最后大家一样东西都没买，少年很失望。车子开始启动了，这时同车的一位先生突然从车窗伸出手去，把几美元塞到站在车窗外的少年手里。少年被这个举动怔住了，用吃惊和感激的目光看着那位先生，黝黑的手紧紧地接住那几张钞票，直到汽车远去，还怔怔地望着。他，这样的年龄，应该是坐在教室里听课，而不应该在公路边摆摊。他的大眼睛传达出的期盼、失望、惊异和感激，深深地刻在我们的脑海里。

车子在山路上拐弯的时候，突然一个急刹车。出什么事了？我们从前边的挡风玻璃望去，哎呀，一位黑人青年正在车子前边的公路上翻悬空筋斗！这可是一桩奇事。司机气呼呼的大声呵斥着，要那位青年赶快离开。那青年站定以后，反倒凑到车前，伸出手向车上的游客作乞讨状。大家这才明白，原来他是在作冒死乞讨——在游客的车子前边翻筋斗，以惊险的表演吓停汽车并感动游客，讨得一点钱财。这真是闻所未闻，见所未见。被激怒的司机一踩油门，汽车从青年身边急驶而过，青年呆呆地站在路边，失望地看着汽车绝尘而去。车上议论开了，多为谴责之声；但也有不同看法："如果不是穷到极点，谁会拿生命开玩笑？"

一位老人，胡须花白，长而稀疏的白发垂到肩膀，只穿一条短裤，赤裸裸地站在烈日下的公路边，浑身晒得黝黑。他的身旁插着一根杆子，上边挂着一些用椰壳雕成的手工艺品，手里还提着一件——他显然也是一位路边兜售者。我们的车子开近了，但这一回司机没有停车，汽车从老人身旁疾驰而过。老人本已伸出的手停在空中颤抖着，呆呆地望着汽车远去，手中的那件椰壳工艺品还在不住晃荡。可是汽车开出几百米后又突然因故停了下来。这时我们看见那位老人朝汽车拼命狂奔，手里还

兜售工艺品的老人

提着他那件工艺品。他赶到了汽车跟前，气喘吁吁，对着车窗高高举起手中的工艺品，期望车上的游客有人购买。但是，他再一次失望了，汽车马上开动了。回头看见那位老人用极度失望的眼神盯着远去的汽车，他的头发散乱，脸上流着汗水，脏兮兮的额头和两颊被汗水划出道道痕迹，在强烈的阳光照射下，像一截千年枯木立在那里。他的那一双浑浊的眼睛，睁得很大，昏花的眸子燃烧着希望和失望，摄人心魄。他，耄耋之人，在烈日下的公路边，就这样在一次次的失望中寻找希望。

牙买加的这三位平民——一位少年，一位青年，一位老年，他们的形象深深的嵌在我的脑海中。美丽的海岛上，同样在上演着人间的喜怒哀乐。

4 月 23 日　星期四

驶向"蜂腰"

大西洋号于昨晚 7 时驶离牙买加，向西南方向驶向连接南北美洲的蜂腰地带，从那里穿越巴拿马运河，驶向另一个大洋。

早上 7 时打开电视，航海信息显示，邮轮现在的位置是北纬 16°，西经 79°，航速 19 节。

海上起了风浪，一改数日的风平浪静。大西洋号摇晃厉害。海面又出现十几天前看到的景观：到处是溅起的白色浪花，浪花被强风击为水雾，水雾在阳光照射下映出七色彩虹。原本蓝色的海面变得斑驳陆离，原本平静的海洋变得像开了锅。

卡鲁索剧场里，讲师巴比罗向大家介绍下一个观光地的情况。散场后，那些平日喜欢过过赌瘾的船友们又来到幸运俱乐部，围聚在一张大桌旁，抽牌下注，碰碰运气，气氛安静而紧张。下注都比较轻，主要目的是玩。据说有人一天可赚百把美元，也有人输掉百把美元。这个"幸运俱乐部"，设在二层甲板，拥有十几张牌桌和老虎机。但由于这趟邮轮的乘客太少，乘客中对此感兴趣的人更少，牌桌和老虎机大部分闲着。倒是旁边不远处的棋牌室里，坐满了打牌的男男女女，热闹非凡。有几位是这儿的常客，一有空就凑在一起，乐此不疲。

紧挨棋牌室的蝴蝶夫人广场正在教练拉丁舞。尽管邮轮在摇晃，但是热衷跳舞的男女们是不怕摇晃的，他们自身晃得比邮轮还厉害。

4月24日　星期五

"翻越"巴拿马运河

大西洋号航行了 676 海里，终于来到巴拿马运河跟前。同苏伊士运河一样，巴拿马运河也是举世闻名的人工跨洋水道。这次环球旅游能够先后穿越这两条著名运河，也算一大幸事。

巴拿马运河与苏伊士运河比较，有点儿特殊。它是一条高出海平面26 米的运河，像一座水桥高高地架在大西洋与太平洋之间。为什么会这样？据说有两个原因：一是运河所在的巴拿马地峡海拔比较高，很难像海拔很低的苏伊士地峡那样，凿出一条完全海平的水道；二是巴拿马地峡两边的大洋并不在同一个水平面上，西边的太平洋要比东边的大西洋低 20 多厘米（究竟为什么会如此，请教了船友中一位地理科学家，他解释得很专业，我听得似懂非懂）。不要小看这 20 多厘米的高差。很难设想把两个不在同一平面的大洋凿通会出现什么样的情景。因此，只能借助水闸修建高出于两洋之上的运河。轮船从海上进入运河，必须先"爬坡"，也即通过几道水闸逐级提高它的位置，达到与运河河面一样的高度时才能驶进运河。驶出运河时道理一样，利用水闸逐级"下坡"直至海洋。所以，我把穿越巴拿马运河称为"翻越"巴拿马运河。

迎着朝霞，大西洋号驶近运河入口，这里有好几艘轮船在排队等候。好在有两个入口，等候不久就该我们进闸了。当大西洋号缓缓驶进被称

邮轮"翻越"巴拿马运河

为"闸室"的水泥通道后,后边的闸门便被关闭,前边的闸门随之打开,高处的水随即注入低处的闸室,水涨船高,邮轮被缓缓托起,然后驶入第二级闸室、第三级闸室。大西洋号爬坡的过程,除了利用水的浮力,还得借助闸室两侧牵引机的牵引。长长的钢索拴在邮轮的两侧,被8台牵引机沿着坡道钢轨向前牵拉。就这样,一共爬了三级,终于到顶了。整个过程很慢,小心翼翼地。全船乘客一起涌上甲板,观看这跨越"世界水桥"的壮观画面,大家异常兴奋。

到了顶端放眼一看,眼前并不是一条河,而是一个湖,一个面积达400多平方公里的浩瀚的湖。它叫加通湖,是运河修建规划中被有意利用的原始水面,差不多占运河总长度的三分之一,大大节省了工程量。加通湖是巴拿马最大的湖,从大西洋号的高层甲板上望去,碧波浩荡,湖面上分布着许多小岛。岛上树绿花红,把一个加通湖装点得风姿绰约、秀丽非凡。湖岸周边丘陵起伏、山岭蜿蜒,一直伸向远方,接上了蓝天白云。这景致,让人一下子联想到我国的千岛湖。

穿过加通湖,便进入真正的运河,一条宽约300米、长60多公里的绿色长河。它比苏伊士运河宽得多,两岸的风景也大相径庭。这里没有苏伊士运河两岸的漠漠黄沙,触目所及,到处是青山耸翠、绿野人家。我和妻子舍不得错过沿河的每一处风景,除了吃饭,一整天时间都待在甲板上:一会儿来到甲板右侧凝望,一会儿来到甲板左侧拍照,有时还登上邮轮前甲板的高台,眺望伸向远处的河道。

整整航行了一个白天,到夜幕降临时,才到达运河出口处。左岸不远,有一座灯火辉煌的城市,它就是巴拿马城——巴拿马共和国的首都。这个依傍运河又濒临大海的城市,楼宇矗立,车水马龙,即便在夜色中也显露出它的繁华。

大西洋号缓缓"下坡",终于降到海平面,进入了太平洋。

"正当的偷窃"

毫无疑问，巴拿马运河是人类改造自然的壮举，是具有非凡战略意义的伟大工程。它大大缩短了太平洋与大西洋之间的航程，使北美洲东西海岸之间的往来船只，比绕道南美合恩角和麦哲伦海峡少走15000

航行在巴拿马运河上

公里；欧洲、亚洲和大洋洲之间的船只，也可经由巴拿马运河节省数千公里航程。现在，每年有17000艘船只通过运河，货运量达6亿吨，相当于全世界贸易货运量的5%，而我们中国是巴拿马运河的第二大用户。

这样的作用，这样的地位，决定了这条运河从筹划、设计、施工到管理，必然牵涉国际社会多方面的关切，引起不同利益方的角逐，因而必然经历曲折复杂的过程。

人们很早就发现北美洲与南美洲之间连着一条窄窄的蜂腰状的陆地，把南北美洲连接起来，却把太平洋与大西洋分割开来。两个大洋虽然近在咫尺，却犹如相隔万里。如果在这个蜂腰状的地峡上开凿出一条运河，该会给人们带来多么大的便利。

把这个问题提上日程的是西班牙人。因为他们是这个蜂腰地带最早的征服者和占领者。已知的最早的提议产生于15世纪末。到了16世纪初，西班牙国王查理一世明确提出要在中美洲开凿一条运河，并派人进行勘查，但因为种种原因一直拖了下来。进入19世纪，美国、法国、英国等国出于自身利益的考虑，积极参与这项工程的筹划。中美洲国家都是贫弱小国，无力单独兴建这样的大型工程，它们不得不仰仗欧美大国。而欧美大国之间为利益分割充满了明争暗斗。开始，美国和英国争得不可开交，美国最终争得开凿权，但是，在运河地区的租让和运河的军事

167

利用等问题上美国与运河所在国哥伦比亚（当时巴拿马属哥伦比亚）发生矛盾，哥伦比亚舆论认为：山姆大叔根本不急于修建运河，而只是对独霸运河区感兴趣。

于是，哥伦比亚政府将目光转向法国。此时（1869年）恰逢由法国主持开凿的苏伊士运河正式通航，法国人一时间成为开凿运河的权威。1878年，哥伦比亚政府与法国达成了由法国承建巴拿马运河的协议。翌年，召开审议巴拿马运河问题的国际会议，英、美、德等国的代表也分别与会。会议不顾美国代表的强烈反对，通过了开凿巴拿马运河的决定。

然而，法国人高兴得早了，他们遭遇了新的滑铁卢。主持其事的雷塞布照搬他修建苏伊士运河的经验，对巴拿马的特殊地形估计不足，盲目乐观，仓促上马，结果酿成灾难性后果。炎热多雨的气候、复杂的地形、闭塞的交通、太平洋与大西洋的高差，还有美国人的拆台，致使工程在进行六七年后无法继续下去，形成烂尾工程，宣告失败。雷塞布本人也为此吃了官司。雷塞布本来是法国驻外使馆的一名外交官，曾长期在埃及工作。后来被埃及总督授权负责开凿苏伊士运河。当时的雷塞布不负重托，精心筹划，科学施工，从1859年4月到1869年11月，用了10年时间修成了苏伊士运河，沟通了红海与地中海，使印度洋与大西洋联起手来。修建苏伊士运河的成功，使雷塞布大红大紫，他被授予法国科学院院士和法兰西学院院士的头衔，并荣获荣誉军团大十字勋章和印度星形勋章。在成功和荣誉面前，雷塞布陶醉了。他失去了往日的小心谨慎和科学精神，盲目照搬修建苏伊士运河的经验，结果一败涂地。

人们常说"失败是成功之母"，其实也可以反过来说"成功是失败之母"。世间的许多因果关系都是如此。雷塞布被成功冲昏了头脑，苏伊士运河的成功导致了巴拿马运河的失败。

历史又给美国人以机会，美国人抓住这个机会积极开展活动。当时的美国总统海斯公然放言：美国必须把巴拿马运河控制在自己手中，决不能放弃这种控制而将运河交给任何一个欧洲国家！他们派人游说法国政府和原承建运河的公司，要求转让运河的修建权；他们还与英国秘密谈判，以少许利益转让换取英国的外交支持；他们对哥伦比亚政府软硬兼施，以在尼加拉瓜另开运河和策动巴拿马独立相要挟。后来，他们真的策动了巴拿马独立，扶持起一个亲美政权。最后，美国的目的达到了。1903年11月18日，美国与巴拿马签订了《美国与巴拿马共和国关于修建一条连接大西洋和太平洋的通航运河的专约》。该条约规定，由美国负责修建巴拿马运河，巴拿马把宽10英里、面积1400多平方公里的运河区交给美国永久占领。巴拿马不得在运河区行使国家主权，美国一次性付给巴拿马1000万美元，从1913年起，每年支付25万美元（后来有所增加）。

这样，巴拿马运河工程重新上马了。在修建运河过程中，前后有3万工人付出了生命代价，其中包括不少中国工人。如今加通水闸附近的山坡上，还密密麻麻布满着那些为修建运河而付出生命的劳工的坟茔。终于，1914年8月，运河开通试航；1920年6月，运河正式通航。最大的赢家当然是美国，巴拿马以牺牲国家主权为代价，获取了一些经济利益。

1903年美巴签订运河条约时，时任美国总统的西奥多·罗斯福曾踌躇满志地说："我拿到了地峡！"一位名叫塞缪尔·早川的教授则不无讽刺地指出："我们是正当地偷窃了它！"

是的，"正当地偷窃了它"！通过双方政府签字的条约！巴拿马由此成为美国的保护国，巴拿马人被排除在运河管理机构之外。从1920年运河向国际开放至20世纪80年代末的70年中，美国从运河过往船只中收取的费用高达450亿美元，而巴拿马仅得到11亿美元。弱国无外交。一位巴拿马外交官在说到与美国的关系时，作了如下自嘲式地表述："当你以卵击石时，卵碎；换言之，当你以石击卵时，卵碎；美国，石也；巴拿马，卵也；无论何种情况，卵皆碎矣。"这话说得何其沉重！

然而，人民中集聚着不满和抗争，国际社会的正义之音也频频发声。经过长期的斗争，美国不得不同意改变霸权条款。1977年9月，巴拿马和美国签订了新的《巴拿马运河条约》，废除1903年的美巴条约。从1999年12月31日起，美国将运河的管理权和经营权全部移交巴拿马政府。这条运河终于回归到自己的主人手中。

巴拿马运河修成迄今已经100年了，它既是一条著名水上通道，也是一部厚重的历史。同苏伊士运河一样，它的100年，上演了一部近代国际关系史的活剧。剧情围绕利益，展开了大国小国、远邦近邻之间的争夺，轮番穿插着经济、政治和军事的种种手段，可谓一波三折、跌宕起伏。

旅游与摄影

昨晚，我们的邮轮从大西洋进入太平洋，开往墨西哥的曼萨尼约。这一段航程的距离是 1763 海里。

今天早晨 8 时，邮轮所在位置是北纬 7°40'，西经 79°30'，船速 20.2 节。窗外风平浪静，太平洋显得很"太平"。船右侧远处可见隐隐青山。打开地图查看，邮轮还在巴拿马西南部的海域航行，远处的青山还属巴拿马领土。巴拿马虽然是小国，但呈长条状，东西距离还是比较长的。

邮轮中央大厅正在举办乒乓球赛，选手多为乘客，也有员工参加，现场围着不少人观战喝彩。我在旁边看了一会，拍了几张照片，便往回走，半道碰见哈尔滨的老王，他也正端着相机到处"采风"，于是聊了起来。

老王是摄影高手，玩摄影已经几十年了。他告诉我，照相要注意线条，"平线静，斜线动，曲线美，交线深"。还告诉我，人像摄影要注意"轮廓、质感、层次、神情"。他不主张滥照，讲究少而精，追求质量。他的话，对我很有启发。

我于摄影是外行，但出来旅游总少不了摄影。同所有旅游者一样，每次出来总会带一大堆照片回去。这些照片是行程的记录，美景的存留，情趣的寄托，记忆的收藏。

但是，旅游中如何摄影，是有点儿讲究的。许多人见景就照、一照很多。每到一处景点，首先和主要的是忙于照相。只听得"咔嚓"之声不绝于耳，仿佛万里迢迢赶到这儿就是为了抢拍照片的，有限的观景时间主要被摄影占去了。结果，旅游变成了照相，观景变成了观镜头。有的旅友调侃说，多拍些照片回去慢慢欣赏吧，欣赏照片可是不受时间限制啊。弦外之音是参观时间安排太紧，只能抓紧"咔嚓"了。

旅途留影

这里不说旅行社的安排是否合理，旅行社安排参观景点的时间过短肯定是一个原因。但作为旅游者，如何处理好旅游与摄影的关系，确实是关乎旅游质量的一个大问题。

我从经验教训中体会到：一是要学点儿摄影知识，提高摄影质量。一些人拿着很不错的相机，却基本不懂摄影常识，结果拍了不少劣质照片，白白浪费了宝贵的时间，影响了旅游质量。二是要拍摄有度，适可而止。毕竟不是为了摄影才来旅游的。旅游，就意味着用双腿走，用双眼看，用双耳听，用脑子想，增加见闻，愉悦身心。摄影只是一种辅助手段，适当拍一些是必需的，但不能本末倒置。要尽量精准拍摄，提高"成活率"，防止滥拍。船上有一位老同志，他虽然带着相机，但很少"咔嚓"。他说："我是来旅游的，不是来照相的。单为拍照片，完全不用出来，在家看画报就行。"这话一语中的。三是既要自己方便，也要方便别人。这是指的文明拍摄。旅游中一旦到了某个热门景点、特别是拍摄对象较集中的热门景点，往往形成抢镜头、抢位置的局面，大家举着相机争先恐后地拍照，这时最需要的就是文明拍摄。很遗憾，一些同胞只顾自己方便，不顾别人方便，自己占着最佳拍摄位置，长时间不挪开，自拍时不断地摆姿势、换表情、调焦距，一遍不行，两遍三遍，全然不顾旁边那么多人在等候。另一种情况是搅镜头，别人正在拍摄，他（她）不管不顾地走入别人的镜头范围，破坏了别人的拍摄画面。至于违反景区规定，偷拍不允许拍的内容，或者登踏文物古迹，追求与众不同的留影，也是常见到的现象。有一句广告词说："最美的风景是文明"。不讲文明，就是丢了最美的风景，即使拍了不少其他风景，也难免有舍本逐末之憾。

比较一下中国人与外国人在旅游摄影上的差别，颇耐人寻味。中国人爱照相，尤其爱把自己摆入镜头照相，这一点相当突出；外国人特别是西方人照相比较节制，且很少把自己摆入镜头。不知道这是习惯呢还是另有原因。我想可能与中国人刚刚走出贫困，对摄影这个过去少有问津的生活内容抱有很大的兴趣和新鲜感有关，而在发达国家这个阶段已经过去了。

总之，旅游少不了摄影，摄影要服务旅游；相机拍摄风景，也反映文明。

4月26日　星期日

船友们

今天还是航海日，在东太平洋上向着墨西哥西海岸行驶。下午4时半，邮轮所在位置为北纬9°，西经89°，航速17节。无风无浪，大海一片平静。蓝天上飘着朵朵白云，云朵的影子投在海面上，海面像梅花鹿一样，斑斑点点。

在甲板上与几位船友聊了起来。大家相处已经两个月了，彼此都已熟悉。东拉西扯中，对这次出游的船友们的总体情况有了大致的了解。

六百多名乘客中，按年龄分，离退休老人约占三分之二。老人占多数是必然的，因为长达八十多天的旅游，只有离退休人员才能耗得起，上班族一般很难做到。剩下的三分之一，或者是陪老人的家人，或者是虽有工作但可以把工作带在身边的，或者是工作性质允许离开几个月的；另有一些随船采访的记者，等等。此外，还有十几个儿童，他们是随大人来旅游的，大的十一二岁，小的只有两岁，船上安排专人组织他们玩游戏，整天在一起叽叽喳喳，几个月下来，都成了离不开的朋友。

按职业分，从事科研、教

收纳沿途美景

学、医务、编辑和写作的知识分子占较大比例，其身份分别是研究员、教授、教师、医生、编辑和作家等。他们大多怀着"读万卷书，行万里路"的文人情结参加这次环球旅游。他们的经济实力虽不雄厚，但是却宁愿把有限的积蓄拿出来周游天下。有的则是在子女的赞助下或陪同下出来旅游的。这些人抱有一种达观的人生态度，比较讲究旅游的品位，喜欢高雅的云游。前边说过的气象专家王先生、北京老武、诗人西子乔、教授郭先生和唐女士夫妇、纺织科学家 H 先生和 Z 女士夫妇等，都属于这一类型。

另一部分占比较大的便是民营企业家。他们是改革开放中的弄潮儿，在充满风险的市场环境中，凭借打拼和机遇赚了钱，现在也想放松一下，出来见见世面。来自山东的王先生和李女士夫妇在家乡经营一个缝纫机配件厂二十多年，现在把厂子承包给别人经营，领着儿子、儿媳和孙子共 5 口人举家出游。他们说："钱嘛，挣些就行了，不为钱卖命，该享受就享受。"王先生刚满 50 岁，一个忠厚的山东汉子，喜欢摄影，一路上老摆弄相机。哈尔滨的老王，是从国有大型企业退休的科技专家，这次是跟着作为民营企业家的儿子一家出来旅游的。儿子在哈尔滨办了一个广告公司，生意红红火火。在船上经常看到他坐在僻静处打电话或操作电脑，显然是对公司作远程指挥。儿媳是某大学的副教授，教旅游学，这次环球旅游对她来说是一次绝好的实践机会。来自广东的潘先生和陈女士，是经营贸易公司的，也颇有成就，这次把公司的事交给女儿打理，夫妇二人携手出游。他们风趣地对我说："我们已经'退休'啦，要好好玩玩啦。"其实他们也才 50 出头，看上去都很年轻。

关于这对广东夫妇，需要多说几句。他们向我聊起过他们家庭在改革开放前后的变化。改革开放前，他们因"海外关系"（潘的大哥在香港），政治上备受牵累，生活也过得紧紧巴巴。那时大哥偶尔回大陆探亲，只能住在宾馆，他们去宾馆见大哥时还须化妆，怕被熟人发现惹出麻烦，大哥也只住两三天就走。改革开放后，情况完全变了，再不用搞"地下活动"了，夫妻二人办了一个公司，成为民营企业家，当地政府还请他们吃饭、座谈，希望通过他们与境外亲戚联系，为本地招商引资。

妻子陈女士精明干练，快人快语，交谈中她的一句笑话令人印象深刻："改革开放刚开始的那些年，我们只听两个姓邓的：白天听邓小平的，晚上听邓丽君的。"

还有一部分是退休的公务员，也是依靠自己的积蓄和子女的资助参加旅游，他们的情况与上述人员相似。湖南的老王夫妇就属于这类情况，劳累了大半辈子，退休了，决意去看看外面的世界。

已经说过，邮轮是一个小社会。这里集中了不同年龄、不同职业、不同籍贯、不同性别、不同爱好的人们，大家在一只船上生活，在一起吃饭，在一起旅游，相互之间会交流很多信息，彼此会增加很多知识，会结识很多朋友。

4月27日 星期一

一位免票乘客

今天还是航海日，风和日丽，海晏波平。上午10时，邮轮的位置是北纬11°，西经94°，航速20节。

在卡鲁索剧场的例行情况介绍会上，又碰见了上海的刘师傅。他每次都坐在左前方紧挨通道的那个位置上，身上斜挎着他那个从不离身的小黑包，目光透过酒瓶底似的厚镜片，专注地看着讲台。

刘师傅是来自上海化纤厂的一位退休工人，年近七十。他是船上一位比较特殊的乘客。

说他特殊，不仅因为他的装束举止——衣着朴素到有点"土气"，老是穿一件旧的白色上衣，一双老式布鞋，斜背着一只小黑包，无论走到哪儿，包括去餐厅、剧场或者散步聊天，小黑包从不离身。矮矮的个子，红红的脸膛，憨憨的笑容，灰白的短发，走起路来步履碎而快。尤其令人感到意外的是，这位老工人居然架着一副一千度的近视眼镜，镜片中那一圈一圈的屈光纹使他可以名列全船近视眼之冠。

说他特殊，更因为他是一位免票乘客。也就是说，别人购买一张船票要花十几万元，他却一文未掏。这在这次环球旅游的乘客中恐怕绝无仅有。"想都不敢想的事体啊。我一个月只有三千元的退休金，哪能拿出十几万元环球旅游啊？"他笑着对我说。究竟怎么回事呢？原来他的船票是一次抽奖活动中抽的奖。抽奖也不是他自己抽的，是他外甥抽的，外甥中奖后转赠予他。

　　这次大西洋号推出环球旅游产品，是与中国一些旅行社联合组织的，旅行社负责招揽游客和发售船票。船票在发售过程中会与一些单位的奖励活动挂起钩来。刘师傅的外甥就是在参与上海一家商场跨年度促销活动的抽奖时有幸中奖，而且一下拿到了两张船票。外甥的父亲已经去世，母亲（老刘的妹妹）因身体原因不能外出，于是他这位舅舅便交了好运，外甥把其中一张船票转赠给他。

　　就这样，刘师傅，这位老实巴交的工人，便免费加入了这次环球旅游。当然，免费是就船票而言，其他如保险费、港务费、上岸游费，还得自己掏腰包，这些加起来也需几万元。刘师傅为此犹豫过，但最后还是下了决心："交就交几万吧，承受得起。"

　　人们发现，这位免去船票的刘师傅还有另外一些特殊性。他喜欢收集外国硬币。每到一地，总要想方设法收集几枚硬币——有时候是向船友们索取购物时找的零钱，有时候是径去当地银行兑换。去当地银行，这可不像去国内银行，不仅会牺牲一些观光时间，更重要的是交流有困难，刘师傅并不懂外语。可是我们这位工人师傅还真去过几家外国银行，真兑到了硬币。他兴致勃勃地告诉我，进入银行以后，瞅着没有顾客的时候走到窗口跟前向工作人员比画来意，对方一般都会理解他的意思，乐意把硬币兑换给这个外国老头。为什么要等到没有顾客的时候才凑上去呢？他说："那么多人排队，我怕一时说不明白，耽误人家的时间。"在他身上，劳动者的朴实和上海人的精明很好地结合在了一起。

　　这会儿，他正坐在休息室靠窗户的一张小桌旁，摊开几枚硬币，凑近眼睛仔细瞅着，还一边用手摩挲着，神情十分专注。我走了过去，坐在他的旁边。他抬头看见了我，笑了笑，对我两天前赠送他两枚硬币表示感谢，接着便聊起眼前的硬币来。他如数家珍：这一枚是哪一个国家的，什么时候铸造的，哪一枚是最新发行的，共有几种面值，等等。他说："美国各州的硬币并不一样，相同面值的正面一样，背面不一样。我已经收集了美国40个州的硬币。"我问："您收集这么多硬币有什么价值吗？"他说："不考虑价值，就是玩玩的。"

交谈中还发现刘师傅知识面宽。他爱好阅读，看过不少书；爱看电影，船上放映的外国电影他几乎一场不落；他虽然很少出国，但对诸如巴黎、伦敦、威尼斯甚至那不勒斯等地方说起来都头头是道。于是，我不由自主地看了看他架在鼻梁上的那副深度近视眼镜。

刘师傅活得很开心。他有自己的人生定位、人生追求和人生哲学。他不是富豪，却很知足；他不是诗人，却有雅兴；他不是专家，却有专长；他没有名位，却有追求。

4 月 28 日　星期二

饮水风波

前往墨西哥曼萨尼约的这段海路还真不近，已经走了三天了。今天还是航海日。

开始起风了，海况预报是中浪，多日的风平浪静结束了。

不料，船上也起了风波——一场关于饮用水质量的风波。

上船以来，我先是出现腹泻，接着发生过敏反应，身上长出许多类似风疹的红斑，奇痒难耐。开始没想到与饮用水有关，以为是环境改变所致，心想拖一拖适应了自然会好。及至前天听到一位船友关于船上饮水质量的检测情报和部分船友的类似病症，顿时大吃一惊。

这位检测水质的船友姓周，来自上海，是搞海上航运出身。由于职业习惯，他上船时随身携带了一个检测水质的小仪器，类似一支钢笔，英文名称DTS。经他检测，船上饮用水的固体可容物含量超过500单位，即超过允许值两倍以上（美国的允许值为 176 以下，中国为 200 以下）。他找到船上有关部门质询，被以种种理由搪塞。为了健康，他利用上岸机会购买了瓶装水，但被阻止带上船。不得已，他向船上旅客们告知真相，搞起签名活动，发动大家保卫自己的健康。

我找周先生了解情况，他是一位 60 开外的男子，言谈诚恳，又有这方面的专业知识，绝非无理取闹之人。何况，按他建议我们做了一个小实验：把房间的饮用水池灌满，发现整池水呈黄褐色，这是平常零星接水时很难察觉到的情况。于是我们决定一起发起签名，要求船方就饮用水质量问题做出公开答复并采取切实措施。一份签名信送到了船长办公室。

船方很快做出答复，向每个船舱发来一份《关于歌诗达邮轮有关饮用水供水系统的声明》，称"歌诗达邮轮严格遵守世界卫生组织和船只所属国对饮用水的要求，遵照船舶卫生计划，对船上的饮用水进行检测，并通过特定的卤化系统对饮用水供水系统进行 24 小时持续监控。所有检测结果记录都与饮用水证书一起保存，作为船舶航行的必要组成部分。"

言之凿凿，似乎无懈可击。但是，如何解释周先生的检测结果？如何解释水质发黄？如何解释部分乘客出现腹泻？船方的"声明"对此未置一词。乘客们一片意见。

不过，只过了两天，大家发现，水的质量有了明显变化，没有原来那么黄了。同时，宣布解除了禁止从岸上带瓶装水上船的禁令。船方又发了一个通知，称"经与地方当局协商，获得地方当局的许可，允许客人携带矿泉水登船，我们也将会把之前由船方暂时保存的矿泉水归还至您的房间"。这是一个还算明智的办法。但是大家问道：为什么要"获得地方当局的许可"？获得哪个"地方当局"的许可？难道"地方当局"还会不允许游客购买他们的商店吗？

其实，大家宁愿相信船方说的是真话。毕竟同舟共济很长时间了，毕竟歌诗达邮轮公司享有较好的声誉，也毕竟沿途要加很多次水，难保某个港口的水质不出一点问题。但是，船方对乘客的答复及围绕水质问题的所作所为，总有点令人生疑。

一场风波就这样平息了。乘客赢得水质的改善，船方保全了面子。

4 月 29 日　星期三

曼萨尼约

早晨 8 时，邮轮终于到达曼萨尼约——墨西哥西部面向太平洋的一个海滨小城。

这是第二次到达墨西哥。几年前去美国西海岸旅游，顺便到过毗邻美国圣迭戈的蒂华纳。那是一个位于墨西哥西北边陲的小城市，也算是沾上了墨西哥的边。蒂华纳市内一座球形的博物馆、街头演唱的艺人和围观的人群、停在街边的"斑驴"车、在酒馆为我们演奏的当地乐队以及这座城市与相邻的美国城市圣迭戈的巨大反差，便是当时留下的主要印象。

眼前的曼萨尼约背山面海，有美丽的海湾和青翠的山峦，城市就分布在山海之间，一部分在山坡上。建筑物都不高，也比较陈旧。全市 15 万人，绝大部分属印欧混血种人，肤色较黑。他们待人友善，路遇游人总会投以微笑并主动让路。

港口停着三艘军舰，岸上有士兵持枪站岗，表明这是一个军民两用港口。海边竖立着一尊巨大的旗鱼雕塑，这是曼萨尼约的城徽，因为这一带海域盛产旗鱼。海滩上很热闹，有不少来自欧美的游客，只穿泳裤，躺在沙滩上晒太阳，肥硕的身体排了一大片。当地妇女为他们提供保健按摩服务。这些妇女也是半裸着身子，皮肤晒得黝黑，汗津津地为他们揉肩捶背。

我们搭乘 1 路公共汽车去市区的另一头，那里是著名的风景区。车上巧遇船上的几位西方员工，他们也是去玩的，大家相互热情地打招呼，蓦地竟有一种他乡遇老乡的感觉。这种感觉在船上是不会有的，可见空间置换会产生情感置换。唐诗中所谓"无端更渡桑干水，却望并州是故乡"，表达的就是这种因空间变化而引起的情感变化。

公交车上挤满了本地人，置身其中更能直接感受到当地的民风民情。本地人虽然也是见过世面的人，但对于一下子来了这么多中国人，不免稍感惊讶，以好奇而纯朴的目光打量着我们。我们向司机打听前方景点，得到耐心而热情的指点。

来到了市区的另一头，地名叫圣地亚哥，比港口所在的那一头要"洋气"一些。海边有凸起的山岩，建有多家酒店和别墅，附近还有大片的高尔夫球场和森林公园。这儿的海湾十分漂亮，沙滩洁净而宽

独特的钓鱼方式

广，海水清澈而碧蓝。海风乍起，一层层雪白的海浪向沙滩扑来。我们驻足沙滩，看到有父子模样一老一少两个当地人，手里挽着一团钓鱼索，迎着呼啸而来的海浪，冲向前去，把钓鱼索的一头使劲抛向海中，海浪吞没了钓钩也吞没了他们的大半截身体，但他们却能稳稳地站在海里。待到海浪退去，他们迅速拉回钓钩，一条活蹦乱跳的鱼便被钓了上来。如此反复，不一会儿，父子俩便提着满满一桶鱼离开了海边，沙滩上留下他们长长一串脚印。

看着这两位墨西哥人迎浪钓鱼的勇敢和娴熟，不由让人联想到他们的民族和他们的国家

墨西哥是一个具有悠久历史的文明古国，是美洲印第安人古文化中心之一。它创造了闻名世界的古玛雅文化、托尔特克文化和阿兹特克文化。然而，15 世纪末它也被欧洲人"发现"了，一批又一批的白人来到这里"淘金"。1521 年，墨西哥沦为西班牙的殖民地。西班牙国王在此委任总督进行统治，时间长达 300 年，给这个印第安文明古国打上了深深的欧洲烙印，以致当今 90% 以上的墨西哥人信奉欧洲的天主教，官方语言通用西班牙语，而居民 90% 以上为印欧混血种人。直到 19 世纪初，墨西哥才赢得民族独立。然而，独立不久，它又遭受北方强邻美国的入侵。当时的美利坚合众国正在大肆扩张领土，通过美墨战争，强迫墨西哥割地 230 万平方公里，比现在的墨西哥领土还要大 30 多万平方公里。如今美国西部的好几个州都是从墨西哥夺来的，其中一个州现在还叫"新墨

西哥州"。记得当年我穿越美墨边境时曾作过一首小诗："美墨相隔仅一墙，一为猛虎一为羊；强邻略地三千里，却道自由博爱邦。"

与妻在街上超市里买了几桶纯净水，以应对船上的水质担忧。许多船友都买了，大桶小桶地艰难地提着走。这里的物价便宜，我们买了大小七桶水，只花了不到 8 美元。

曼萨尼约港口的欢送仪式

回到港口，听见鼓乐大作，原来是当地为我们组织欢送仪式。组织欢送仪式这还是出行以来第一次遇到。乐队一字儿排开，九位乐手一律身着白色制服，手持吉他、提琴、短号等乐器倾情合奏，其中还有一位女乐手。旁边还聚集着许多当地人，其中有不少小学生，手里举着小旗子。不远处的港湾里，一只拖船在喷水。这样的热烈场面，使船友们又兴奋又激动，大家纷纷驻足鼓掌，拍照留念。

夕阳西下，千里暮云列阵长天，海湾被染成一片金黄。大西洋号徐徐驶离美丽而好客的曼萨尼约。

4 月 30 日　星期四

沧海一叶

大西洋号继续向西北方向航行。下一个目的地是洛杉矶，又来到了美国，从它的东海岸兜了一个 U 字形大弯来到了西海岸。

从曼萨尼约到洛杉矶的航程是 1215 海里，须航行 3 天。上午 11 时邮轮的方位是北纬 21°23′，西经 108°44′，船速 17.6 节。

海况甚好，天也晴朗。又想起上船最初几天概括过的环境感受：湛蓝的海，明净的天，洁白的云，温润的风。

在邮轮上已经两个月了，海上生活给予人完全不同的体验。每日以大海为伴，听着风浪的交鸣，看着海天的寥廓，过着特殊的旅途生活。这里有不同的地域交流，有不同的人生比较，有不同的思想碰撞。不同国籍、不同地域、不同年龄、不同性别、不同经历的人们，共聚于一条船上，是难得的一种组合。在茫茫大海中，这条船不过是漂在水中的一片树叶，但身处其中，又会感到它是一个不算太小的社会。人来人往，话语滔滔，各择其趣，闲中有忙。邮轮展现的分明是一幅多姿多彩的社会生活画面。

这里不乏善良健谈的老者，心直口快的青年，热情交往的妇女，嬉戏追逐的儿童。多数人可以彼此敞开胸怀，没有任何矜持和设防。但是也有与众不同的，比如，装神气的、摆阔气的、逞霸气的、露俗气的。人数很少，但很扎眼。

沧海一船，船之小，可想而知，而船上的人就更小了。从宇宙的角度看，连地球都是一颗微粒，人算什么？

然而，这微乎其微的人，却小中有大，拥有大得惊人的东西——心。心之大，不逊宇宙；心之深，超过大海。历史上的野心，曾不止一次搅乱整个世界；历史上的雄心，曾屡屡缔造一代盛世；人世间的爱心，可以温暖天下；人世间的诚心，可以感动上苍；人们的贪心，造成了惊天腐败；人们的私心，酿造着无穷争斗；人

停泊在海湾的大西洋号（船友摄）

们的黑心，会图财害命；人们的善心，会感化恶人；而全世界的公心，却在驱动着历史的车轮。

世界万千学问中，关于"心"的学问恐怕是最复杂最深奥的。

沧海一叶，载着人，也载着心；载着极小，也载着浩大。

5月1日　星期五

我看意大利电影

大西洋号是意大利客轮，自然充满了意大利色彩。无论是船舱布置还是甲板命名，也无论是绘画装饰还是娱乐演出，处处都体现出浓郁的意大利风格。

船上的卡鲁索剧场除了每天下午的歌舞演出外，还差不多每天晚上放映意大利电影。我们并不每场都看，只看了一小部分。总体觉得，虽有一些好片子，反映生活真实，故事情节感人，但不少片子水准不高，结构松散，情节荒诞，搞笑逗乐，淡而无味。

这话有点刻薄，但却是真实感受。

有两部片子印象较深，属比较好的片子。

一部是《船续前行》。讲述第一次世界大战期间，一艘意大利邮轮驶往地中海某岛屿为一位著名歌星举行葬礼，途中救起塞尔维亚的一批难民，遭到与塞尔维亚为敌的奥匈帝国军舰的拦截和炮击。历经艰险曲折，终使难民得救，而歌星葬礼也得以如期举行。影片张扬的是人道主义和反战思想，自然具有积极意义。

另一部是《罗马风情画》，反映第二次世界大战期间罗马各阶层在战争期间的生活状况和精神情态：城市贫民的艰难时世，他们的交往、聚餐、粗俗的交谈和相互叫骂；妓院里大批妓女的招嫖场面，中年妇女被迫卖淫；宗教界的活动和教会学校的生活；演艺界的卖艺生涯和谋生不易；男女青年们的失业和颓废，等等。这是一部名副其实的"风情画"，对二战期间罗马社会生活的描写真实可信，反映了战争给人民带来的痛苦，揭露了法西斯主义发动战争的罪恶。应当说，也是一部不错的影片。

罗马一条街

但是，有一部分片子就不怎么样了，比如《卡萨诺瓦》，讲述一位叫卡萨诺瓦的威尼斯男子，自吹是文学家和哲学家，又精通点金术和占卜术，到处招摇撞骗，拐骗女人，有"种马"之称。被判刑收监后奇迹般逃脱，在欧洲各地继续行骗。影片虽然具有揭露骗子的积极意义，但故事情节荒诞不经，不合逻辑，且冗长拖沓，长达两个半小时。又比如《三艳嬉春》《月吟》等，故事情节松散乏味，常常是尚未终场就走了大半观众。

心里每每纳闷：意大利是艺术大国，怎么会拍出这样的影片？或许，他们的艺术标准不同于中国的，审美观念也不同，我们是拿自己的尺码去量人家的长度？又或许，像我这样一个文艺外行，对人家的电影妄加评论？

但又一想，文艺毕竟是以人民为对象的，人民性是文艺作品的生命，民族特色也并不与艺术的共同标准相冲突。所以，每一个观众都有资格对他看过的任何一部电影评头论足。

意大利当然是不能轻视的民族，它有罗马共和国和罗马帝国时期的辉煌，有文艺复兴时期的灿烂，有众多彪炳史册的伟人。今天我们谈起但丁、彼特拉克、薄伽丘、达·芬奇、米开朗琪罗、拉斐尔、提香、布鲁诺、伽利略等等文艺和科学巨匠，不能不为他们对人类文明做出的杰出贡献而心生敬意。但是这个国家在近代落伍了，降为欧洲的二等国家，比之德国、英国和法国，它要略逊一筹。这样的地位使它在与欧洲列强的博弈中往往处于尴尬状态。在第一次世界大战中，它在两大敌对营垒之间彷徨游移、变来变去，因国力孱弱，自信心不足。在第二次世界大战中，它也只是配角，法西斯势力上台后充当了纳粹德国的帮凶，战后受到了清算，国力进一步衰落。现在它虽然还是西方七强之一，属发达国家之列，但毕竟境况大不如前。

莫非，国力的衰落也会伴随着文艺的衰落？

5月2日　星期六

一个平凡的航海日

邮轮继续向西北方向航行。中午12时大西洋号的位置是北纬30°，西经116°30′，船速13节。船行较慢。

太平洋仍然呈现出平静而美丽的面貌。微风轻拂，缓缓波动的海面柔柔的、静静的、蓝蓝的。没有陡涨陡落的波涛，没有激越喷溅的浪花，只有无边的蓝色像软缎般平铺开来，轻轻抖动，把自己的波痕不断传向远处。细看之下，舒缓的大波上镶嵌着细碎的小波，小波随着大波移动，小波自己也在漾着微波，它们共同组合成一个轻歌曼舞、魅力无穷的大海。

卡鲁索剧场里，全体乘客正在听邮轮副总监罗炎炎女士讲下一站洛杉矶入境注意事项。又要进入美国了，又要填写入境申报表了。罗炎炎讲完后，巴比罗讲师向大家介绍了洛杉矶的基本情况。

与深圳老张、哈尔滨老王、上海老徐、山东小王在甲板上闲聊。话题漫无边际，从各国风情到沿途感受，从老家风俗到船上生活，最后又集中到手中的相机上来。大家对小王新买的一款微单相机作了一番评论。小王对它钟爱有加，身不离机，一有空就坐在那里摆弄。老王又谈起人像摄影的体会：要注意"轮廓"，即轮廓分明，背景与人物对比分明；要注意"层次"，即脸部的明光、暗光和黑光要有合理的层次，防止黑白脸；

要注意"质感"，即对象质的特点，老人的脸，皮肤就是老人的，儿童的脸，皮肤就是儿童的，要有明显的个性特质；要注意"出神"，即注意抓眼神、表情、动作等要素，反映人物的内心世界。大家对老王的体会深以为然。

晚上又是放映意大利电影，片名《女人城》。主题是张扬女权主义，批判大男子主义和玩世不恭的放纵行为。主人翁是一位中年男子，在火车上邂逅一位少妇，心生爱意，百般讨好。少妇到站下车，该男子也追随下车，一直尾随到一个聚会场所。不料这里全是妇女，全是女权主义者，她们正在开会激辩，抨击男人世界。这个男子的到来，正好提供了一个活靶子，众女人对其百般嘲讽戏弄。接下来便是这个男人的种种奇遇，先后与多名妇女邂逅、交往、同居。作者意在为妇女说话，主张男女平等，有一定积极意义。但剧情编造得过于离奇，一些情节总觉得不合生活逻辑。

5月3日　星期日

洛杉矶与好莱坞

洛杉矶，美国西部最大的城市，全美第二大城市。三年前曾经来过这里，这次算是重游。

洛杉矶位于加利福尼亚州的南部，濒临太平洋，市区拥有近400万人口。历史上这里是墨西哥的领土。1769年西班牙"布道团"来到这里"布道"，不久，这里便同墨西哥的其他地方一样变成西班牙的殖民地。1821年墨西哥独立后它回归墨西哥。但是，1846年美墨战争后被美国强行割去。现在，它是美国西部的经济重镇、交通枢纽、科技基地和文化中心。

晨8时，大西洋号驶进位于洛杉矶东南部的长滩港口。长滩港口是一个很大的现代化港口。码头上的吊车昂起长长的脖子，一直排列到很远的地方；集装箱堆积如山，各类船只穿梭往来。

不出所料，入境手续很烦琐。我们在船上就开始排起长长的队，从剧场一直排到餐厅，拐了几个弯，接受美国移民局官员上船检查，包括查验护照、审查入境申报单和另一份不详其名的报表。还好，不按指纹，较之纽约的检查稍简便一点，但也花去了两个小时。走出港口时，已经10点多了。

我们这个自由行小队今天扩大了，除了湖南的王、张二位和杭州诗人西子乔，还有来自台湾的林女士母女俩和钟女士，连同我们夫妻共八人。五女三男，一路热热闹闹。

我们决定先去"追星"。好莱坞电影业是洛杉矶的城市名片，所以第一站直奔"星光大道"。星光大道也即好莱坞大道，位于城市的西北部，从港口去那里很远，须斜穿整个市区。我们选择了乘坐地铁，乘坐地铁不仅速度较快，而且可以近距离接触当地人。洛杉矶的地铁不像北京的地铁以数字排序，而是以颜色排序。我们先乘坐蓝线地铁，然后转乘红线地铁到达。

出站后首先映入眼帘的是好莱坞著名影星梦露的蜡像，满面春风，栩栩如生，很多游人与她合影。

好莱坞影视城

"星光大道"是洛杉矶的名街，因人行道上镶嵌着2500多位好莱坞电影明星的名字而闻名世界。这些名字都镌刻在镶铜五角星上，一人一星，嵌入水磨石路面，形成一条亮闪闪的星练。游人来到这里，纷纷驻足指认，有的还在弯腰寻找自己崇拜的偶像。

星光大道上有一幢中国式建筑，叫"中国剧院"，引起我们的兴趣。青铜色的坡形屋顶，檐角高翘，与中国东南沿海一带的庙宇有点相似，一看之下自然亲切。但是又觉得它的造型有点蹩脚，没有完全体现出中国风格和中国气派。不管怎样，它毕竟是一个象征和标识。何况，它在这里已经伫立了将近一个世纪了，它是洛杉矶和好莱坞成长的见证人。这个剧院最吸引人的地方，是它的前院嵌有173位明星的脚印和手印，包括著名的秀兰·邓波儿、丹泽尔·华盛顿、阿罗德·施瓦辛格等人都在这里留下了足迹。

其实，好莱坞的中国元素，不只是伫立在这里的中国剧院。作为全球著名的电影圣地，它还吸引了不少中国电影人来这里一展身手。李小龙、成龙、李连杰、周润发、巩俐、李冰冰、刘亦菲、章子怡、范冰冰等都在这里参与过影视拍摄。

距这里不远便是好莱坞的"环球影视城"，三年前曾经去参观过，那是建在一座小山坡上的拍片场地，有模拟旧金山地震灾区、芝加哥大火灾区、洪水暴发区、侏罗纪恐龙生活区以及大白鲨活动区等拍片场景，当时还观看了《水世界》科幻特技表演和惊险刺激的未来世界4D电影。

好莱坞能把电影事业作为产业，做大做强，以至成为世界银屏中心，是有其特殊原因的。

电影的历史并不长，从1896年爱迪生发明第一架电影机后，人们才开始拍摄电影，经历了从无声到有声、从短片到长片、从黑白到彩色、从平面到立体的发展过程。洛杉矶地处美国西部不毛之地，却在电影业上超越东部，后来居上，首先凭借的恰恰是这种得天独厚的地理自然优势。这里地域荒蛮，有戈壁、群山和大海，又加晴朗少雨，适合常年户外拍摄并凸显一种旷远苍凉的西部特色。其次是爱迪生的电影专利公司"为渊驱鱼，为丛驱雀"，把东部的大批电影人逼到这儿来了。爱迪生是著名发明家，同时也是企业家，他组织了电影专利公司，企图通过自己的电影托拉斯垄断全美国的电影市场。而那些不甘被兼并、被控制的独立制片商和那些为了逃避专利束缚的小公司便纷纷离开东部，来到洛杉矶。结果，洛杉矶发展起来了，而东部的爱迪生公司却很快倒闭了。除上述两点原因外，还不能不承认美国电影人的创业精神和拼搏精神。他们创业初期很多人都是住帐篷、住板屋的。梦露这样的世界巨星，一生拍了那么多的片子，据说生活也并不奢华，身后也没有留下多少财产。他们的创业精神和拼搏精神还体现在善于创新，敢于做别人没有做过的事。比如电影制片人、动画片作家迪士尼把电影和动画的创作理念加以发展，推广到游乐事业，创建了迪士尼乐园，使之成为一项世界性的游乐形式，每年吸引千千万万游客。我们中国也已经建起了两个大型迪士尼乐园，香港一个，上海一个。

当然，好莱坞的崛起，也与华尔街大财团的支持分不开。第一次世界大战后，华尔街大财团发现电影事业是一项可以带来丰厚利润的朝阳产业，纷纷投资电影事业。他们的资金投入是好莱坞快速运转的经济支柱。而好莱坞通过大量影片的拍摄和放映，既为资本家赚取了巨额利润，又为宣传美国价值观发挥了重要作用。

我们乘坐观光大巴，经过了著名的贝弗利山庄。这里是现代电影明星别墅区。一大片形态各异的建筑，坐落在高高的棕榈树下。这里居住着众多的电影界风云人物。从这里酝酿出一部又一部风靡全球的电影大片。

听到一则趣闻：2002年，电影城好莱坞曾发起了一个"独立运动"。一些好莱坞的居民要求从洛杉矶市独立出来，不再作为洛杉矶的一个部分。这个要求有点奇怪。洛杉矶市政府经过研究，决定让全体市民投票表决。最后结果是，好莱坞的独立要求被压倒优势的票数否决了。

让"整体"投票否决"局部"的分离要求，这个做法值得肯定。当今世界上，分离主义成为一种时髦，某些"局部"动不动就打起分离的旗帜，而且往往诉诸"公投"。但他们的所谓"公投"只限于要求分离的这部分成员，却无视"整体"中其他成员的意见，这显然有违民主的起码原则。要公投不是不可以，但必须是包括所有"局部"在内的"整体"进行公投，不能谁想分离谁就可以自己投票分离。打个比方，人的五官本来是一个统一整体，假如有一天嘴巴宣布要分离出去，并且说我们嘴巴的上下嘴唇一致"公投"同意了，那么它就可以分离出去吗？它就可以不征得眼睛、鼻子、耳朵的同意吗？五官的多数会同意它分离出去吗？真的分离出去了它还算嘴巴吗？好莱坞本来是同洛杉矶一起发展起来的，是洛杉矶市内的一小部分，它的生活生产、用水用电、道路交通、社区管理、安全维护、教育卫生等都不可能离开洛杉矶市而独立解决，所以它的独立要求显然是不切实际的。

洛杉矶的名片是好莱坞，好莱坞的依托是洛杉矶。

傍晚还乘地铁回到港口，明天继续游览洛杉矶。

5月4日　星期一

洛杉矶与多元文化

邮轮在洛杉矶停留两天。

今天还是 8 人同行。8 点半离船出发，租了两辆小车，前往位于国际机场附近的观光巴士车站。在这里顺利换乘橘黄色线路的观光巴士，驶过一大片长满水草的近海湿地，又经过一个停满游艇的海湾，便到了我们今天游览的第一站"威尼斯海滩"。

威尼斯海滩是洛杉矶的西部海滨，有宽广的沙滩，沙滩上成排的棕榈树亭亭玉立。平沙高树，衬以蓝天大海，构成一种独特的风景线。棕榈树是洛杉矶最具特色的景观之一。这里的棕榈树树干纤细遒劲，树冠蓬松，常年结果，过去印第安人以其果实作为日常食物。这些树耸立在海滨和街道两旁，几十米高，细细的躯干撑着一个大大的脑袋，在风中摇曳，显得风情万种，韵味无穷。

离威尼斯海滩不远便是圣莫尼卡渡口。这里是著名的海滨娱乐场，一条长约三百米的栈道伸向海中，连着一个人工岛。岛上建有游乐园、摩天轮、观景台、酒店、商亭等，游人很多。海滩上的大停车场密密麻麻停满了汽车。洛杉矶据说有一千多万辆汽车，人均超过一辆，经常发生交通拥堵。从海滩的停车场就可以窥见一斑。

离开威尼斯海滩和莫妮卡渡口，我们决定去登高览胜。洛杉矶三面环山，我们选择的登高目标是位于市北的威尔逊山。这座山虽然紧挨市区，但面对市区的正面似乎无路可上，我们沿着一条进山的马路从侧面绕行。初为平坦大道，车水马龙；渐次道路收窄，车辆稀少；转过几个弯后，连行人都难碰到。在山沟小道上左拐右拐、上上下下，总是找不到可以登临送目的高岗。同行者有人开始打退堂鼓，在后边嚷嚷："别再往前走啦，回去吧，迷了路怎么办？"我回头喊道："再坚持一下吧，山穷水尽之后会有柳暗花明。"我继续独自走在前边，下了一段坡，又上了一段坡。突然，坡顶上出现一座中国式建筑，类似宾馆。疾步趋前，门楣上书有"山城"两个汉字。来到宾馆前边的平台上，眼前豁然开朗，整个洛杉矶市全在眼底！原来这里是一个绝佳的观景高地，从这里看下去，楼宇如海，街道交织，街上的车辆和行人都历历在目。同伴们都从后边赶了过来，一片赞叹。

从威尔逊山上鸟瞰洛杉矶

从高处看洛杉矶，楼宇铺了一地，望不到边际。洛杉矶几乎没有什么高层建筑，只有大约十多栋较高的现代建筑鹤立鸡群般耸立在市区中心。整个洛杉矶市区面积据说达1200多平方公里，是全美面积最大的城市。如果算上郊区，面积达1万多平方公里，在这片地域内拥塞着88个大小不等的城镇，共同组成大洛杉矶行政区。洛杉矶市除了三面环山，一面临海，东边的山丘之后还分布着广袤的沙漠，从那里可以通往著名的科罗拉多大峡谷。也许正是因为地理环境的荒凉广袤，才使得这座城市能够如此奢侈地向周围铺陈。荒凉是就大环境而言，洛杉矶市区其实绿化得很好，有大片大片的绿地，有郁郁葱葱的树木，特别是袅袅婷婷的棕榈树，把洛杉矶装扮得很有特色。

洛杉矶同纽约比起来，风格迥异。纽约是高楼的汇聚，洛杉矶则是低层建筑的海洋。但是有一点它们是共同的，那就是文化的多元化。据统计，洛杉矶现在的居民来自140多个国家，有80多种不同的语言。其中，印欧混血人占42%，白种人占36%，非洲裔占12%，亚裔占10%。每天有50多种外文报纸出版，17种外文电台广播。洛杉矶由于历史渊源，墨西哥文化的影响尤其明显。墨西哥人是当地少数民族的主体。墨西哥的官方语言——西班牙语，是洛杉矶的第二官方语言，约三分之一的洛杉矶居民讲西班牙语，许多城区、街道的名字都用西班牙文。

其实，洛杉矶的多元化超过了纽约，是当今世界上种族最多、文化最为多样的城市。这是它的特点，也是它的优点。人种和文化的单一，容易导致短视和自闭。而不同的人种和不同的文化杂处一起，交流碰撞，会产生一种相互借鉴、取长补短、竞争发展的效果。洛杉矶的崛起，不能说与此没有关系。

两天来我们还接触到不少洛杉矶人，有几位印象深刻。

第一位，热情助人的黑人姑娘。第一天乘地铁进城时，因地铁个别路段维修，中间须转乘巴士到前方地铁站换乘。这可难为了我们这些人地两生的外国人：出地铁后在哪里搭乘巴士？在哪一站换车？正在发愁时，地铁站一位年轻的黑人女工作人员走过来，问明情况后，当即表示要为我们带路。她领我们走出地铁站，找到巴士车站，并一同上了巴士。到前方换乘站后还坚持送我们进站上车，然后才挥手告别。她自始至终微笑着，一脸的善良和纯朴。她的形象深深刻在大家的脑海中。

第二位，生了7个小孩还想再生的年轻母亲。地铁车厢里，同行的林女士与一位拉美裔妇女聊了起来。这位妇女大约40开外，矮矮胖胖的，皮肤微黑。她告诉林女士，她已经是7个孩子的母亲。林女士翻译给我们，我们顿感吃惊：这么年轻的女士怎么已经生了7个孩子？知道我们的不解后，这位妇女又说："我母亲生了我们兄弟姊妹11个人呢。"言下之意她还生得不够多，还要继续生。多生多育，这是美国的国情，而且政府还鼓励多生，多生一个就能多得一份经济补助。于是许多人家（主要是黑人和拉丁裔人）便把多生孩子作为家庭谋生之道。这位妇女在市内上班，家住在港口附近，每天往返将近100公里。为了谋生，她不但要多生孩子，还要日复一日地辛苦奔波。

第三位，在地铁上乞讨的白人男子。还是在地铁车厢里，在兜售冰激凌、耳机、皮带之类的小贩们的往来穿行中，走过来一位白人中年男子。他相貌清瘦，形容枯槁，穿黑色短袖衫、牛仔裤，背一个黑色双肩背包。他不是兜售商品的，他向乘客们伸出一只手，嘴里嗫嚅着什么，显然是个乞丐。有人给了他几枚硬币，他面带感激之情，一边说着感谢的话，一边用右手在胸前划着十字。乞讨了一圈之后，他的目光朝车厢里几个空座位扫视一番，然后弯腰从其中一个座位上捡起一个小食品袋，将袋口朝下轻轻抖动，另一只手掌心向上在袋口下边接着。显然是想倒出袋里可能残存的食物渣子。可惜他什么也没有抖出，失望地颓坐在那个位子上。坐了片刻，他从口袋里掏出乞讨来的硬币数了起来，数了一遍，又数了一遍。一会儿，他睡着了。我就坐在他附近，一直注视着他的动作，心里纳闷，美国的社会保障措施覆盖严密，怎么还会有这样的乞丐，而且他并不老，还是一个白人。

洛杉矶，这个人海滔滔的城市，也盛满了人间百态。

5月5日　星期二

沿美国西海岸北上

离开洛杉矶，邮轮沿美国西海岸继续北上，下一站是旧金山，航程381海里。

右侧远远地可以看见美国西部"海岸山脉"的身影，海面上不时出现石油钻井平台。

天气越来越凉。从加勒比海的热带湿热天气又来到凉风嗖嗖的北温带地区。自上海出发以来，一路上，衣服增了减，减了增，经历了寒热悬殊的交替变化。与之相伴的是时差的变化，每隔几天要拨一次表，有时甚至连续几天每天都要拨表。每次拨慢1小时或半小时，到现在为止已拨慢了十几个小时，把在家里的白昼和夜晚完全颠倒了。

下午起风了，海面上激荡着无边无际的白色浪花。登上10层甲板想去散散步，风太大，难以立足，只好下到9层。9层是封闭式的，可以隔着玻璃看海。

船上发来通知："根据气象预报，大风浪将会影响航行。邮轮决定并得到旧金山港口允许，将到达旧金山的时间比原计划提前一个小时，即由5月6日9时提前到5月6日8时；同时将原启航时间由5月6日19时推迟至5月7日早5时。"看来，海况严峻，我们面临着新的考验。

诗人西子乔写了一首诗拿给我看："希望只是待在家里，静静地感受土地的沉稳。希望拥抱我头发花白的妻子，不要我一个人到处流浪。希望一起去菜市场，买一把青菜、一块鲜肉拎回厨房。希望晚餐后一起去散步，走在湖边的小路上。平静的甘苦、微笑的牵手，拥有了就是天堂。"他每天写一首，发在网上。任凭风急浪高，诗情不减分毫。不过，从这首诗看，诗人也想家了。

5月6日　星期三

重游旧金山

昨夜风浪甚大，船体摇晃，舱室嘎嘎作响。晨起去阳台欲拍日出，寒风刺骨，赶紧退回屋里穿上毛衣和秋裤。

大西洋号终于驶过金门大桥，进入旧金山湾。湾里是避风港，风平浪静。在港口派来的导航船的引导下，大西洋号缓缓停泊在濒临市区的27号泊位。眼前便是遍布在山峦之上的旧金山街市，比之洛杉矶港口的远离市区，这里方便多了。而且，不用再搞入境检查。

今天我们这支自由行的队伍又有新变化：有人退出了，有人参加了，总体扩大了。台湾的3位同胞表示要单独行动，而扬州的老王、泰州的老孙、北京的小孙小崔夫妇加入我们的行列，这样，加上以前参加过的北京老武，我们共有10个人。

一上岸便是滨海大道，步行约10分钟至"渔人码头"。

渔人码头是旧金山的一个著名景点，花团锦簇的小街点缀着小巧别致的建筑。近旁有一海狮养殖场，大约上百只海狮懒洋洋地躺在架设在水面的木板上，时不时翻动着肥硕的身体，发出猪一般的"哄、哄"声。有的则跳入海中追逐打闹，玩累了又回到木板上。看着这一堆肉乎乎的家伙，着实令人兴奋。同时又使人想到，世间万物，各有自己的活动舞台，海狮的活动舞台本应是海洋，偶尔上岸晒晒太阳。可这人工养殖场的海狮，似乎大部分时间躺在木板上睡懒觉，只偶尔下下海，把本来的生活模式颠倒过来了。为什么，原因很简单——它们已经不用为吃饭操心了。这使人又联想到渔人码头的另一种动物——海鸥。海鸥本是海鸟，整天在海上以捕鱼为生。但渔人码头的海鸥已经变成"陆鸥"了，它们成群结队地簇拥在岸上和马路上，与游人厮混在一起，享受着源源不绝的面包和香肠。它们不怕人（人不去伤害它们），也不怕汽车（汽车要为它们让路），旁若无人，怡然自得。环境改变了动物的习性，这大概是"物竞天择，适者生存"的另一种表现吧。

旧金山一瞥

来到了金门大桥。一座涂成红色的钢结构大桥，横跨旧金山海湾，凡进出旧金山的船都要从它下边通过，仿佛是旧金山的大门。远处看似乎比较纤细，及至来到桥下、登上桥面，却是一个庞然大物。两端的桥架足有几十层楼房高，它们用很粗的钢绳牵拉着整个桥面。桥面宽阔如同大街，中间是行车道，各种车辆飞驰往来，与钢铁桥体发生共鸣，发出隆隆的响声；两边是人行道和自行车道，参观大桥的人或步行或骑自行车，熙熙攘攘。大桥主跨长 1280 米，净高 81 米，始建于 1937 年，也算世界大桥中的长辈了。据说金门大桥每年都要涂一次漆，一次要耗去几十吨油漆。大桥通体红色，因为旧金山人喜欢红色。我们步行到大桥中段，凭栏远眺，旧金山市及其周边景物一览无余。山城风貌，千门万户层层叠叠、密密麻麻。两岸青山抱着一弯碧水，水面上船只往来，划出长长的波纹。海湾内的"魔鬼岛"历历在目，那里过去曾长期作为监狱关押犯人，还关押过华人，现在辟为旅游地。

乘28路公交车来到金门公园。它也是旧金山的著名景点。我们在园内游览了几个小时，觉得它有几个突出特点：一是野味儿很浓，二是景色壮观，三是面积很大。

公园位于市区西部，周围都是闹市。按常例，闹市中的公园应该是一个人工雕琢的、花花草草的城中休闲之地。但是入园一看，古木参天，落叶盈尺，犹如走进原始森林。沿林间小径寻觅前行，听到水声淙淙，趋前一看，一道清溪自远处奔流而至。溯流而上，森林尽处，有小丘高地，花草繁茂。继续前行，又闻瀑声大作，寻声前往，见左侧山崖一道瀑布飞流直下，始知此乃小溪之源。诗人西子乔身临此境，禁不住诗兴大发："自然的丘山和原始林莽，粗大的枞树和松杉；靠着大树仰首看天光碎片，伏在山坡贴耳听大地私言。"这样的野性公园在车水马龙的闹市区确属少见。再往前走，见湖泊清澈如镜，天光云影，皆在其中，情侣泛舟，水鸟嬉戏。湖呈环状，名曰斯托湖，中有小岛，称为草莓山。在这山环水绕之中，突然发现一处显眼的中国建筑：湖的东侧，草莓山下，翼然一亭，挺拔亮丽，红色的柱子，交错的斗拱，绿色的琉璃瓦，完全是中国风格。一查地图，它叫"中国亭"。中西合璧，为金山公园平添了典雅的东方情致。是啊，这里该有中国亭，旧金山本是一座拥有众多华人和浓厚的中国文化氛围的城市，理应在公园建设中得到反映。金山公园不仅粗犷原始、景色壮观，而且面积很大，长约七八公里，宽约三四公里，超过了纽约的中央公园。也许正是因为面积大，它才能把森林、河流、山丘、瀑布、湖泊、亭台甚至博物馆和露天剧场收纳在自己的怀抱中。

旧金山是山城，整个城区分布在几十个大小不等的山丘上，街区和马路都因地势起伏而呈波浪状。由此产生了这里特殊的交通工具——缆车，形状如同有轨电车，木质车厢，叮叮当当地上坡下坡，逢站摇铃，颇具古风。现在它主要是作为旅游项目，供游人体验。"九曲花街"吸引了不少游人，它是一段"之"字形的坡道，拐了九个弯，遍植花草，故名九曲花街。唐人街规模很大，据说是美国最大的"中国城"。整个一条大街都是华人店铺，满街的汉字招牌。徜徉其中，宛如置身国内。联合广场是城市中心广场，高楼环立，商家云集。时已夜幕降临，华灯齐明。几位女士想逛逛商场，男士们正好借此找一条长椅坐下来歇一歇。

这旧金山，与洛杉矶是同属美国加利福尼亚州的繁华都市。比洛杉矶小一些，市区人口80多万，如果连同郊区的"硅谷"和海湾对面的奥克兰卫星城等相邻地区加在一起，人口超过700万。它是美国著名的科技中心、金融中心和旅游中心之一。同洛杉矶一样，它原来也不属于美国，而是墨西哥的土地。1772年，统治墨西哥的西班牙人在这里建立要塞；1821年墨西哥独立后，这里成为墨西哥的一个海滨小镇，人口不足千人。1848年美国打败墨西哥，强行割去包括旧金山和洛杉矶在内的墨西哥领土230万平方公里，相当于美国现在面积的四分之一，旧金山从此划入美国版图。也就在这一年，当地发现金矿，立即掀起了轰动一时的淘金热，大批移民从美国各地和其他国家蜂拥而至，包括很多华人也被万里迢迢地招募到这里挖金矿、修铁路。华人劳工在旧金山东部的内华达山脉中支起帐篷、搭起板屋，用极其简陋的工具在冰冷的溪水中淘挖星星点点的金沙，极少数人真的发财了，但多数人淘金梦破，一贫如洗，不少人劳累致死，葬身异乡。活下来的华人连同参加太平洋跨洲铁路建设的华工们在美国西部艰难谋生，后来大部分聚居在旧金山及其附近地区。现在旧金山的华人，主要就是当年参加淘金和修铁路的华人的后代。华人对旧金山和美国西部的开发做出了巨大的贡献，这一点连美国的有识之士也都承认。"旧金山"这个名称，也是华人所起。这里开始被华人叫"金山"，后来在澳大利亚发现了新的金矿，一些华人劳工移往新矿，"金山"便被改称"旧金山"。

"旧金山"，一个中国式的名称，反映了由中国人流血流汗参与建设的美国西部一段不寻常的历史。但不知从什么时候开始，它在地图上被标为"圣弗朗西斯科"。"圣弗朗西斯科"据说是西班牙语的音译，华人则把它译为"三藩市"。

大浪来袭

早晨 6 时醒来，发现大西洋号已经驶离旧金山。现在，窗外一片汪洋，邮轮朝着西南方向驶向夏威夷。从旧金山到夏威夷的距离是 2010 海里，今后几天，我们将一直在茫茫的太平洋上度过。

大浪来袭

没想到，遇上了出发以来最大的风浪。这是前两天风浪的继续，变得更加凶猛，更加肆虐。狂风掀着巨浪，甲板上根本无法站立。船方已将各层露天甲板全部封闭，禁止乘客通行。三层以下甲板和窗玻璃都被溅起的浪花打湿。我们躲在各自的舱室里，隔着窗户向外张望。海面上巨浪滔天，一个波涛推着一个波涛，一个浪峰牵着一个浪峰，瞬间涌起，又瞬间陷落，呼啸着，奔腾着，撞击着，撕裂着，整个大海在躁动在翻滚。我想推开阳台的门拍张照片，但是，无论怎么使劲也推不开，它被外边的强风紧紧地顶住。回到沙发，沙发在晃动；爬上床去，床也在摇晃；进卫生间洗手时几乎被摇倒。整个舱室嘎嘎之声不断。妻子缩在床上，痛苦万分。

许多人晕船呕吐，连平时不大晕船的人都喊受不了。船上采取了一些应对措施：反复广播相关注意事项，发放苹果饼干等零食，在公共场所放置供呕吐用的塑料袋。船的速度也放慢了。

看来，太平洋并不太平。

但是，船上的生活还得进行，该干什么还得干什么。就连下午的演出也照常进行。来自意大利的一名歌唱家在摇摇晃晃的舞台上引吭高歌，还唱了两首中国歌曲。观众不多，都是些经得住颠簸、耐得住摇晃的。

实说美国

下一站是夏威夷，还是美国领土。这次环球旅游，途经 18 个国家，在美国逗留时间最长，对美国的感触也最深。

在当今世界，美国是个特殊的国家。它的领土很大，937 万多平方公里，仅次于俄罗斯、加拿大和中国，属于世界上几个国土最大的国家之一；它的历史很短，只有 240 年，属于世界上少数几个历史最短的国家之一；它是一个移民国家，90% 以上的国民都是从欧洲以及非洲、亚洲和其他地方漂洋过海"移"过来的；它后来居上，从北美的 13 块英属殖民地经过独立战争、领土扩张和南北战争，逐渐取代英国的霸权地位，成为世界上首屈一指的强国；它很霸气，仗着无人可比的经济实力和军事实力，在全球呼风唤雨、发号施令，以世界警察自居；它现在虽然开始有点力不从心，但仍然竭力维护自己的霸权地位，在世界各地到处指指点点、挥拳踢脚。

美国国会大厦（资料照片）

鲁迅先生说过，奴才一旦当了主子，往往比原来的主子还要凶狠。美国是从殖民地演变来的，它过去是奴才，现在是主子。

美国在它还是大英帝国殖民地的时候，备受英国的压迫，在生产、贸易、税收等方面被规定了严苛的政策限制，遭受超常剥削。在忍无可忍的情况下，他们发起了反对英国压迫的独立运动。独立运动的主要代表人物杰弗逊、华盛顿等人高扬独立、自由、民主、人权的旗帜，发动了武装起义。经过血与火的斗争，终于取得了胜利。1776 年 7 月公布的由杰弗逊起草的《独立宣言》向全世界宣告："这些联合殖民地从此成为，而且名正言顺地应当成为自由独立的合众国；它们解除对于英王的一切从属关系，而它们与大不列颠王国之间的一切政治联系亦应从此完全废止。"这个《独立宣言》宣告了北美殖民地人民的胜利，宣告了世界上一个新的国家——美利坚合众国的诞生。毫无疑问，美国独立战争是正义的进步的事业。它是一次民族解放战争，也是一次资产阶级革命。马克思称赞美国《独立宣言》是"第一个人权宣言"，它比法国大革命时期的"人权宣言"还要早 13 年。列宁认为："现代的文明的美国的历史，是由一次伟大的、真正解放的、真正革命的战争开始的。"指的就是美国独立战争。

但是，美国立国之后，随着国力的不断强盛，便逐渐走上了扩张和侵略的道路。本来，它的国土范围开始只限于原来的 13 块殖民地，即阿巴拉契亚山脉以东沿大西洋西岸分布的一片狭长土地，其面积还不到现在国土面积的十分之一。后来越过阿巴拉契亚山脉，伸向密西西比河平原。再后来，通过多种手段继续大肆扩张：1803 年，从法国购得路易斯安那地区；1811 年到 1818 年，分两次从西班牙手中夺取和"购"得整个佛罗里达地区；1845 年，强行合并了原属墨西哥的得克萨斯；1846 年到 1848 年，通过美墨战争吞并了原属墨西哥的亚利桑那、加利福尼亚、内华达、新墨西哥以及科罗拉多和怀俄明州的一部分；1846 年，又从英国手中夺取俄勒冈地区的一部分；1867 年以极低的价格从俄国购得阿拉斯加；1898 年，吞并夏威夷并于 1959 年正式宣布夏威夷为美国的第 50 个州。至此，美国打通了北美大陆，从东边的大西洋到西边的太平洋，万里沃土皆为美国领土，此外还有两个海外州——阿拉斯加和夏威夷。

今天，美国动不动指责别人"非法占有"或"扩张领土"，可是它想没想过自己的历史？

在扩张领土的同时，美国加入了列强对世界的掠夺、干涉和侵略。它虽然是西方列强中参与瓜分世界的迟到者，但不甘落后，咄咄逼人。在吞并夏威夷之后，紧接着发动了美西战争，从西班牙手里夺取了古巴和菲律宾，把它们分别变为自己的保护国和殖民地。接着剑指中国，提出"门户开放"，要求与其他列强共同瓜分中国。1900年派兵参加"八国联军"，武装镇压中国人民的爱国运动。它把中南美洲视为自己的后院，推行"大棒政策"和"金元外交"，策划巴拿马独立，霸占巴拿马运河区。其后又两次武装干涉墨西哥革命，还把尼加拉瓜、多米尼加和海地置于自己的"保护"之下。又多次策划对古巴的侵略和对卡斯特罗的暗杀。它公然绑架巴拿马政府首脑并将其劫持到美国审判。它发动了侵略朝鲜和侵略越南的战争，派遣舰队封锁台湾海峡。它以莫须有的罪名发动伊拉克战争，推翻其政权，绞死其总统。它悍然违反国际法，轰炸中国驻南联盟大使馆。它扶持日本右翼政权，在东亚拼凑针对中国的包围圈。在台湾和南海问题上，它包藏祸心，企图以此遏制中国，如此等等。

今天，美国动不动以"民主、自由、人权、平等"为武器，以维护国际正义的面目指责他人，可它想没想过自己的上述所作所为？

当然，我们并不否定美国在世界近现代历史上曾经发挥过积极作用。除了它的独立战争具有进步意义之外，南北战争消灭奴隶制无疑也是进步的。在第二次世界大战中，虽然开始是隔岸观火，但珍珠港事件之后，加入反法西斯同盟，在战胜和消灭法西斯势力的斗争中，发挥了重要作用。战后在推动联合国的创建和新的国际秩序的建立中也发挥了重要作用。中国人民还不会忘记在艰难的抗日战争中，美国政府和人民曾经给予中国人民的支持和帮助。

但是，美国似乎不珍惜这方面的历史，相反，它在糟蹋这些历史。它在许多方面在走历史的回头路。

常常听到一种议论，美国以短短二百几十年的历史而成为世界首强，而且这个地位已持续了一个世纪，总有它独到的某些优长。

不错，美国确有一些独到的优势（说优势比优长更恰当一些），但光凭优势还不行，它还碰上了并且利用了一些历史性的机遇。从这个意义上说，它其实是一个暴发户。

总括美国的优势和机遇，大略有以下几个方面：

一是独特的地理优势。美国坐拥海陆之利。它东边是大西洋，西边是太平洋，北边是加拿大，南边是墨西哥，周边环境单纯简单，没有复杂的边界矛盾，基本不存在"边患"，加拿大和墨西哥都不可能对它构成威胁，历史上也未发生过外敌入侵。连两次世界大战的战火都未殃及美国本土。

二是曾经的制度优势。美国独立战争以后，特别是南北战争以后，建立了比较完备的资本主义制度，这在当时的世界上是独领风骚的先进制度。当时，包括欧洲在内的绝大部分国家还处于封建君主制度之下，连最先爆发资产阶级革命的英国还在实行君主立宪制度。而美国在1787年召开的制宪会议上，完全否定了君主制和君主立宪制，建立了共和制。当时，一部分代表提出"有限制的君主制是世界上最好的政府之一"，想拥戴华盛顿为美国国王，建立君主立宪制，遭到华盛顿的断然拒绝。这样，美国就走上了一条比较纯粹的资本主义道路。这条道路大大解放了生产力，促进了生产力的发展。

三是历史虽短，但短有短的好处。历史悠久是值得自豪的，因为它有深厚的文化积淀和民族传统。但世界上的事情往往是一利一弊、利中有弊。悠久的历史长河免不了会夹带一些泥沙，沉淀为沉重的历史包袱，形成前进的拖累。美国没有值得自豪的悠久历史，但也没有因悠久历史而形成的历史包袱，一切从头干起，从实际干起，无旧可守。没有历史框框，这便是弊中有利、短中见长。

四是移民国家，多元汇聚，也是优势。当年移民到北美大陆的，大部分是贫穷的老百姓，他们万里迢迢来到美国都是为了谋生、为了创业的。他们踏上新的土地，在生存的压力下，自然具有不同寻常的拼搏精神、开拓精神和创业精神。而他们又是来自四面八方的，有英国的、爱尔兰的、法国的、荷兰的、德国的、西班牙的、意大利的等，还有除欧洲之外的其他各大洲的公民。这些具有不同文化背景的移民聚拢在一起，通过交流互鉴、取长补短，会产生一种新的优势。这显然有利于经济社会的发展。

五是两次世界大战中，美国都借机发了横财。这一点十分重要。可以说，这是美国一跃而成为世界首强的主要原因。我们说美国是暴发户，主要"暴发"在此。第一次世界大战，从1914年7月到1918年11月，先后有30余个国家卷入战争，主要战场在欧洲，美国远离战场，一直奉行隔岸观火的"孤立主义"政策。它与作战双方都做生意，坐收渔翁之利，大发战争财。美国政府曾毫不掩饰地宣称：这场战争的结果是"没有胜利的和平，那时整个世界前途就会落在我们手中"。直到1917年4月，美国分析战局，权衡利弊，才决定向德国正式宣战，而这时距离战争结束只有一年多时间。持续四年的第一次世界大战，使欧洲各国筋疲力尽，有的国家瓦解了，有的国家崩溃了，有的国家削弱了，而美国却暴发了。它通过向欧洲各国供应武器、装备、粮食和其他商品，资本输出从20亿美元增至70亿美元，对外贸易额从23亿美元增至62亿美元，工业生产总值从239亿美元增至620亿美元，并且掌握了世界黄金的40%。它的军事力量更是急剧膨胀，军队由战前的30万人猛增到450万人。第二次世界大战，从1939年9月到1945年6月，历时6年。先后有60多个国家卷入，战场几乎遍及全球。美国在这次大战中开始也奉行"孤立主义"政策，坐山观虎斗。1940年以后逐渐调整政策，向英法倾斜。1941年制定《租借法案》，向与美国利益密切相关的国家以"租借"方式出售武器装备和其他军用物资，但仍然没有参加战争。直到1941年12月7日，日本偷袭珍珠港，美国太平洋舰队遭到毁灭性打击，才被迫对日宣战，加入到世界反法西斯的战争中。在此后的几年里，美国和其他盟国一起，为战胜和消灭法西斯势力做出了较大贡献。但是，同第一次世界大战一样，第二次世界大战的战火也没有燃烧到美国本土，它的经济并没有受到战争的破坏。相反，同德意的战败、英法的削弱和欧洲的衰落形成鲜明对比的是，它的经济和军事实力在战争中急剧膨胀，一跃而成为全球的超级大国。战后它拥有资本主义世界工业总产量的 60%，对外贸易的 1/3，黄金储备的 3/4。军事力量空前强大，军事基地遍布全球，而且最先拥有了核武器。至此，达到了美国国运的顶峰。

这就是美国之成为美国的过程及其原因。

如今，时间又过去了 70 年，世界大势发生了巨大变化。美国虽然仍是世界最强的国家，但毕竟已经显露出一些"盛极而衰"的迹象。"千里搭凉棚，没有不散的筵席"，从古至今，所有的大国强国都没能避免这样的命运。世界毕竟是竞争的世界，是后浪推前浪的世界。

要紧的是，时代发展到今天，大国的衰落或崛起，都可以不走历史的老路，而应当顺应时势，吸取历史教训，自觉调整角色，处理好彼此关系，实现合作共赢，保证世界的和谐发展。

遗憾的是，美国似乎没有认识到这一点，它还在和历史较劲。它还在做着普天之下都得听我指挥的迷梦。它不能容忍世界的多极化，更不能容忍别人赶上它、超过它，千方百计进行遏制和打压，为此还每每以武力相威胁。

时移世易，如今的时代毕竟不同于两次世界大战那个时代了。和则两利，斗则俱伤。美国可要清醒地认识到，如果再次发生世界大战，新的战争恐怕再不会像以前两次那样让它的本土置身战火之外，它也再不可能发战争财、当暴发户了。

5 月 8 日　星期五

太平洋上说"太平"

这次环球旅游，一路与大洋为伴。从太平洋西岸出发，进入印度洋，再入大西洋，最后又进入太平洋。现在是从太平洋东岸向太平洋西岸进发，要横渡浩瀚的太平洋了。

大洋的脾气，瞬息万变。昨天还是惊涛骇浪，今天却是海晏风轻，太平洋又回归"太平"了。乘客们一扫两天来的惊恐和不适，放松心情纷纷来到高层甲板散步、拍照、观海。

太平洋夕照

这太平洋可真大啊，大得接天盖地，吞吐日月。我们全程 86 天的环球之旅，有将近 30 天航行在太平洋上。

是的，太平洋是地球四大洋中的老大，面积约为 1.8 亿平方公里，占世界海洋总面积的近一半，可以装得下 18 个中国或者将近 20 个美国。从太平洋的北端到南端将近 1.6 万公里，从东岸到西岸将近 2 万公里，苍苍茫茫，横无际涯。与它接界或在它之中的国家达 30 多个。它连接着亚洲、大洋洲、北美洲、南美洲和南极洲，又通过马六甲海峡、巴拿马运河、白令海峡与印度洋、大西洋和北冰洋相连，可谓襟五洲而带三洋。它拥有一万多个岛屿，占世界岛屿总面积的 45%。它拥有最复杂的海底地形，海底深长的海沟和巨大的海盆交错分布，其中水深超过 7000 米的海沟就有 20 条。著名的马里亚纳海沟竟深达 1.1 万多米，是世界上最深的海沟，也是地球上最低的地方，它与地球上最高的珠穆朗玛峰的高差将近 2 万米。太平洋还是世界地震和火山活动最频繁的地区，环太平洋地震带集中了全球 80% 的地震，太平洋地区的活火山集中了全球 85% 的活火山。与它的浩瀚相联系，它也是地球最大的聚宝盆，它的渔业资源和矿藏资源十分丰富，渔业捕获量占全球 50% 以上，矿藏中的石油、天然气和各类金属，仅就目前探明的储量，已足令世界惊羡。

真难想象，这么浩瀚的太平洋，蛮荒时代的先民们是如何把他们的足迹踏上大洋中大大小小的岛屿的。现今的太平洋各岛屿多数都有人类定居，他们已经在这里生活了成千上万年。他们的祖先仅仅凭着独木舟和对天文和海况的原始认识，战胜惊涛骇浪，把生存空间硬是从大陆拓展到广阔的太平洋上。

人类在本质上是不断迁徙、不断流动的生灵。从 15 世纪开始的大航海时代则大大刺激和加速了这种迁徙和流动。于是继原始先民之后，又有更多的他乡之民陆续来到太平洋。首当其冲的是欧洲的探险队：西班牙的，葡萄牙的，荷兰的，英国的，法国的，俄国的，他们都纷纷驾船而来，寻找陆地，寻找黄金，寻找未知。

那位第一次完成环球航行的麦哲伦就是众多探险队中的一员。他受西班牙王室派遣，率领一支由 5 艘船只、256 名乘员组成的探险队，于 1519 年 9 月从西班牙出发，朝西南方向斜渡大西洋，绕过南美洲的最南端，来到了浩瀚的太平洋。当他们进入这片水域时幸运地碰上了好天气，一连多日晴空万里、风平浪静。麦哲伦一时高兴，就把这片大洋称作"太平洋"，这便是太平洋名称的由来。

麦哲伦的船队用三个多月的时间横渡太平洋，发现了太平洋上的许多岛屿，也丈量了太平洋的浩大——他们横渡大西洋只用了一个月零几天，而横渡太平洋却用去了三倍于此的时间。遗憾的是，成也太平洋，败也太平洋，麦哲伦在即将渡过太平洋时，却在一次与土著人的冲突中被杀死。他没有活着走完环球之旅，但是他的船队的幸存者却坚持走完了剩下的路程，成就了历史上著名的"麦哲伦首次环绕地球"的壮举。

不能不提到另一位著名的探险家库克。他是英国人，1728 年出生在一个贫苦农民家庭，先后当过商店学徒、船上水手和海军志愿兵。1768 年，已是中尉军衔的库克被任命为英国太平洋探险队的船长，率领一支只有 84 人的探险队，乘坐一只排水量只有 370 吨的三桅帆船前往太平洋。他们首先也是斜渡大西洋，绕过南美洲，然后进入太平洋。他们在太平洋发现了许多岛屿，特别是发现了新西兰和澳大利亚这两块构成大洋洲的主要陆地。库克探险队出发时被公开赋予的任务是"观测金星运行情况"，这是对外编造的借口，真正的目的"是要发现南部大陆，然后把这块新大陆归并于不列颠帝国"。他们实现了这一目的，在新西兰和澳大利亚插上了英国的国旗，把它们变为英国的殖民地，此后的几个世纪里不断向此移民。

如今的澳大利亚和新西兰都早已成为独立国家，但是它们却都属于欧洲文明体系，白人占统治地位，基督教是主要宗教，英语是官方语言。原来的主人——毛利人却成了"少数民族"，他们中的一些人如今只能在旅游景点以奇特的毛利歌舞向世人展示他们曾经有过的历史和文化。

库克船长的探险和发现改变了南太平洋和大洋洲的历史，但是，他本人也同麦哲伦一样，成也太平洋，败也太平洋。在他第三次赴太平洋探险时，与夏威夷岛上的土著发生冲突，库克和他的探险队向岛民开枪，杀死数十人。岛民忍无可忍，奋不顾身，蜂拥而上，杀死了库克和另外几个船员，并将库克的尸体剁成数块，分送给酋长们吃掉了。这位库克船长最后的归宿居然是化为太平洋岛上的一抔粪土。

这以后的太平洋就更不太平了。进入20世纪，它成为帝国主义国家激烈角逐的战场。美国与西班牙开战，打败了西班牙，占领了菲律宾，后来又吞并了夏威夷，成为太平洋上的霸主之一。而日本军国主义与德国法西斯结盟，妄想称霸太平洋和亚洲，建立包括大洋洲在内的日本殖民大帝国。1941年12月7日，日本联合舰队偷袭美国驻夏威夷的太平洋舰队，挑起了太平洋战争。一时间，浩瀚的太平洋上烽烟四起。日本在重创美国太平洋舰队之后，疯狂向东南亚和南太平洋发动全面进攻。美英中法澳等国旋即对日宣战，世界反法西斯联盟形成。在此后的几年里，太平洋上的众多岛屿和广袤海面上展开了极为惨烈的战斗。日本法西斯由疯狂进攻转为顽抗防守，企图以"玉碎"垂死挣扎，在全世界人民面前表现出"兽军"的狰狞面目。美国决定将刚刚试制成功的原子弹用于对日作战。1945年8月6日和8月9日，美军分别在日本广岛和长崎投下两颗原子弹。随着蘑菇云的腾起，两座城市被夷为平地，十多万生灵瞬间毙命，太平洋的枪炮声就此渐告沉寂。人类历史上迄今为止第一次也是唯一一次使用核武器的战争，就发生在太平洋上。

热战结束，冷战又起。而朝鲜战争、越南战争，则是冷战中的热战。美国二战后成为超级大国，在太平洋上兴风作浪。现在，它把迅速崛起的中国视为自己独霸全球的最大障碍，提出战略重点向亚太地区转移，利用南海问题和东海问题煽风点火，还在台湾问题上动作频频，企图孤立和遏制中国。

但是，和平与发展是当今世界不可抗拒的潮流。太平洋潮起潮落，阅尽人间兴衰。它以自己的博大和深沉昭告世人：太平洋是和平之洋，发展之洋，希望之洋，是人类诺亚方舟渡向未来的重要依托之洋；沿岸各国特别是中国和美国，是命运共同体，和则皆利，斗则俱伤，美国独霸太平洋的图谋注定行不通。

太平洋现在并不太平，但是相信它终究会回归太平。

还得说说麦哲伦

前边已经说到麦哲伦，言犹未尽，还得再说一说。

麦哲伦是首次环绕地球的探险者和航海家。后来环绕地球的人们，无论采用何种方式，总会想到他。

在人类的航海史上，郑成功、哥伦布、麦哲伦和库克，可算是具有划时代意义的四大"海王"。

麦哲伦的环球航行在人类探索地球的历史上第一次用帆船定向航行的方式证明地球是一个圆形的球体，而且，这个球体的大部分被水覆盖。

麦哲伦是葡萄牙人，1480 年出生在一个没落的贵族家庭，青年时期参加过葡萄牙对东印度、马六甲和非洲的远征和殖民活动，积累了丰富的航海经验。他一直痴迷于对地球形状的思考——是圆的、方的还是平的？幻想扬帆远航一探究竟。可是他的探险计划被轻视、被嘲笑、被否定了。在葡萄牙不得志，麦哲伦来到了西班牙。他向西班牙国王"献策"，力陈探险的好处，希图得到西班牙国王的支持和资助。幸运的是，当时西班牙的查理五世国王正谋划扩大海外殖民，于是一拍即合，立即批准了他的计划。当然，麦哲伦也同他的先驱哥伦布一样，抱着强烈的功利目的，他向国王讨价还价，要求把航行收益的一部分分给自己。国王答应了，为了帝国的利益，这点付出值得。

远海探险，充满着凶险和挑战。大海的惊涛骇浪使他们的帆船每每九死一生。季节的变化，酷暑严寒的折磨，使很多船员患上疾病，不少人中途死亡。缺粮和饥饿经常伴随着他们，当时船上担任记录员的皮卡费塔写道："我们在三个月零二十天的时间里没吃到一点新鲜食物，我们吃的是面包干，后来连面包干也吃不到了，我们只能吃带有小虫子的面包碎屑，这种食物散发着像老鼠尿一样的臭气。我们喝的是已经发酵了多少天的黄浊浑水。我们还吃了牛皮，把牛皮浸泡在海水中，经过四五天时间，放在炭火上烤几分钟后食用。我们还经常吃木头的锯末。大老鼠的价钱是半个杜卡特一只，但是，就是出这样的价钱还买不到。"一些人被活活饿死，更多的人患上了坏血病。

但是，比这些更凶险的是探险队内部的动摇、争执、哗变和互相残杀。当时除麦哲伦乘坐的指挥船外，其他四艘船的船长都是西班牙人。他们负有秘密监督葡萄牙人麦哲伦的任务，因而对麦哲伦既不信任，也不服气。出发后不久就因领导权问题发生争执，麦哲伦处事果断，把向他争权的那个船长扣了起来。来年4月，即1520年4月，正当探险队在南半球的冬季中艰难跋涉时，一个月黑风高的夜晚，几个船长挑动部分船员发生哗变，夺走了三只船，要求改变航向，就近返回西班牙。麦哲伦在处于劣势的情况下斗智斗勇，争取到哗变船只中多数船员的支持，扭转了危局，并严厉处置了带头肇事的船长——将其中一个当众斩首，另一个已被船员刺死又被断尸四块，还有一个则被丢弃在荒无人烟的小岛上，任其自生自灭。麦哲伦，这个小个子葡萄牙人，在决定探险队命运的紧急关头毫不手软，以铁的手腕维护了他的权威，维护了探险队的既定计划。哗变并非只发生一次，此后还有发生。到后来，探险队的一艘船逃跑了，一艘船失踪了，出发时的5艘船只剩下3艘，船员的人数也大大减少。

不过，他们终于坚持了下来，穿过了大西洋，绕过了南美洲最南端的火地岛，横渡了浩瀚的太平洋。他们走过了最艰险的路程，可以看到胜利的曙光了。

然而，就在此时发生了探险队出发以来最大的挫折。

麦哲伦一行在与土著人的交往中出现严重失策，或者说，他们身上所具有的白人优越感使他们在与土著人打交道的过程中总是表现得居高临下、盛气凌人甚至残酷无情。一次，因为个别土著人偷了他们一条小船，麦哲伦便带领武装人员登上海岸，放火烧毁了土著人的几十间茅屋和几十条小船，还凶残地杀死了7名土著。皮卡费塔在随船记录中写道："当我们离去时，土著人乘100多条小船前来为我们'送行'。他们驶近我们的航船，向我们投掷石块。与他们一起乘小船来的还有一些妇女，她们大喊大叫，撕着自己的头发，好像哭泣被我们打死的人。"

多行不义必自毙，麦哲伦在接下来与土著人的另一次冲突中终于付出了生命的代价。那是在西太平洋的一个岛屿上，他们插手土著部落之间的矛盾，强迫其中一方皈依西方的基督教，还放火烧毁了一个村庄。1521年4月的一个夜晚，麦哲伦带领50多人登上这个岛屿，与大批岛民发生械斗。岛民因自己的家园被毁，同仇敌忾，用弓箭和石块向这些西方强盗发起进攻。密集的箭矢和雨点般的石块使麦哲伦的队伍无法招架，大部分人抱头鼠窜。只剩下麦哲伦和他身边的七八个人困兽犹斗，最后，麦哲伦被蜂拥而上的土著人乱斧砍死。这事发生在他们从西班牙出发之后的一年零七个月。麦哲伦大概怎么也不会想到，他最后会葬身在西太平洋的一个岛屿上，年仅41岁，这儿离他瞩望到达的出发地还有万里之遥。

幸好，剩下的人并没有作鸟兽散，他们推选了新的领导人，决定继续出发。期间也发生了探险队内部卑鄙的阴谋和背叛，剩下的力量再次被削弱，以致人手太少无法驾驭三艘航船，不得不把其中一艘放火烧毁。他们经过棉兰老岛和加里曼丹，途中抓了十几个马来亚人做向导，到达了香料之岛马鲁古群岛，在这里买了许多香料。同时决定：两艘船中，一艘调头向东，再次横渡太平洋，驶向巴拿马湾，那里有西班牙的领地；另一艘维多利亚号载着60个船员继续前进。维多利亚号渡过印度洋，绕过好望角，于1522年9月6日，终于回到了分别3年的故乡。当维多利亚号缓缓驶进 3 年前的起锚地——瓜达尔基维尔河河口时，人们看到的是一艘残破的帆船和船上蓬头垢面的 18 个船员。3 年中，探险队的船只由 5 艘减少为 1 艘，船员由 256 名减少为 18 名。他们在一千多个日日夜夜里，经历了千辛万苦，终于完成了人类历史上第一次环球航行。至于调头东去的那艘船，由于途中被葡萄牙人扣留，大部分船员先后死亡，活着回到西班牙的只有 4 人，但那已经是几年以后的事了。

麦哲伦的环球航行，是人类探索地球的一次壮举，具有航海学、地理学、人类学和历史学上的重要意义。但是，麦哲伦毕竟是一个殖民主义者，他的"文明"脚步总是伴随着野蛮的脚印。且不说麦哲伦探险队内部的野蛮行径，也不说探险队一路上对土著人的野蛮残杀，单就他们的环球航行本身来说，真真切切是为西方列强对东方和全球的侵略扩张投石问路。他们怀着明确的目的——土地和财富。这次探险之后，西班牙的国旗便插上了探险队途经的许多地方，而且，紧随西班牙之后，其他西方列强也接踵而至，把他们的扩张和争夺扩大到全球各地。

麦哲伦死了，但是麦哲伦的环球航行却影响世界几百年。

5 月 9 日　星期六

地球是水球，我们都是岛民

已经在太平洋上航行几天了，还是水天茫茫，渺无边际。

下午 4 时，邮轮所处方位是北纬 26°37′，西经 143°15′。查看地图，我们还在太平洋的东北一隅晃悠。这里是北美大陆与夏威夷的中间，距离太平洋腹地还十分遥远。

人们生活在陆地上，囿于视野范围，总觉得陆地很大，陆地是主体。其实，地球主要的面积是海洋，地球近乎是一个水球。陆地，包括亚欧大陆、非洲大陆和南北美洲这样的大陆，都被比它们大得多的海洋包围着。海洋占地球表面积的 70% 以上，海洋才是地球的主体。大陆，充其量不过是大海岛而已。生活在陆地上的人们，不论是生活在我们平常称为"岛屿"上的人们，还是生活在我们称为"大陆"上的人们，其实都是"岛民"。从太空看地球，地球是蓝色的星球。蓝色从何而来，来自海洋。海洋构成了我们这个星球的主色调。所以，人类应当树立"水球意识"和"岛民意识"，这有利于人们尊重海洋、敬畏海洋、保护海洋，也有利于从水陆的主从关系全面考虑和治理人类面临的生态危机。须知海洋稍稍的变化都会给陆地造成巨大的影响，陆地和人类的命运系于海洋，这个问题已经变得日益迫切。

水的世界

今天邮轮海况预报是中浪，但海面基本平静。大西洋号就像一座漂动的小岛，在无边无际的蓝色中缓缓蠕动。船上的一千多名"岛民"，包括 600 多名乘客和 800 多名工作人员，都在一如既往地进行着一天的活动。甲板上，不少人在散步，广州老王还在"嗨、嗨"地做着他的健步运动；诗人西子乔带领一帮徒弟摸鱼似地打着健身拳；那位漂亮的西班牙女教练站在教坛上，呼喊着铿锵有力的号子；帅气的意大利钢琴师在中央大厅的高台上前仰后合地弹奏着悠扬的乐曲；棋牌室里四人一桌的游戏进行得十分热闹，不时地出现争执；而游泳池里，那几位喜欢游泳的男女又在清波中挥臂击浪。

中午，国内凯撒旅游公司派到船上的领队杨金辉召集了一个生日派对，凡从凯撒旅游公司报名参加这次环球旅游的乘客都应邀参加，约50余人，我和妻子也在其列。这不是给杨金辉过生日，而是给乘客中在这次旅途中赶上自己生日的几位船友作集体庆贺。厨房为此还做了一个大蛋糕，上了红酒，大家一起高唱《我的祖国》。

大西洋号虽然被称为巨型邮轮，俨然一个庞然大物，可是航行在大海中，却真是"纵一苇之所如，凌万顷之茫然"了。

5月10日　星期日

杞人忧"海"

今天还是航海日。早饭后在甲板上散步，与几位船友边走边聊，话题居然是——"杞人忧'海'"。

中国的成语本来是"杞人忧天"，它一直被用来嘲笑那些没有根据瞎操心的迂腐之人，现在看来，杞人忧天忧对了。"天"是深可忧虑的。现代天文学已经证明，"天"真的会塌下来，砸向地球。历史上已经多次发生过此类事件，今后还可能发生。在我们所处的太阳系的火星和木星之间运行着一个小行星带，数量相当庞大，它们中的某些成员随时可能脱离轨道飞向地球，对地球构成巨大威胁。一旦其中较大的小行星砸中地球，将会造成严重的后果。曾经称霸地球亿万年的恐龙为什么会在六千多万年前突然灭绝？就是因为一颗直径约10公里的小行星砸向地球，引起地震、海啸、大火和遮天蔽日的烟尘，彻底破坏了恐龙赖以生存的生态环境。其实，来自天上的威胁不止小行星带。宇宙的有害辐射、彗星或大行星对地球的可能碰撞、神秘"黑洞"在暗处的虎视眈眈、外星人可能的入侵、将来太阳衰老了会膨胀为红巨星吞噬地球，等等，都是来自天上的对地球的威胁。所以，杞人忧天确实没有忧错。"杞人"当然不会懂得我们现在知道的这些天文道理，但至少他"蒙"对了。我们今天不应该再对这个成语作贬义理解。

凝神大海

现在，不仅需要"杞人忧天"，而且需要"杞人忧'海'"了。

海，我们正在航行其中的这个浩瀚的大海，也值得我们深深忧虑。这里说的"杞人忧'海'"，不是或主要不是忧虑大海吞没人类，而是忧虑大海自身的命运及其对人类的影响。

大海孕育了地球上的一切生命，而如今这些生命中的奇葩——人类——正在严重地破坏着大海。千万条江河裹挟着人类抛弃的各种污物不舍昼夜地涌向大海，大海正在日益加速地失去昔日的风采。

有一则传播很广的报道：我国台湾嘉义海滩发现一头搁浅的抹香鲸，长15米，重23吨。人们竭力想把它推回海里，但它还是死了。研究人员对其进行解剖，发现它的胃内塞满了塑料垃圾，包括食品袋、渔网和其他垃圾。显然，它是被人类排入大海的垃圾害死的。一叶知秋，从这条死去的抹香鲸可以推知亿万海洋生物面临着怎样的厄运。据德国《时代》周报网站的报道，目前全球每年约有800万吨塑料排入海洋。这一数量到2030年可能会翻倍，到2050年可能会变成当前的4倍。另据研究人员计算，目前海洋中漂浮着大约1.5亿吨塑料，这大约相当于所有海洋鱼类重量的1/5，预计到2025年，这一数量会增加到2.5亿吨，那时塑料和鱼的重量比将达到1：3。

多么可怕!

然而这仅仅是海洋污染的一个方面。除了塑料垃圾之外，农药、化肥、重金属和油脂类等有害物质也随着地球的水循环源源不绝地注入大海。

农药、重金属和油污使大量鱼类成为"毒鱼"。据英国一家报纸报道，连最深的马里亚纳海沟的深水鱼都遭到污染："对生活在世界最深海沟的小型动物进行取样的科学家发现，这些动物外壳里的有毒化学物质含量要高于沿海生物体内的有毒化学物质含量。这些发现表明，人造污染物正扩散到地球上哪怕最偏远的地区。"

然而即便是这样已被污染的鱼类，也被人类毫无节制的大肆捕捞，数量越来越少。现在一些近海渔场的渔业资源几近枯竭，以致不得不扩大捕捞范围，把网撒向远海。

大量化肥随雨水被冲入海中，使海水中氮和磷的含量不断增加，海洋酸化和富营养化日益严重，海洋生物雪上加霜。

更为可怕的是，人类正在改变着海洋的脾气和体量，直接威胁到人类的立身之地。由于大量排放温室气体，地球温度升高，海洋变得越来越暴躁，每年形成于海上的热带风暴越发狂放恣肆，对沿海地区造成的破坏越来越严重。而冰原和冰川的融化正在逐步抬高海平面，后果十分可怕。即使每年上升 1 厘米，100 年之后世界许多国家的沿海地区便会浸没在海水之中，有些国家甚至可能整个从地球上消失。比如南太平洋的基里巴斯和图瓦卢，主要由珊瑚礁组成，目前已经有个别岛屿没入海中，如果情况再不改变，50 年后这个国家注定会从地球上消失。与此相类似的国家还有马尔代夫、荷兰和孟加拉国。马尔代夫全国平均海拔只有 1.2 米；荷兰则是著名的低地国家，国土低于海平面，长期靠高筑堤坝阻挡海水；孟加拉国被称为"水泽河塘之乡"，30% 以上的国土海拔低于一米。上述国家面对海平面的上升，比其他国家更具紧迫感和危机感。

很明显，我们人类与之相依为命的蓝色海洋正在发生变化。而且，随着人类经济发展步伐的加快和对地球的不断掠夺式开发，这种变化还在加快。

面对大海，我们感受到的不仅是诗情画意，还有深深的忧思和惆怅。

必须到了拿出实际行动的时候了。现在全世界越来越多的人投入到保护海洋的行动中。绿色和平组织在这方面发挥了重要作用。许多国家的政府也都积极参与其中。我们这次出行，邮轮明确规定，不准向海里抛弃任何垃圾。全体乘客和工作人员自觉遵守，没看到一个人违反规定。这说明人们对海洋的保护意识在普遍增强。

海洋，这是我们地球区别于其他行星的主要标志，是孕育地球生命和人类文明的摇篮，我们必须倍加呵护。祈愿海洋永葆它的清澈、纯洁和碧蓝；祈愿海洋中的万千水族永远兴旺发达和充满生机；祈愿我们人类与海洋永远友好相处。

5 月 11 日　星期一

到达夏威夷

大西洋号航行了 4 天 4 夜，行程 2010 海里，合 3700 多公里，终于在今天上午到达夏威夷。

夏威夷，一个知名度很高的旅游胜地。它孤悬于浩瀚的太平洋中部，由大大小小上百个火山岛组成，主要的岛屿有瓦胡岛、夏威夷岛和毛伊岛等 8 个岛屿。其中瓦胡岛是夏威夷经济、政治和文化的中心，拥有 100 万人口，占整个夏威夷总人口的 80%。虽然它的面积不是最大，约 1570 平方公里，在夏威夷诸岛中排名第三，但是夏威夷的中心和主体，旅游者一般都把它作为去夏威夷旅游的首选之地或唯一驻足之地。这里沙滩洁白，海水碧蓝，阳光充足，棕榈茂盛，山峰险峻，平野开阔，自然人文景点集中，常年游人络绎不绝。

夏威夷如今是美国的第 50 个州，是远离美国本土的海外州。岛上飘扬着美国的国旗，驻扎着美国的舰队，通行着美国的法律。而曾经的夏威夷王国似乎已经成为遥远的记忆，许多人甚至不知道这里还存在过一个历史绵远的王国。

夏威夷风光

但是这个王国的往昔并不会沉没在太平洋底，毕竟波利尼西亚人在这里书写了长达 2000 多年的历史。他们的独木舟在漫长的岁月中往来于各个岛屿之间，沟通了不同部族之间的语言、风俗和经济生活，形成了统一的波利尼西亚文化。1810 年他们建立了以卡米哈米哈为国王的独立国家即夏威夷王国。

远在大洋彼岸的美国，自南北战争之后加紧进行海外扩张，对这个太平洋上的"明珠"垂涎已久，于是运用各种手段进行渗透和控制。从 1893 年到 1898 年，美国利用夏威夷王国内部的矛盾，拉一派打一派，策动政变，囚禁国王，还越俎代庖地为这个主权国家制定了所谓新宪法。最后，美国张开大口，于 1898 年吞并了夏威夷，并于 1959 年正式宣布夏威夷为美国的第 50 个州。这是典型的弱肉强食，是世界近代史上一桩为人不齿的事件。

大概是做贼心虚，良心受到谴责，1993 年，时任美国总统的克林顿代表美国政府发表了一份道歉书，为 100 年前策划推翻夏威夷王国一事表示道歉。向一个被自己吞并了的国家道歉，这等于说，"我吃了你，我向你'道歉'"，什么逻辑！老虎向被它吞进肚子里的小羊道歉，太伪善、太滑稽了。

夏威夷的百年变迁，使它成为一个多元化的地区。大量移民——主要是美国移民，也有中国、日本、朝鲜和菲律宾移民——来到这里，人数逐渐超过本地土著。现有居民中，白人将近一半，原住民只占两成多一点，其余均为亚洲移民。居民中多数人信仰基督教，少数人信仰佛教。

土著人虽然有一部分皈依了基督教，但是波利尼西亚文化传统仍然得到保留。他们的祭祀舞蹈——草裙舞（呼拉舞）至今仍是岛上最吸引游客的表演项目。

说起来，夏威夷还与我们中国有着特殊的关系。它是中国民主革命的先行者、中国历史上第一个共和国的缔造者、中华民国首任总统孙中山的发蒙之地，也是他发起组织的中国近代第一个革命组织兴中会的诞生之地。

中国人过去称夏威夷为"檀香山"。自19世纪以来大量华人陆续来此谋生。孙中山的哥哥孙眉为摆脱贫穷也漂洋过海来到这里，从开荒种地开始，一步一步发展起来，最后成为拥有一个大牧场的资本家。家境改变以后，孙眉把远在广东乡下的母亲孙杨氏和弟弟孙中山接往夏威夷。那是1878年5月，13岁的孙中山第一次坐轮船远赴海外。站在甲板上，看着浩瀚无垠的大海，这位山村少年受到极大震撼。他在后来的自传中写道："十三岁随母往夏威夷岛，始见轮舟之奇，沧海之阔，自是有慕西学之心，穷天地之想。"孙中山在夏威夷开始接受新式教育。此前他在家乡读过3年私塾，私塾教学中陈旧艰涩的内容和死记硬背的方式令少年孙中山十分反感。而现在他进的是新式学校，学的是经世致用的自然科学和人文知识，教学方式也比较活泼，激发起孙中山极大的学习兴趣。5年时间，奠定了他关于西方社会政治学说和自然科学的知识基础，也奠定了他扎实的英语功底。

这里有必要单独提一下孙中山的英语功底。它不仅为孙中山后来长期奔走欧美各国宣传革命排除了语言障碍，而且还救了他的性命。当年清政府在伦敦诱捕孙中山后，把他关在驻英公使馆一间小屋里准备押解回国杀头。如果不是熟练的英语帮助孙中山向公使馆英籍工人求助并托转信件给他的英国老师康德黎，孙中山恐怕早已被清政府杀害了。

1894年孙中山第三次来到夏威夷，并在这里创建了中国第一个资产阶级革命团体——兴中会。兴中会后来发展合并为同盟会，推动和领导了近代中国轰轰烈烈的资产阶级革命。可以说，中国资产阶级革命的火种，就是在夏威夷点燃的。

怀着对夏威夷的某种亲近感，我们开始了对它的3天拜访。

登上了世界最大的活火山

我们的第一参观点是以"夏威夷"命名的岛——"夏威夷岛"。它是夏威夷群岛中最大的岛，面积超过1万平方公里，只有它有资格直接以"夏威夷"命名。但它的面积虽大，人口却只有12万，是个山高林密有点儿蛮荒的岛屿。这个岛以火山著称，著名的"夏威夷火山国家公园"就在这个岛上。国家公园内的"基拉韦厄火山"是一座至今还在不断溢出熔岩的活火山，而且是当今世界上最大的活火山。我们今天的主要目标就是登上基拉韦厄火山，一睹活火山的奇景。

从希洛港口上岸，不巧遇上了小雨。小雨本不碍事，碍事的是伴随小雨的浓雾，白茫茫地笼罩着岛上所有的山头，包括基拉韦厄火山。这样的天气，司机不愿开车上山，即便勉强开上山去，游客也会如坠五里雾中。

我们有点沮丧，6个人合计该怎么办。上海的郭教授处事沉稳，他说："我们先去看看别的景点吧，待会儿说不定雾就散了，再去登火山还来得及。"大家一听都同意了。叫了一辆出租车，向位于海边的热带植物园和阿卡卡瀑布开去。

热带植物园是一个顺着山沟分布的植物王国。由于肥沃的火山灰的滋养和潮湿多雨的气候，这里的植物十分茂密。高树参天，浓荫蔽日，各种热带花卉竞相开放。一条小溪从远处奔流而来，叮咚的水声衬托出深林的清幽。在小雨中沿林间小径行走，别有一番情趣。走着走着，突然眼前豁然开朗，原来来到了海边。海里近岸处堆积着很多由火山岩浆形成的黑色礁石，海浪涌来激起雪白的水花。这个热带植物园虽然不算大，却集密林、鲜花、碧草、清流、山丘、海景于一体，很像是夏威夷的一个放大的盆景。

小雨还在淅淅沥沥，我们接着驱车去看阿卡卡瀑布。它距植物园数公里之遥，沿途有大片农田和绿地，还有民居和牛舍。司机告诉我们，农田是中国人承包的，种植红薯。我们看那大片的红薯秧，被雨水洗得青翠欲滴，深感同胞的眼界之广、步履之远和经营之勤。

阿卡卡瀑布是一个以瀑布为主要景点的景区，是夏威夷的州立公园。进得园内，首先是一条长满竹子的沟壑，穿过几丈高的竹林，绕行到山脊背面一座平台，眼前顿现阿卡卡瀑布。它从对面山崖飞流直下，像一条垂直的白练挂到谷底，水声轰然，下泄无底，消失在茂密的竹树之中。水量不算很大却很有气势。阿卡卡瀑布高135米，这个高度比之南美洲千米之高的天使瀑布算不上什么，但它却是美国最高的瀑布。

雨居然停了，雾也散了，这时已是下午2点，我们决定抓紧时间去登基拉韦厄火山。

换了出租车，司机是一位矮个子中年妇女，皮肤稍黑，好像是白人与土著的混血后裔，寡言少语但态度诚恳，驾车技术娴熟。车子朝着与上午相反的方向开去。沿途依然是绿油油的原野，时有村镇点缀其上，公路两旁排列着高大的树木。雨后空气清新，景物异常鲜明。车行约1小时后，开始爬山。山路并不陡，但路况较差，由原来的油路变为砂石路。车子盘旋而上，不久便到达顶端。

下车一看，这里完全是另外一个世界，举目所见，到处是黑褐色的岩石和沙地，不见一丝绿色，大风呼呼地刮着。停车的地方是山巅一块较大的平地，附近有一高台，聚集着许多游人。矮个子女司机用手一指，示意我们就去那里观察火山口。我们快步走向高台，急切地向下望去，只见不远处有一个巨大的凹坑，凹坑中间又是深一层的凹坑，从它里边冒出阵阵浓烟，烟柱滚滚升向空中，旋即被风吹散。冒烟的深坑底部，闪动着亮丽的红色，因距离较远，看不大清晰。我急忙拿出望远镜调好焦距，这下看真切了，那是一个火山口，通红的岩浆在里边翻滚，就像高炉里的钢水，沸腾旋转，忽亮忽暗，景象令人震撼。蓦然觉得，那火山口仿佛是地球被捅破了一个窟窿，在往外溢血。地壳是地球的皮肤，眼前的情景让我们窥见了地球皮肤之下的真容。身旁一位同胞发问：那岩浆坑会不会突然喷发？我说：不会的，基拉韦厄火山是"溢出性"火山,只是缓缓地往外涌溢而不会猛烈喷发。它溢出的岩浆,积年累月,堆起了一座高山;岩浆不断地溢出,不断地从山顶流向山脚,填入海里,山体因此不断向四周扩大,最终成为一座岛屿。"夏威夷岛"就是由基拉韦厄火山和附近其他几座火山联手铸造的。

基拉韦厄火山

不顾山顶强风劲吹,我们痴痴地注视着火山口,大家都被地球的这一奇观深深吸引。一会儿,云破日出,下午的阳光洒在黑褐色的山体上,给火山涂上了一抹亮色。巧的是,西边日出东边雨,火山口东侧上空出现了一道大跨度的彩虹,仿佛给火山顶罩上了绚丽的光环。大家一阵惊呼,纷纷举起相机,把眼前的诸种景观收纳定格为一个永恒的瞬间。

接下来去看的还是火山,但不是活火山,而是死火山;不是火山口,而是火山洞。车子沿原路下山,在半山腰停了下来。我们按指示牌进入一片树林,几十步开外,突现一个直径约百米的深坑,坑内草树茂密,当是早已死寂的火山口。有台阶通往坑内,顺台阶下至坑底,眼前出现一个大洞口,直径约有五六米。进入洞内,沿水平方向深入,阴暗潮湿,有点像石灰岩溶洞,所不同的是,洞壁的石头全是黑色,说明它不是"水成洞",而是由火山爆发形成的"火成洞"。洞深约200米,两端通透,略有弯曲,地面有积水。我们深入一百多米,可以看见另一端出口的亮光,但因前边积水较深无法走出,只好折返。抚摸着黝黑的洞壁,看着洞壁上留下的遥远年代熔岩流过的痕迹，可以想象当年这里发生着何等惊心动魄的地质活动。原来，火山岩浆从地幔溢出地表，要通过网状的管道，熔岩退去后便会留下一些空洞，学术上称为"熔岩管"，我们现在就行进在当年岩浆涌出的熔岩管中。熔岩管大部分在以后的地壳变动中会被掩埋，而这一个却幸存下来了，留给地球人一个难得一见的自然奇观。

蹬车返回，山下郁郁葱葱，鸟语花香，充满了绿意和生机，与山上的荒凉单调形成鲜明对比。

自然界总是把看似对立的东西联结在一起，形成奇妙的因果关系。正是山顶的荒凉造就了山下的绿意和生机。设若没有火山的喷发，就不会有这个岛屿；有了这个岛屿，才为动植物提供了一个繁衍生息的平台；而火山灰提供了植物生长的丰富营养，繁茂的植物则为动物提供了基本的物质条件和生存环境。因此可以说，没有荒凉便没有绿意；没有死寂便没有生机。上午参观过的热带植物园和阿卡卡瀑布都不过是基拉韦厄火山的岩浆和火山灰的转化形态。

一路上，同行6人谈笑风生，兴高采烈，庆幸今天的游览计划圆满实现，惊叹今天看到的旷世奇景。我们的兴奋感染了矮个子女司机，她的脸上也洋溢着几分满意和自豪。

5月12日　星期二

游毛伊岛

昨晚8时，大西洋号驶离夏威夷岛，航行138海里，于今天上午8时到达毛伊岛，停靠在卡胡鲁伊港。毛伊岛是夏威夷群岛中仅次于夏威夷岛的第二大岛，位于夏威夷岛的北部。

下船后，自由行的各路人马约有四五十人齐聚在港口外的停车场等待打出租车。不知为什么，大家等了将近一个小时不见有出租车来。正在焦急中，一位白人中年男子朝我们走来，有人上前与之搭话。经协商，中年男子答应与出租车公司联系，派 6 辆车来，每车载 6 人，每人交 40 美元，参观 5 个景点。大家一致表示赞同。中年男子要我们在此等候，他去叫车。可是左等右等，一直等不到那位中年男子和他联系的车辆。眼看都快 10 点了，大家失去耐心，沮丧地走散，各自寻找门路。这是自出行以来首次碰到的情况。按说，这么多人等车，正是出租车赚钱的好机会，为何没人揽活呢？或者，是那位中年男子耍了花招，故意欺骗？可他又何必呢？还有一种可能，就是与中年男子接洽的那位同胞外语水平不行，把对方的话听错了，南辕北辙了。我们在接下来的游览中就碰到了因听错话而南辕北辙的尴尬。

我和妻子临时与北京来的两位姓施的女士（她们是姊妹俩）结伴，决定先去游览附近的山谷公园，然后再视情去登哈雷阿卡拉火山（又是火山）。毛伊岛也是火山岛，岛上的哈雷阿卡拉火山是夏威夷最高的火山，海拔达三千多米，虽然是死火山，但因其"最高"，也很有吸引力。

我们沿海滨大道向山谷公园步行，阴天无雨，空气清新，道旁遍植棕榈树和各种热带花卉，掩映其后的是大大小小的宾馆和别墅。道上行人很少，一位高个子年轻土著男子脖子上架着一个小女孩，笑眯眯地大步行走，一副父女情深的样子。卡胡鲁伊虽说是岛上的首府，可人口也就几万，所以显得十分空旷。

山谷公园在离卡胡鲁伊市区不远的一道山谷里，是夏威夷的又一座州立公园。高山峡谷，植物茂密，溪水从前方分叉的两道山谷奔流而来，在公园里汇为一条小河，流出山谷，流向大海。河床陡峻，水流湍急，有小桥曲栏搭建其上供游人通行。两溪汇合处夹峙一座小山，山顶建有观景亭，登临其上，向谷口方向望去，但见两侧壁立的山峰夹着中间瓦蓝的天幕，天幕下方是美丽的卡胡鲁伊市区和蔚蓝色的大海，像一幅水彩画。我们继续沿小溪溯流而上，想探寻山谷更深处的景色。但路越走越险，巉岩怪石，枯藤老树，竟至于需要四肢攀爬，而脚下便是湍急的溪流，于是只好知难而退了。

毛伊岛首府卡胡鲁伊（远处可见大西洋号停在港口）

我们决定雇车去登哈雷阿卡拉火山。在山谷公园大门外叫了一辆出租车，司机是一位70开外的老人，车上带着一只宠物狗。上车后由两姊妹中的妹妹与司机交涉，他们咕哝了几句，妹妹告诉我们：司机的意见是，哈雷阿卡拉火山不必去了，附近另有更好看的火山。我们商量了一下，觉得也行。司机一踩油门，车子出了山谷，然后右转弯向南开去。开了大约20分钟，在一个海湾边停了下来，司机说"到了"。下车一看，这哪儿是火山啊，一片海滩，有几座建筑，招牌上标明是"海洋中心"。我们一下子傻了，这到底是怎么回事啊？担任翻译的施女士有点愕然，她也许没弄明白司机的意思，司机所谓"更好看"的不是指火山，而是指海洋中心。这位年逾古稀的老头不愿意去爬海拔三千多米的高山，就以"更好看"的说辞把我们这几个外国人忽悠到这里。没办法，将错就错吧，再改变已经来不及。这海洋中心也还是值得一看，有各种鱼类，还有硕大的海龟、艳丽的珊瑚和稀奇的水母，其中有些是此地特有的品种，也算增广见闻了吧。

日暮时分回到船上，遇见上海的郭教授唐教授夫妇，唐教授兴高采烈地告诉我们，他们登上了哈雷阿卡拉火山——"可壮观啦，简直就像登上了火星。"听了他们一番介绍，我们越发丧气。不过又一想，外出旅游，总会遇到计划与变化、主观与客观的矛盾，"希望"变为"失望"的事是常有的。即以今天而论，早上一出门就不顺，延误了时间，后来又碰上了一位 70 多岁带着宠物狗又不愿爬山的老司机，再加上语言上的张冠李戴，还能怎么样呢？

檀香山寻"山"记

昨晚 7 时，大西洋号驶离毛伊岛，航行 112 海里，于今天早晨到达瓦胡岛，这里是夏威夷地区的经济、政治和文化中心。停靠港口就是著名的檀香山，也称火奴鲁鲁。"檀香山"的名称是华侨起的，它既指这座港口城市，也泛指夏威夷群岛。

早晨 6 时就起床了，其时邮轮正待进港。从甲板上望去，清晨的檀香山灯火尚明，市内古老的白色钟楼清晰可见；弯月悬空，朝霞初露，钻石山像金字塔形状的轮廓被染上一抹亮丽的晨光。我特别注视钻石山，它的形状，它的突兀，它的临海峭立，对喜欢登高的我有一种特别的吸引力。

这是第二次来檀香山了。三年前，也是 5 月份，参加赴美旅游团到过这里。记得一下飞机就被安排参观珍珠港。一座棺木状的水上纪念堂建在被日本飞机击沉的美舰亚利桑那号的残骸上。残骸浸于水下，虽经 70 多年仍可透见，露出水面的部分已锈迹斑斑。纪念堂里的一面墙上，镌刻着"珍珠港事件"中阵亡的美国太平洋舰队 2000 多名官兵的姓名。不远处停泊着已经退役的美国密苏里号巡洋舰。1945 年 9 月 2 日，日本就是在这艘军舰上签署了投降书，标志着第二次世界大战的结束。

历史不应当被忘记。美国现在与日本是亲密盟友，联手遏制中国。可是，日本当年偷袭珍珠港的心狠手辣和不讲信义，人们记忆犹新。他们一边假装真诚地与美国进行和平谈判，一边却早已派出庞大的联合舰队载着轰炸机偷偷逼近珍珠港。1941 年 12 月 7 日，是个星期天，毫无防备的美国太平洋舰队遭日本联合舰队 300 多架飞机突然袭击。顷刻之间，珍珠港爆炸声四起，火光冲天，10多艘军舰被炸沉或遭重创，260余架飞机被击溃，4500多人死亡或受伤，仅亚利桑那号上就有1000余人葬身海底。愤怒的美国立即对日宣战。经过几年战争，日本失败了，但是日本并未真正服输。它是法西斯战败国中唯一一个不服输的国家。现在它正在一步一步向所谓"正常国家"前进，一旦羽翼丰满，军国主义复活，他们还可能重新向亚洲和世界挥起武士刀，这一点值得人们警惕。

今天我们自由行小组分散活动。我和妻子以前来过这里，这次要另辟蹊径。

我们先乘42路公交车来到威基基海滩，在岸边沙滩稍作停留并观赏冲浪运动。冲浪的俊男靓女们，仅凭一叶滑板，滑翔于浪峰波谷之间，驾轻就熟，随波俯仰，或立或卧，翩然自得。有时高高的浪头袭来，眼看冲浪人会被淹没，但是他们却能敏捷地调整滑板，乘势跃上峰巅，又顺势滑入谷底，奇迹般化险为夷。真佩服这些弄潮儿的功夫。他们一定是经过多年的苦练才摸透了海浪的脾气，才能在汹涌的波涛中上演潇洒的舞蹈，享受惊险刺激的快乐。自由是对必然的认识。滑板上的自由，是以对海浪的认识为前提的。这个认识过程充满挫折，会有很多次跌落和呛水。冲浪如此，其他事情何尝不是如此？

我们的主要目标是那座钻石山。它位于檀香山市区东南的海边，从海上或市区看去，是一座高耸的尖山，像一座大金字塔，显得十分突出。船上已有材料介绍，说它是一座死火山，山顶有火山口，像一口大锅；还说19世纪西方船员到此，误把山上的方解石当作钻石，故名钻石山。不管怎样，它的位置和形象都很吸引人。我和妻子兴冲冲地向它进发。

乘车来到山下，但是下车后却找不到上山的路。仰头望去，山崖壁立，无路可上，只好沿着山脚转，寻觅上山的路径。这有点像骑着毛驴找毛驴，明明山就在身旁，却还在找山。边走边问，借助手势，问过几个路人，仍未搞清。我们围着山脚走了好长的路，山的形状都随着我们所处方位的变化而发生了变化，由原来的金字塔变为长长的崖壁，可还是没有找到上山的路。烈日当头，汗流满面，背上的旅行包越来越沉重了。妻子开始抱怨："非要登那个山头干吗？折磨人！回去吧！"我不断给她鼓劲："再坚持一下吧，也许上山的路就在前头呢。"妻子只好一边嘟囔一边跟着走。

大约两个小时后，转到山的后边，路面开始升高，山显得矮了，我判断离入口不远了。继续往前走，来到山的另一侧，发现前边不远处有几个"背包客"在走动。于是加快脚步赶了上去。原来这里有一条掘入山体的巨大隧道，洞口有行人和车辆进出。莫非这就是山门？管它是不是，进去看看再说，反正这儿人来车往，不会是打家劫舍的黑店。

隧道深约100多米，很快便走到朝内的出口，哇！别有洞天，好大一个盆地，就像一口"锅"！这口"锅"里，有开阔的草地、大片的灌木丛、成群的小鸟，还有几排房子和一个不大的停车场。房子是用来接待游人的，停车场停着十几辆小车，从中走出三五成群的游人。再看周边的"锅沿"，其实是环形山脊，高高耸立，像城垣一般，把"锅底"围得严严实实。仰望"锅口"上方，天空晴朗湛蓝，丽日高照，几朵白云从"锅沿"飘过。这个封闭的世界里只有一条隧道（就是我们刚才进来的隧道）通向外边，俨然一座与世隔绝的古代城堡。置身此处，真有恍若隔世之感，人们从外边根本看不到里边的一切，看到的只是由高耸的"锅沿"装扮成的一座险峻的静悄悄的山峰。更可骇怪的是，这里边的植被，无论草地还是灌木丛，几乎都是黄褐色的，与山外的一片翠绿完全不同。现在已是初夏季节，这里海拔并不高，何以会形成如此强烈的对比？

东侧的"锅沿"最高，尖尖的耸立在蓝天背景下，它就是在市区和海上看到的钻石山的"山顶"。从"锅底"有小路和栈道通往那里。我们买了一美元一张的门票，沿着小路开始攀登。山路陡峭，绕了好几个"之"字形，又攀上了几乎是垂直的栈道，终于到了峰顶。来不及平一平气喘，已被眼前的景象震撼：大海、沙滩、城市、公园以及远山都在眼底，海阔天空，荡胸决眦，一览众小。从这里看下去，海湾更具特点，海水由浅入深，层次分明——从白色的沙滩开始，依次是淡绿色、翠绿色、宝蓝色和深蓝色；层层白浪由深蓝卷向淡绿，用长长的臂膀牵动着点点小帆，冲浪的人们像小鸟凫在水上，随波荡漾。整个檀香山市像一座花园坐落在山海之间，远处的珍珠港也清晰可见。北边绵延的山坡上分布着连片的居民区，像马赛克似的镶嵌在绿色的背景上。

再回头俯瞰"大锅"，一个圆圆的、直径大约 500 米的大坑，完整地呈现在脚下。它就是当年的火山口，曾经上演过惊天动地的造山运动。如今，它把一个别样的世界高高托起：这里没有现代的繁华，只有古老的苍凉；没有山外的喧闹，只有隔世的寂寥；没有城市的楼台亭榭，只有幽僻的草树山花。山里山外，洪荒远古和繁华现代形成鲜明对照。

这钻石山内外向我们展开的，是一幅奇特的风景画，是跨越时空的地质图。

今天登上钻石山虽然走了不少弯路，流了不少汗，但却领略到了在山下无法领略到的景致。

钻石山上——夏威夷另一派风光

怀着满满的惬意回到船上，又碰到了上海的郭教授和唐教授夫妇。这回该他们羡慕我们了。他们本来也想登上钻石山，但是到了山下也是找不到上山的路，转来转去不知道该从哪里上山，人也累了，无奈之下，老两口只好打道回府。我们向他俩炫耀了山上的所见所闻，唐教授听后一个劲地后悔，连声说："我们再坚持一会儿就好了。"

是啊，"再坚持一会儿"，这往往是成功的最后也是关键的一步，放弃这一步，就会功败垂成。

5 月 14 日 星期四

从夏威夷驶往日本

昨晚 7 时，大西洋号离开檀香山，驶往日本。檀香山距离日本十分遥远，3427 海里，合 6347 公里，比从旧金山到檀香山的距离还要远。未来一个星期，我们都将在这一段航程上颠簸。

前边说过，邮轮是一所大学校，很多人都有自己的专长，可谓藏龙卧虎。一路走下来，朋友越来越多，老师也越来越多。听到了很多故事，学到了不少知识。

鞠申均，1947 年出生于上海，一位老资格航海人，毕业于大连海运学院，长期从事海洋货运，曾担任万吨货轮的船长十多年，具有丰富的航海经验。这次他与妻子花了 30 多万元参加大西洋号的环球旅游，一方面表明了这位与海洋打了半辈子交道的航海人难以割舍的海洋情结；另一方面也是为了补上人生的缺憾——他从事远洋航运几十年，由于身为船长的特殊责任，并没有条件上岸游览观光，更不要说带着妻子一同旅游了。他告诉我们，我们乘坐的这艘大西洋号邮轮是由芬兰制造的，已航行 15 年，性能不错。在旧金山出发的那天，海上风速达到每小时 90 公里，属 9 级风浪，邮轮虽然颠簸比较厉害，但基本保持了平稳，这很不容易。他说："这种情况要是发生在我当年驾驶的货轮上，货轮上的水壶茶杯都会倾倒一地。不过货轮一般都会把东西固定在桌子上。"他还讲到海图对航海的重要："海图就是海上的'地图'，像我们这样的环球航行，全程起码需要 3000 张海图。"3000 张？这个数字着实让我们吃了一惊。鞠申均船长还向我们介绍了邮轮出港进港的导航问题，他说："出港容易进港难，要保证邮轮泊定准确平稳，一定要听领航员的，不敢稍有差池。"他深有感触地说："一座漂浮在海上的巨大建筑物，要稳稳地靠在码头上，绝对是一门艺术。"鞠申均船长还准确地计算出，我们这次环绕地球一周的总里程是 4.92 万公里，将近 10 万里。

邮轮的"尾巴"

常说隔行如隔山，行家就是行家，经他一番讲解，大家增长了不少关于邮轮和航海的知识，也体悟到大海航行的风险和艰难。我们在船上白天尽兴娱乐，晚上放心睡觉，却很少想到驾驶舱里那些绷紧的神经和睁大的眼睛，他们可是托载着一千多条生命在茫茫大海上颠簸呢。

胡世宗，军旅诗人，原沈阳军区政治部创作室副主任，已经70岁了。他这次是怀着诗人特有的激情参加环球旅行的。带着老伴，夫妻俩亲密得就像恋人。在船上，他每天都要抽时间写作，已经写了30万字的旅行笔记，可谓勤勉之至。应旅客要求，他在卡鲁索剧场举行了一场报告会，向大家讲了他的"诗旅"和"行旅"。早在1958年15岁时，他就在辽宁日报上发表了一首小诗，从此走上了诗歌创作之路。参军以后，在艰苦紧张的军旅生活中，笔耕不辍，创作了不少好诗，如反映东北边防哨所战士生活的《我把太阳迎进祖国》、反映红军长征精神的《沉马》和《火红的果子》等。他现场朗诵了这些诗，声情并茂，十分感人。作为军旅诗人，他先后于1975年和1986年两次重走红军长征路，他的一些好作品就是在重走长征路时触发灵感创作出来的。胡世宗还告诉大家：他50多年来一直坚持写日记，未曾中断一天，截至目前累计已达400多万字，国内一家出版社准备以《胡世宗日记》为书名正式出版。这将是一部很有价值的微观历史。

胡世宗的敬业勤勉和持之以恒的精神，令大家由衷钦佩。显然，他把人生之旅看作是不断的长征——两次沿着红军的足迹长征；这次是环绕地球长征；古稀之年笔耕不辍是终身长征。

索群，一听名字容易叫人想到"离群索居"这个成语，而真实的他，确实有点特立独行。他是全船所有乘客中唯一骑自行车上岸游览的人，自行车是从家里带上船的。每次船靠港后，人们看见一位戴着头盔、背着"双肩背"、推着插有国旗的自行车的老年乘客意气风发地走出船舱，他就是索群。索群是退休医生，蒙古族，来自北京，65岁，旅游发烧友。这次参加环球游，他别出心裁地准备了一辆小轮自行车，每到一地，既不参加船上组织的集体游，也不参加三五成群的自由行，独自骑着自行车信马由缰地到处逛。他这样独自行动，会不会有危险？有，但索群做了周到的应对准备，他使用GPS定向，带了详尽的地图，还备有修车工具。一路上穿街走巷，依靠手势和随身携带的证件与当地人交流，基本顺利，还赢得不少路人喝彩。也遇到过意外：一次在阿曼突发两腿抽筋，倒在路边，幸亏附近一家酒店的工作人员出手相助，扶进店中请医生治疗，才得以赶在邮轮起航之前回到船上。索群还是个喜欢音乐的人，经常看见他在船上僻静处悠悠地吹着萨克斯管，聚精会神，有腔有调。船上的意大利乐手沙瓦多拉见此情景，主动教他，一段时间后大有长进。

这就是索群，一个虽然上了点年纪却充满活力的人，一个敢于挑战自我骑车走天下的人，一个把自己的退休生活安排得有声有色的人。

船上像上述三位有故事的人还很多，他们都以自己的阅历、专业、个性和爱好书写着自己的人生，实现着个体生命的价值。伯克说过："生命在闪耀中现出绚烂，在平凡中现出真实。"诺贝尔说过："生命，那是自然给人类去雕琢的宝石。"应当说，包括上述三位在内的世间很多人，都是在平凡中闪耀亮点，在真实中雕琢人生。

5月15日　星期五

妞曼

从上海出发两个多月来，船上工作人员中与我们打交道最多的一位，当属妞曼。她是我们这几间舱室的服务员，每天都要见几次面。

记得上船第一天，我们刚安顿好行李，坐下来歇息。敲门走进来一位姑娘，圆圆的脸庞，黑黑的头发，约莫一米六〇的个子，身材结实，乍一看，像中国农村进城打工的小保姆。她微笑着打招呼："您好！"这声"您好"让我们立即判断出她不是中国人，因为她说的是"洋汉语"。接着她指着门上插着的名签用"洋汉语"自我介绍说："我叫妞曼，是你们的服务员。"我凑近名签一看，姓名一栏写着"NYOMAN"，我把它翻译为"妞曼"，从此一直以"妞曼"称呼她。

她是一位印尼姑娘，老家在著名的巴厘岛，来船上打工已经三年了。她学会了几句汉语，比如"您好""谢谢""打扫卫生""噢，等一下"，等等。每次敲门进来的第一句话便是"打扫卫生"。如果碰上我们休息或有别的事，她便立即补充说"噢，等一下"，微笑着退出房去。

我不止一次向她说到她的家乡印尼巴厘岛，说到那里的"水明漾海滩""乌布古镇"和"金塔玛尼火山"。她总是很兴奋，并用印尼语重复着我提到的她的家乡的几个地名，思乡之情溢于言表。不清楚她的家庭情况和个人经历，几次想问，但因语言障碍而作罢。大体判断，她是巴厘岛普通农家的孩子。那里民风淳朴，风景秀丽，来自世界各地的游人挤满了各处景点。全岛弥漫着浓郁的宗教气氛，到处都是佛龛佛像。

妞曼对工作极负责，每天上下午都要整理打扫房间。一声甜甜的"打扫卫生"之后，便开始整理床铺、收拾桌椅沙发、为地毯吸尘、清洗卫生间，一样一样做得十分认真、十分细致。

她总是按照船上的规则（大概也是所有宾馆的规则），把我们的被子的边角压在床垫下。这样看起来很平展整洁，却也给我们增添了麻烦——睡觉时要使劲把被子的边角从床垫下拉出来。于是，我们便与妞曼打起了"车轮战"：她压好，我拉出；我拉出，她又压好。从上船第一天起一直持续到现在，彼此都习惯了。我想，妞曼是按规矩办事，我是按自己的方便办事，那就各办各的事吧。

妞曼心灵手巧，会用毛巾折叠出各种各样的"工艺品"，摆放在床铺上，让你进门后获得惊喜。这些"工艺品"要么是一朵花，要么是一头象，要么是一只鸟，或者是让你认不出来的一种别的动物。一次，我们推门进屋，发现天花板上挂着一只"猴子"，双臂上攀，双腿垂吊，随着船的晃动来回晃悠，煞是有趣。走近仔细看，还装了黑色的眼睛，活灵灵一只俏皮的泼猴。我乐了，赶忙拿出相机拍了照片。等妞曼再来时，我们竖起拇指大加赞扬，她得意地笑了。

志在云天（邮轮上的雕塑）

妞曼很纯真，很直率。船上几次下发乘客满意度调查表，对船上的各项服务工作征求意见，列出"非常满意""满意""基本满意""不满意"等选项。妞曼每次来房间送调查表时，总要用手指着"客舱服务"一栏，用稚拙的汉语对我们说："非常满意！非常满意！"示意我们用"非常满意"评价她的工作。有时索性自己拿起笔来在"非常满意"之下打上勾，直接越俎代庖了。我们笑了，表示认可，她也笑了。纯真而又直率的妞曼认为自己的服务是一流的，理应得到"非常满意"的评价，直来直去，并不绕弯。我们欣赏她的纯真和直率，也理解她的期盼和苦衷。她，还有船上的其他许多员工，很担心自己被解雇——为了谋生，为了年老的父母，也许还为了正在上学的弟弟妹妹。

再过几天就要告别了。我们发现妞曼的情绪有些变化，进屋打扫卫生时显得有点沉默，不像平常那样欢愉。我们提出与她合影留念，她欣然同意。她为什么沉默呢？不便细问，也无法细问。

可爱的妞曼，纯朴的印尼姑娘，你与我们共同绕行地球一圈，为我们提供了优质的服务，我们不会忘记你。

消失的一天

船上通知：上午 8 时 33 分，大西洋号将跨越国际日期变更线。这就意味着，我们从 5 月 15 日直接进入 5 月 17 日。5 月 16 日在我们的旅途中消失了。

5 月 15 日之后铁定是 5 月 16 日，怎么会跳到 5 月 17 日？5 月 16 日哪里去了？

这个问题，现在对很多人来说大概不是问题了，连中学生也许都听地理老师讲过了。我们感兴趣的，与其说是问题本身，不如说是人类在解决这个问题上所表现出来的聪明才智。

由于我们居住的这个地球是圆的，而且在不停地自转，所以人们习惯上都以他们当地的太阳的位置来确定时间。太阳在中天时定为中午 12 时，与此完全相反的位置则是子夜 12 时，其余的时间在两个 12 时之间平分。但是如果所有的地方都以他们当地的太阳位置确定时间，那世界上就有无数种时间，甚至同一个国家也有很多种时间，这会给人们的生产生活造成极大的不便和混乱。这个矛盾随着人类社会交往的加强越来越突出，不解决不行了。

大西洋号驶过国际日期变更线

　　1879 年，一位叫伏列明的加拿大工程师向世人提出了一个解决办法，叫"区时"理论。按照这个办法，地球上每 15°经度范围划为一个时区，这样，地球表面的 360°就被划分为 24 个时区，一个时区正好是太阳一小时走过的经度，每一时区都按它的中间线来计算时间，这样的时间叫作标准时。标准时的确定使全世界各地的时间限定在 24 个以内（有的国家横跨几个时区，可以只使用一个时间），而且每一时区之间正好相差 1 个小时，这样就给人们带来了很大的方便。

　　但是，地球在旋转，24 小时旋转一周，日子周而复始，地球上的一天究竟从哪里开始、到哪里结束呢？如果不划定一个统一的界线，世界各地的日子也会发生混乱。曾经有这样一个故事：19 世纪俄国东部某个小镇的邮政官于 9 月 1 日早上 7 点给美国芝加哥邮局拍了一封电报，收到的回电居然是"8 月 31 日 9 时 28 分收到来电"，8 月 31 日收到了 9 月 1 日发的电报，这不是天方夜谭么！于是，人们又想出了新的办法。1884 年，国际经度会议规定了一条全世界统一的日期变更线，称为"国际日期变更线"。凡越过这条变更线时，越过的不仅是空间，而且是时间，空间转化为时间：顺地球自转方向越过这条线时，日期要减去一天；逆地球自转方向越过这条线时，日期要增加一天。这样，就有了全世界统一的计算日子的办法了。

　　我们的大西洋号是逆地球自转方向航行的。一路上，我们不断地调表，一小时一小时地往回拨了好多次，到现在已将近 20 个小时了，也就是说，我们已经把将近一天的时间拨回去了。到达上海时，正好拨去一天，如果不增加一天，不从 5 月 15 号跳到 5 月 17 号，到达上海时我们与国内的时间就会整整相差一天。

　　跨越国际日期变更线是一件很有意义的事，船上不仅提前通知我们，还给我们每人颁发了一本制作考究的纪念证书。拿到纪念证书后大家纷纷登上甲板以大海为背景拍照留念。

　　背景中的大海依然浩渺无际，它当然不会有一条什么"线"存在。"线"只存在于人们的观念中，存在于测量经纬度的仪器上，它是主观对客观的抽象，是科学对规律的把握。

同胞，请别这样

大西洋号跨越国际日期变更线，行进在东半球。早 7 点时的位置是北纬 25°，东经 179°。晴天碧海，风平浪静，船速 22 节，算比较快了。

昨天的晚饭，船上为庆祝跨越国际日期变更线搞派对活动，全船乘客集中在 9 层波提切利自助餐厅用餐。自然，饭菜有别于平常，供应的苹果也较优质，黄香蕉苹果，又大又光鲜。可是没料到却引起了少数乘客争拿苹果的现象。不分男女，争先恐后，现场出现拥挤。有的人甚至在食用之余，又取了满盘的苹果端回宿舍去了。这一幕着实令人难堪，餐厅的服务人员对此表露出无奈和轻蔑。

我们这一船乘客，据船上的中国员工说，还算比较文明，怎么就发生了这样的事情呢？

恕我不敬，自亮"家丑"，船上类似的事还有不少。

参观某葡萄酒厂时，厂方摆出酒的样品供大家品尝，同时还端出一篮小面包佐食。一位同胞在品尝面包后自语道："这面包烤得挺好。"说着顺手抓了几个面包装进自己上衣的口袋里。这情景令人惊愕。你觉得好吃就多吃一个两个也无妨，为什么往自己口袋里装啊？你就不担心人家的监控摄像吗？

还有一位船友，每天把餐厅供应乘客佐早餐的花生米装一些到自己的口袋里，大概是要带回去作零食吃。可世界各地的自助餐厅都不允许客人在用餐之后再将食品带出餐厅。这位船友违反规定，拿那么点儿花生米，何苦呢？

一次午餐中，邻座一对夫妇取回好几盘菜摆在桌上。突然，男的扬起粗壮的胳膊大声招呼服务生："喂，你过来！"态度傲慢粗鲁。一位外籍服务生应声走来，那男的把桌上两盘菜一推，示意服务生收走，神态就像主子使唤奴仆一般。服务生什么也没说，默默地收走了那两盘菜。这位男子约40年纪，着短裤短袖，紫色脸膛，神气活现，一幅财大气粗的样子。这一幕让人看着特别扎眼。这里是自助餐厅，那菜是你自己盛的，为什么又叫人家收走？即便你对菜不大满意，也不应该用这样的态度对待服务人员呀！你腰包里有了点钱就可以这样颐指气使吗？

还有，一些人打饭时不按顺序排队，反向横插，只图自己快捷，不顾别人方便；本来吃不了那么多，却取了满满几大盘，最后剩下很多，一倒了之；进餐厅衣着过于随便，短裤背心，袒臂露腿，天热时甚至撩起衣服前襟煽凉，肚皮露在众人面前；更有甚者，有人还拿起饭桌上的餐具叉子挠头皮！这一幕好几个人都看见了，当时邻座一位同胞直说"真恶心"。我宁愿相信这是一个下意识的不经意的动作，但实在太不雅了。

这些发生在少数同胞身上的不文明行为，引起了大家的议论和不满。西安的老杜在与我聊起这些事时颇为愤然，他根据自己的观察说了一句重话："有的旅客太自私，总想把自己的幸福建立在别人的痛苦上。为了自己坐下，不惜让别人趴下。"他大概是指乘大巴时有些人抢座位的事，抢座位也是经常发生在中国游客中的一幕幕"小品"。

我与餐厅的中国女服务员小严（河北人，大学英语系毕业）闲聊，问她："你来船上工作以来感受最深的是什么？"没料到她竟毫不迟疑地回答："感受最深的是中国游客的素质差。"接着她列举了中国游客的种种不文明行为：插队、吵架、大声喧哗、浪费食物，等等。小严说："我经常听到船上的外籍同事议论我们中国人，心里很不是滋味。你们这次乘客少，事情也少。去日韩邮轮一次二千多人，问题就多了。"她最后不无解嘲地说："不过中国人有一点好：投诉少。西方人举止文明，但动不动就投诉，这一点也让人受不了。"中国游客投诉少，也许值得赞许，但也未必是文明的一种表现，很可能是因为法制观念淡薄：他们善于"闹"，不善于"告"。

又一场小风波

大西洋号继续航行在浩瀚的太平洋上。今天下午 6 时 30 分，船所处位置是北纬 30°，东经 167°，船速 21.3 节，海况尚好，中浪。自从越过国际日期变更线，大西洋号与北京的时差，倒过来了，由晚 20 小时变为早了 4 小时，目前则比北京早 3 小时左右，也即北京还是下午，这里已经天黑了。

船上又发生了一场小风波。

前边说过，因为对船方上岸游的方案和收费不大满意，越来越多的乘客选择自由行。自由行有两大优点：一是可以根据自己的爱好兴趣选择观光点，在有限的时间内尽量多看一点儿、看好一点儿；二是省钱，自己租车或几人拼车，算下来，比船方组织的团体游节省不少费用。少花钱，多观光，谁不愿意？

但是，自由行也有诸多不便。首先是语言障碍，多数游客不懂外语，与当地司机和景点工作人员沟通困难。其次是对当地情况不熟，在没有船上工作人员引导的情况下，全靠自己打听，有时候像"盲流"一样到处瞎碰。

这个情况被一位有心人看在眼里，她想为这些自由行的人们提供帮助。她姓白，来自国内一家旅行社，这次也是参加环球旅游。她提出的办法是，由她出面，利用"业内人士"的便利，与即将到达的日本东京的中国旅行社办事机构联系，为自由行的人们提前包租巴士，安排导游，两天时间内，一日游东京，一日游富士山，收费每人 130 美元，比船上便宜一半。这个想法一经传开，找她报名的人很多，很快就达到 80 人。妻子也高兴地找到白女士，报了名，交了款。

但是，事情很快被船方知道了。他们找白女士谈话，态度严厉，措辞激烈，认为她这样搞是违反船上规定的，也违反她与船上的合作协议。原来，白女士参加这次环球之旅，与船方是有合作关系的，刚上船时我们看到她的大幅照片立在二层的走廊里，她本人还被安排给大家讲过一次旅游知识。现在由她个人出面组织乘客上岸游，有点像是与船方争夺客源，唱对台戏，船方自然火冒三丈。本来，白女士的初衷是想为大家办件好事，也为今后他们的旅游工作摸索一点经验，没想到事情并不像设想的那样简单。最后，在船方的强烈反对下，白女士退让了，她给大家一一打电话，通知此项服务取消，请大家来退钱。

这件事，白女士的动机是好的，她组织的无非是一个扩大了的自由行团队。8 个人可以自由行，80 个人为什么不能自由行？问题在于，白女士是国内旅行社的派出人员，又与船方有合作关系，她的身份显然不同于一般旅客。由她出面拉出一批旅客去上岸游，这无异于抢了船上的生意，大概也违反了双方的协议。所以船方反对也是有道理的。

大西洋号虽然是航行于海上的一艘邮轮，但也是一个小小的市场，也通行着市场经济的一般规则。围绕着经济利益，竞争无处不在，无时不有。

5 月 19 日　星期二

环球之恋

大西洋号的环球之旅，同时也是船上某些男女的浪漫之旅。乘客中有好几位演绎了轰轰烈烈的环球之恋。

A 先生是一位青年企业家，30 余岁，离异，这次是单独一人出来旅游。H 女士是一位知识女性，30 岁左右，单身。他们两位在船上相识相熟相恋，成为一对情侣。人们在甲板上、在佛洛里安咖啡厅、在蝴蝶夫人广场等处，经常可以看见他们在一起的身影。他们最终真走到了一起，大家都说挺般配。男方事业有成，大个子，英俊潇洒；女士高挑身材，相貌秀气，气质优雅。二人可谓天作之合。船到墨西哥时，他们索性离开大西洋号单独去旅游了，以后的十几天里他们在墨西哥和美国漫游，之后乘飞机赶往夏威夷，又追上了邮轮，又和船友们聚在一起了。那天晚饭时，同桌的船友向他们举杯祝贺，他们的脸上洋溢着幸福的笑容。

金门公园里的情侣

有一家四口，父亲、母亲、哥哥、妹妹。哥哥大约30多岁，单身。这次他们举家出游，一则是为了孝敬父母，父母都已年过八旬，兄妹俩想在父母的有生之年让他们出来见见世面；再则也是为了利用这个机会，看能不能碰巧为单身的哥哥相一个对象。千里姻缘一线牵，这个机会还真被他们碰着了。船上有一位单身女士，30岁左右，无论相貌、职业和家庭背景，都与这个哥哥很般配。他们谈了一段时间，谈得顺风顺水。一天晚饭时间，全家四口和那位女士在提香餐厅围坐一桌共进晚餐，那位女士俨然是这个五口之家的成员之一了，许多船友来到他们桌前表示祝贺。父亲母亲一脸欣慰，连声向众人表示感谢；准新郎和准新娘站起来与大家频频碰杯。

船上还有另外几位男女（其实是一男数女），他们的恋情进行得一波三折，颇富戏剧性，以致成为船友们茶余饭后的谈资。几位女性都是单身，年龄30到40岁之间，看样子也都有一定的知识修养，经济条件也不错。她们引起人们议论的，主要是她们共同追求一个男人。这个男人就是船上的钢琴师。钢琴师是意大利人，每天在中央大厅演奏钢琴，琴声悠扬，回荡在船上每一个角落。而比琴声更撩人的是他的长相和举止：金发碧眼，相貌英俊，举止潇洒，弹琴时前仰后合，时不时还边弹边唱，很有感染力。中央大厅是全船人员最集中的地方，钢琴师自然成为船上人人熟悉的明星。我们的几位女士被钢琴师迷住了，开始了对他的追求。

大概有三四位吧，她们几乎是毫不避讳地发起攻势。千方百计接近钢琴师：或站立一旁恭听弹奏，或主动靠近与之搭讪，或邀约其人共饮咖啡。有的还托船上的中国员工向钢琴师转送礼品。她们之间展开了竞争。其中有一位被大家认为最有希望获得成功的，40岁左右，她虽然年龄稍大，但懂英语，人们多次看见她与钢琴师坐在僻静处交谈，有人还看见她在中央大厅的二层朝着正在弹琴的钢琴师一个劲地努嘴，用手做饮水状，示意要和他一起去喝咖啡，钢琴师看见了，做出了回应。晚饭时餐桌上有人就说："他们俩可能搞定了。"

其实，最终几位女士谁也没有"搞定"。后来的事实是，钢琴师坦言他在罗马已有妻室，无意再与中国女性"来真的"；而且，他还怕丢掉船上这份工作。按船上有关规定，员工与乘客恋爱结婚会被辞退。我们这几位单身女同胞，把这次环球旅游作为寻觅伴侣的机会，这可以理解。而且她们很勇敢，公开向一位西方美男子发起进攻，显示了现今中国女性开放的恋爱观。同船的同胞，虽然对她们有所议论，但多是善意的，总体持包容态度并乐见其成。但是，这几位女士似乎有点盲目，有点感情用事。可能由于语言障碍，沟通不够，以致在对对方的情况不大了解的情况下白白浪费了不少感情。

船上还有一位女士，她的行为可是与众不同，引起议论最多。她是一位半老徐娘，50多岁。不是说50多岁的妇女不能有恋情，而是说她的行为有点出格。

她给大家最初的印象是比较张扬，爱炫富。在纽约买了一件貂皮大衣，大热天的穿起来在餐厅里向大家显摆，像一只蛾子一样，翩翩然从一个餐桌飞到另一个餐桌，一边大声地说："这是名牌，貂皮的，你们猜多少钱？十几万呢！"一只手里还提着包装纸袋，哗啦哗啦地晃来晃去。餐厅里几百名用餐的船友都用惊愕的目光看着她。

她在船上向多位男士示爱。可是人们并不了解她的婚姻底细。有人说她的丈夫已经去世，她现在是寡居，也有人说她有丈夫，夫妻感情不和。不管她的婚姻状况如何，她是一个"富婆"应该不成问题，但是，有人却看到她与船友上岸游览时表现得很吝啬，有时还爱占点小便宜，不像一个阔太太。于是人们又怀疑那件貂皮大衣是不是真的。

她常常在晚上给她心仪的单身男子打电话。在电话中对其中一位男子说:"你知道吗,我给你打电话打得手都哆嗦了。"她并不是只给一位男子打电话,先后追求过好几位男子。不仅如此,她在晚间举行的舞会上,对男性舞伴做出过于亲昵的动作。很多人都看到这样一幕:她在与一位男员工跳舞时,竟然猛地蹲下身子,紧紧抱住男子的大腿不放,场面十分尴尬。

这位女士是一个特例,是一个过于随便的特例,"癫狂柳絮随风舞,轻薄桃花逐水流",自然,她的追求不会有什么结果。

5 月 20 日　星期三

遇上了台风和地震

船上广播通知:今年第二号台风正在西太平洋由南向北移动,目前已到达邮轮即将通过的海域,为保证全体人员安全,决定临时改变航向,向西南方向绕行,以避开台风。

这个消息令全船为之震惊。自出发以来,虽然多次遇到大风大浪,但遭遇台风还是首次。大家开始聚集到甲板上,向远处眺望。

黑云压海

远处的天际线上,灰蒙蒙地笼罩着一层不知是云还是雾的东西,与平常看到的天际线完全不同，判断那大概就是台风掠过海面形成的景象。可眼前邮轮所在位置天气尚好，微风细浪，感觉不到台风的威胁。这会不会是暴风雨到来之前的宁静？

其实，从前天晚上开始，就已经有细心的船友发现邮轮改变航向了，不是继续朝西北方向的日本横滨驶去，而是折向西南方向。船友感到纳闷，弄不清什么原因。倒是上海师大的李教授早早地获知了台风挡道的消息。他在甲板上对我们说："我是从网上知道的，今年第二号台风在太平洋中部形成，正向西太平洋发展，邮轮改变航向规避风险是明智之举，祈愿我们能够成功避开台风。"

与台风挡道并存的还有另一个不祥的消息，那就是地震。几天前在日本宫城县附近海域发生了6.8级地震，毗邻的东京和横滨有强烈震感，而东京和横滨正是我们这次要去的地方。还有消息说，位于震区附近的神奈川县的箱根风景区已暂时关闭，不接待游人。这些消息使大家更加不安。大家把日本地震与同一时期（5月12日）发生在尼泊尔的7.4级地震联系起来：会不会是由印度板块撞击亚洲板块引起环太平洋地震带的连锁反应？日本正好位于这个地震带上，会不会在近期再次发生地震？联想到几年前日本福岛大地震引起海啸和核电站放射性物质泄漏，大家不免忧心忡忡。

同桌的周女士拿来一张在夏威夷购买的《星岛日报》，上边载有日本近期地震的消息。我们看后觉得应当向船方反映乘客的担心。便找到二层服务中心，提出：为安全考虑，建议大西洋号改变航行计划，不去日本，绕道韩国，在济州岛或釜山靠岸观光，然后返回上海。服务中心一位中国籍男性员工认真听取并记录了我们的建议，答应马上向上级报告。

但是几个小时过去了，船方没有做出任何答复。到了晚上，大家发现，大西洋号向正西航行。是驶向日本还是驶向韩国？是绕开了台风还是继续在绕？

夜已深，睡觉吧。

早晨醒来，躺在床上感到邮轮航行平稳，庆幸昨晚什么事也没有发生。

船上的一切活动照常进行。9点30分，在卡鲁索剧场听巴比罗讲师讲旅程回顾，从土耳其的马尔马里斯讲起，一直讲到葡萄牙的亚速尔群岛，重新演示了以前演示过的幻灯片。

到了中午时分，船上又开始广播了："各位旅客，大西洋号现正驶向日本，原定航行计划不变，预计22日上午到达横滨。"

这就是说，邮轮有把握绕开台风，并把绕行耽误的时间补上来。它没有采纳我们关于绕道韩国的意见。

可是，到了下午，海面风浪陡然增大，天空阴云密布。看电视屏幕显示的邮轮航行图，邮轮并未向西北方向即横滨方向航行，而是以269°的角度向西偏南航行，好像还在继续躲避台风，这个弯子绕得真大啊。不久，海面变得一片漆黑，平常这个时候应是夕阳艳照，海面一片光明，可现在好像已到夜晚。这说明我们还在台风边缘兜圈子，或者已经钻进了台风的尾巴。我走上阳台，看到黑黝黝的大海波涛汹涌，狂风怒号，天空笼罩着乌云，飘着雨丝，阳台和窗玻璃都被打湿了。西边海平线上厚厚的云朵透出一抹深红色，表明太阳正隐藏在乌云之后，它平时的灿烂光辉被厚重的乌云完全遮住了。整个天空的色调是黑色，海平线上的一抹深红反倒增加了海天的恐怖。

大西洋号拼尽全力向前航行，它得争取时间，尽快冲过险境。螺旋桨使劲搅动着海水，白浪哗哗地向两边翻去，夜色中，它像一条受困的巨鲸奋力突围，时速达到22节，这个速度比平常风平浪静时还要快。

躺在床上睡不着觉，看着电视，屏幕上正在滚动播出海况和邮轮航行情况。但愿今夜平安度过。

5月21日　星期四

化险为夷

凌晨4时醒来，拉开窗帘，外边已经天亮。东方天边有几抹淡淡的朝霞，朝霞之上是横亘天穹的条状灰云。雨停了，但是风仍然很大。大西洋号继续破浪前行。海面依然波涛汹涌，船晃动比较厉害。从舱里往外看，玻璃窗上的海平线上上下下移动。海面到处是白色的浪花，浪尖瞬间被强风吹为白雾，像烟一样迅速飘散。太阳慢慢地从凝结在海平线上的云雾中露出了脸，但没有平日的鲜红，面容惨白犹如一个病人。

打开电视，船上播放的航行图表明，大西洋号现在向西北方向航行，也就是说，终于恢复了以前的方向。但是，它是在向西南方向绕行很久以后才恢复的这个方向，是以前航向的一个远远的平行线。它显然要延时了。但大西洋号正在快马加鞭，航速达到 22.5 节。不管怎样，台风毕竟被我们绕开了，尽管昨晚的大浪海况应该属于台风过境的环境，但估计只是它的尾巴罢了，它的中心已旋转到遥远的北太平洋去了。我们终于化险为夷。

三人谈

利用空闲，与船上两位中国员工和一位船友分别聊了聊天，进一步了解了船上不同人们的不同生活。

小 C，湖北姑娘，20 岁出头，毕业于武汉轻工业大学，来邮轮工作刚一年，做餐厅服务工作。她的父亲是一位教师，我们的谈话就是从"教师"开始的。

涡状朝霞

早饭时她为我们餐桌摆放餐具，当时只有我一人在座，她看了我一眼，笑问道："您是老师吧？"我说："是啊，你怎么知道我是老师？"她说："看得出来，从衣着、从气质。"我笑了。她接着说："我们家有两个当老师的。我爸是高中语文老师，现在退休了，住在深圳我姐那儿。我姐也是老师，教音乐。"小 C 一边干活一边与我交谈。她告诉我："来邮轮工作，只是把它作为一段经历和一种锻炼，而不是作为终身的工作。也许是因为东西方观念的差异，在这里有时候感到很委屈。"我问："什么事让你感到委屈呢？"她说："我们每天工作都在 11 小时以上，餐厅服务生的工作，基本就是体力活，很累。可工资微薄，1 小时就十几元（指人民币）。我们有时也被允许下船去看看，看到岸上人家的生活和美丽的风景，很羡慕，向往着将来也能有一份岸上的工作。"说到这里，姑娘的脸上掠过一丝惆怅。我们的话题又转到中国游客，她说："我感到中国游客与西方游客的主要区别是，西方人比较注重悠闲的享受，而中国人则是忙着跑景点、照相。可能是西方人看景看得多了，出来旅游主要是放松自己，享受悠闲的时光；而中国人见世面少，出来以后这也想看那也想看，总想用最少的时间看最多的景点。"听到这里，我会心地笑了。是啊，中国游客大部分还处在旅游的初级阶段，是走马观花式的、到此一游式的、见见世面的旅游。慢慢地，中国人也会改变旅游模式，向休闲旅游、度假旅游和深度旅游发展。

小 C 忙着手里的活，从这张餐桌忙到那张餐桌，不能停下来与我交谈。见她如此忙碌，我不好意思再打扰，约好以后有时间再谈。

小 M，来自江苏的一位小伙子，也是 20 出头，也是餐厅服务生，毕业于南京信息工程大学。

他来邮轮工作才 8 个月。也许因为初来乍到，还没有适应船上的工作环境，在与我的交谈中流露出许多不满。他说："西方人好像很注重人权，但邮轮上却不大讲人权。比如我们在船上感冒了，不能请假休息，只有发烧达到 39 度才允许休息。我们每天工作 11 小时以上，还没有星期天。"我说："每天劳动超过 11 小时，还没有星期天，这不是违法吗？"小 M 说："邮轮远离国土，谁能管得着？船上说了算呗。当然，我们干够一个合同期 8 个月，可以回家休息 2~3 个月，在船上的 8 个月，就得尽量多干点。休假期满，如果愿意回船继续工作，可以续签合同。"这样说来，船上的超时劳动可能与休假时间长有关。小 M 继续说道："船上不同国籍的员工，处境不一样。中国员工的处境不大好，主要是中高层没有我们中国人，没有人为我们说话。比如我们这个餐厅的主管是印尼人，印尼员工就比较吃得开。船上员工实际上都有自己的圈子，虽然不明显，但是肯定存在。工资待遇也不一样，西方国家员工的工资比较高，而且发的是欧元或美元。"

我们的交谈到这里就得打住，因为他和小 C 一样，工作起来像不停旋转的陀螺，没有时间与客人长谈。

老 W，60 多岁，国内南方一家公司的退休高管，老家在东北，一口东北话。他面容瘦削，表情沉郁，很少看见他与别人聊天，开饭时经常看见他独自默默地用餐。

这天我们俩正好坐在一起，面对面吃着饭。他礼貌地朝我微笑了一下，低头继续吃饭，并不说话。我忍不住主动开腔，与他攀谈起来。交谈中知道，老 W 的遭遇很不幸。几年前，妻子患了癌症，他竭尽全力想挽救妻子的生命，一直亲自陪护照顾，付出了极大的辛劳。但是最终妻子还是撒手人寰。老 W 悲痛万分，精神受到极大打击。谁知祸不单行，在他刚刚料理完妻子的丧事后，自己的身体却突感不适，去医院一查，居然也是癌症！他患的是胃癌，需要手术治疗。割去了大半个胃后，病情得以稳定，但饮食受限，身体消瘦。出院后，他抛开身边的一切杂事，毅然参加了这次环球旅游。他是想借此散散心，恢复恢复身体。但是，丧偶的伤痛挥之不去，形单影只的出游，更勾起他对亡妻的思念。说到这里，他眼睛里噙满了泪水。我很同情他的遭遇，说了一番安慰的话。在继续的交谈中还得知他是一个颇有造诣的企业管理精英，于是在同情之余又多了一份敬重。命运之神往往就是这样，越是优秀的人才，它越是和你过不去。

其实船上类似老 W 的还有一人。一位中年女性，正当事业如日中天的时候，患了癌症。她经过初步治疗之后，把公司的事托付他人，报名参加了这次环球旅游。她认识到健康和生命比别的什么都宝贵，她要享受生命，要和时间赛跑。然而，行至半途，病情加重了，无法继续旅游，不得不下船，改乘飞机回国。

同一条船上，载着众多不同的生命个体。不同的年龄，不同的苦乐，不同的命运。年轻的生命，犹如生机勃发的春天，但春意盎然中也有风风雨雨。年老的生命，犹如金色灿烂的秋季，但硕果累累时也有冷霜寒雪。

生命在时间中前行。时间是伟大的，时间也是可怕的。有时间才有生命，才有发展；而有时间同时也有衰落，也有枯萎。"我是曾经的你，你是未来的我。"人生这一段新陈代谢的时间，总是演绎着太多的喜怒哀乐。

然而，彻悟人生者，也能从容达观，无愧无悔。

5月22日　星期五

一衣带水谈日本

从夏威夷出发，经过差不多一个星期的航行，邮轮今天终于到达日本，驶进横滨港。

对于眼前的这个国家，中国人总有一种颇为复杂的感情。

近代以来，所有欺负过中国的帝国主义国家，没有哪一个比得上日本那样贪婪和残暴。日本对中国的侵略和蹂躏，可以说是中国最大的民族之痛、民族之恨和民族之耻。

一个小小的岛国，面积只有 37 万多平方公里，相当于我国的 1/26，人口 1.2 亿，不到我国的 1/10。如果说中国是一头狮子的话，日本不过是一只灰狼。但是这只灰狼却在历史上打败了狮子，羞辱了狮子。假如要在世界上找一个小国打败大国的例子，最典型的大概就是日本打败中国。

日本浅草寺

当然，后来我们是胜利了。但是，失败了的日本并不服气，一些右翼分子还在做着历史旧梦。

回顾一下中日两国的关系史，也许会给人一些启发。

因为是"一衣带水"的邻邦，中日两国的交往源远流长。据中国史书记载，早在汉代，中日两国就已开始交往，迄今已经有两千年的历史。然而，这两千年的交往史，却反映了两国国力的消长变化和与之相应的相互态度的变化。两千年大体可以划分为四个阶段。

第一阶段是古代阶段，从中国汉代到1868年日本明治维新这一千多年的中日交往都属于这一阶段。这一阶段总的特点是日本以中国为师，两国有来有往，总体和平，也有战争。

日本民族开化较晚，大约6世纪前后才由奴隶制社会进入封建社会，比中国晚了将近一千年。所以日本民族在古代很注意向先进的中国学习。《汉书》地理志记载："乐浪海中有倭人，分为百余国，以岁时来献见云。"《后汉书》倭传中说："建武中元二年（57年），倭奴国奉贡朝贺，使人自称大夫，倭国之极南界也。光武赐以印绶。"当时日本列岛有100多个小国，至中国曹魏时与我通使交往的约有30国。到了隋唐时期大批日本人来中国留学，有的还长期留居中国。他们回国后成为中华文化的传播者。中国的青铜和铁的冶炼技术、铁制农具制造技术、建筑技术、典章制度、儒家学说等都是这一时期传到日本的。中国的汉字自公元4~5世纪传到日本后，至今对日本文明发挥着重大作用。

但是在总体的和平交往中也有战争。663年发生白江口之战，当时日本入侵朝鲜，被唐朝与新罗联军打败。1274年和1281年元世祖忽必烈在打败南宋后两次征日，均因遭遇台风而失败。14~15世纪日本不断骚扰中国沿海，形成严重"倭患"，明朝沿海军民经过长期的斗争才基本解除"倭患"。1592年日本再次侵略朝鲜。当时的日本最高统治者丰臣秀吉统一了日本，开始积极向外扩张，妄图以朝鲜为跳板，侵略中国。中国明朝政府出兵援朝，共同打败了日本。

第二阶段，从1868年明治维新到1895年甲午战争结束，只有27年时间。这一阶段的特点是日本以欧为师，变法图强，同时开始蔑视中国，挑战中国。而中国则还沉浸在"天朝大国"的迷梦中，抱残守缺，只搞了点儿洋务运动，建起了海军，便自以为固若金汤，傲视日本，结果甲午一战，遭到惨败。

1868年的明治维新使日本迅速走上了资本主义道路。从此，日本一改过去以中为师的态度，把目光投向西方，投向欧洲，处心积虑地要挑战中国的大国地位，妄图称霸亚洲。日本人森由礼与李鸿章有一段对话：李鸿章问森由礼对中学与西学有何看法，森答："西学学十分，十分都有用；中学学十分，只有三分有用，七分无用。"撇开森由礼答话中的某些合理成分，其基本倾向则反映了当时日本人已经瞧不起中华文明的心态。为了学习西方，日本新政权一建立，就派出40人的大型使节团前往欧美各国进行考察，内容涵盖欧美各国的经济、政治、军事和文化教育。使节团历时两年，考察了12个国家，写出了详尽的考察报告。明治元老就是根据他们的考察报告进行大刀阔斧的改革，推行殖产兴业、文明开化、富国强兵三大政策。其中的富国强兵就是建立新军队，从民众中征兵，同时起用旧式武士担任新式军队的骨干，形成封建武士道与资本主义的混合体。日本的军队称为"皇军"，即天皇的军队，他们向军人灌输绝对效忠天皇、绝对服从天皇的思想，要求军人把天皇当作神来崇拜。传统的武士道精神（所谓忠、义、勇）成为军人的行为准则。

明治维新实际上是由武士领导的一场资产阶级革命，它建立的是具有强烈封建军事专制色彩的资本主义国家。此后，日本迅速走上了对外侵略扩张的道路。

资本具有与生俱来的扩张冲动，它第一需要市场，第二需要资源。而日本区区岛国，市场狭小，资源匮乏，必然要向外寻求出路。

它的首要目标是中国，中国是它垂涎已久的一块肥肉。它抓紧扩军备战，1872年成立海军省，1874年侵略台湾，1875年侵略朝鲜，1879年吞并琉球，为进一步侵占中国大陆扫清外围。

它紧盯中国清王朝的国防建设，与中国赛跑。中国向西方购买军舰，它也购买军舰，而且要超过中国，奉行"你有的我要有，你没有的我也要有"。

它向中国派出了大量间谍，搜集中国各方面的情报，详加研究，在此基础上制定了侵略中国的方案，还备有多种预案，必欲决战决胜。

终于，1894 年，在黄海海面，日本海军向中国北洋舰队发起突然袭击。北洋舰队奋起反击，但最终遭到惨败，清政府惨淡经营起来的海军几乎全军覆没，天朝颜面扫地，世界为之瞠目。

甲午海战中国为什么一败涂地？根本原因是制度腐朽和观念落后。延续两千年的封建制度扼杀社会生机，积贫积弱，官场一团腐败，军队也很腐败。清朝统治者闭目塞听、盲目自大、不思进取。于是狮子真的被灰狼打败了。

第三阶段，从 1894 年甲午战争之后到 1945 年日本战败投降，50 年时间。这一阶段的特点是，日本的扩张野心急剧膨胀，全面侵华，并且挑战世界，最后被中国人民和世界反法西斯联盟彻底打败。中国浴血抗战，历经磨难，赢得了民族解放战争的最终胜利。

甲午战争大大刺激了日本帝国主义的胃口，它利令智昏地不断对外用兵。

1900 年参与八国联军侵华，镇压义和团运动。日本先后派出 2.5 万军人，占八国联军总兵力的三分之二。

1904 年在中国东北发动日俄战争，打败了俄国。这是日本第一次打败西方强国，打败白人，骄横不可一世。此后取得了在中国东北的特权。

1915 年提出旨在灭亡中国的二十一条。

1918 年向西伯利亚出兵，武装干涉苏维埃俄国。

1931 年发动九一八事变，侵占中国东北。

1937 年挑起卢沟桥事变，发动全面侵华战争。

1941 年偷袭珍珠港，挑起太平洋战争，侵占东南亚，将战火烧到整个亚太地区。

可以看出，日本军国主义步步进逼，铤而走险，已经到了近乎疯狂的地步。然而，物极必反，多行不义必自毙。最后在中国人民和全世界反法西斯力量的联合打击下，彻底失败了。

日本军国主义给中国人民造成了深重的灾难。但是，灾难也磨炼了中国人民。中国人民同仇敌忾，用自己的血肉筑起新的长城，十四年抗日战争，把日本帝国主义拖进人民战争的汪洋大海，中国成为世界反法西斯的东方主战场，有力地配合了世界反法西斯的伟大斗争。中国也因此成为战后世界力量格局中的重要一员。

第四阶段，从 1945 年二战结束到现在。这一阶段的特点是，日本投降后，受美国影响很大。美国出于冷战需要，开始扶持和武装日本。日本右翼势力日益坐大，开始叫板战后建立的国际秩序。中国经过社会主义革命和社会主义建设，特别是经过改革开放，实现和平崛起，成为世界第二大经济体。日本把中国视为对它的"威胁"，跟在美国屁股后边动作频频。

第二次世界大战后，日本法西斯势力得到一定程度的清算，1947 年颁布了和平宪法，建立了民主政体。日本人民和日本进步党派进步社团对侵略战争作了反省。但是，日本军国主义的阴魂并未销声匿迹，在美国的姑息纵容下，日本右翼势力公然挑战二战后建立的国际新秩序，妄图重温大日本帝国的旧梦。

人们纳闷：日本为什么一直不能正确对待历史？同是被打败的法西斯国家，德国为什么能作彻底反省，而日本总是遮遮掩掩、欲说还休？

试加分析，有这么几条原因：

第一是日本根深蒂固的"皇国""皇民"情节和武士道遗毒。日本国情的特点是天皇万世一系，一千多年来一直是日本人的精神领袖。日本人认为，"没有天皇的日本就不是日本"。尽管天皇并不直接行使国家行政权，但日本对外的侵略战争大多是在天皇的明令诏书下进行的，特别是第二次世界大战，天皇负有直接的战争责任。武士道是封建军事专制和军国主义赖以植根的土壤，已有一千多年的历史，流毒至今尚在，影响很多日本人。靖国神社把战犯的亡灵也供奉其中，它实际上就是武士道和军国主义的招魂社。

第二是二战结束后对日本法西斯的清算不彻底。二战后对日本战犯进行的东京审判并未涉及天皇罪行，也未涉及慰安妇问题，甚至连臭名昭著的"731"细菌部队的罪行也未涉及，以致"731"部队的头目石井四郎一直逍遥法外。即使对公认的战犯的追究也不彻底，比如岸信介，是二战中日本侵略军负责后勤的重要官员，被宽大处理，后来还当了首相。

第三是冷战局面的出现，使日本这个法西斯战败国成为冷战一方的工具和马前卒，被百般庇护、纵容和扶持。二战中同盟国营垒并非铁板一块，随着法西斯营垒的瓦解和共同敌人的消失，同盟国营垒的矛盾很快凸显出来。美苏对峙，冷战局面形成，昔日的盟友成为敌人，昔日的敌人却成为盟友。而日本又是由美国一国占领的，不同于德国，美国说了算，这样日本便成为美国反苏反共的东方阵地，在美国的卵翼下日渐坐大，有恃无恐。

第四是世界反法西斯战争不是两个国家之间的对决，而是两个国家集团之间的对决，这就使得谁打败谁的问题不像两国对决那样一目了然。日本国内很多人认为日本是被美国人打败的，是被美国人的两颗原子弹打败的，而不是被中国人打败的，也不是被苏联人打败的。他们对中国并不服气，影响到他们对历史问题的态度。

第五是二战中日本的失败，是日本近代以来的第一次失败，它不甘心，不服输。这一点不像德国，德国一战败了，二战又败，它服输了。日本一战是战胜国，二战虽然败了，但它败得不那么服气，不那么甘心。这就像两个人摔跤，第一次被摔倒的一方，往往不服气，还想试第二次，如果第二次被摔倒了，他可能就老实了。

从以上分析我们可以得到一些启迪。

中日两国关系是影响两国发展的重大国家关系，也是影响亚洲乃至世界和平稳定的重要因素，必须以史为鉴，着眼未来，善加处置，友好相处。

我们必须牢记历史教训，警钟长鸣，富国强兵。当今世界，局部战争无日不打，军备竞赛日趋激烈，军事演习此起彼伏，恐怖主义十分猖獗，战争的达摩克利斯之剑依然悬在人类头上，我们一点也不能马虎，一天也不能松懈。"靡不有初，鲜克有终"，必须扎扎实实、兢兢业业做好我们的各项工作。

人民是历史发展的决定力量，要依靠广大人民，相信人民必胜，正义必胜，一切邪恶势力必败。14亿中国人民绝不希望战争，绝不希望扩张侵略，绝不希望称王称霸。中国备受欺凌的近代历史给中国人的机体里深深植入了热爱和平的基因。世界各国人民包括日本人民大多数也是厌恶战争热爱和平的，"人类命运共同体"意识已被普遍认同。我们应当把日本少数右翼分子和日本广大人民区分开来，提倡理性爱国，摒弃偏激的民族主义。理性化而不情绪化，是一个民族成熟的重要标志。毕竟正义主导人心，人心决定成败。

中华民族具有不畏强暴、压倒一切敌人的英雄气概，也有开放包容、海纳百川的广阔胸襟。我们既敢于"亮剑"，也敢于"亮短"。在我们痛斥日本右翼势力的同时，也要注意分析我们与日本民族之间还存在哪些差距，敢于和善于向他们的长处学习，这是克敌制胜的一个重要法宝。

对日本，不能简单地用一个"小日本"一言以蔽之，要看到它是一个经济大国和科技强国，它的工业制造、金融实力、技术优势在全球领先，属高度发达的现代化国家。即以国民素质来说，也是比较高的，这一点连我们船上的中国员工都深有感受。要正视我们的发展阶段，我们还处于社会主义初级阶段，还是一个发展中国家，本世纪中期才能达到中等发达国家的水平。我们的任务还很艰巨，我们前边的路还很长，在建设创新性国家、走具有中国特色的发展道路的过程中，要善于取天下之长，为我所用。

中国有不足和差距，但更有长处和优势，中国正在迅速崛起，正在实现历史上又一轮对日本的超越。这一点，连日本的有识之士也看到了。一位日本学者不无感慨地说：日本本来是"日出之国"，但现在却像"日落之国"了。不错，日出日落，时移世易，中国这头狮子已经醒了，已经站起来了。

横滨掠影

大西洋号为躲避台风，延误了时间，原定今天上午8时到达横滨，结果晚了4个多小时，于12点半才到达。船方为弥补乘客的时间损失，通知明天离港时间推迟3个小时，由原定的19点改为22点。

午饭后大家在卡鲁索剧场集合，按顺序叫号入关。日本海关也搞"面签"和"指纹验证"，这是这次环球旅途中第二个这样搞的国家，第一个是美国。日本总是跟着美国亦步亦趋。乘客中有人说："小日本摆什么谱啊！"

不管怎么样，入关时间还不算太长，1点多钟，我们出了港口。今天我们与湖南的老王老张夫妇同行。横滨只安排了半天时间，我们商定随便走走看看。

横滨是日本最大的港口城市，也是仅次于东京的第二大城市，还是神奈川县县政府所在地。现有人口将近400万。它是日本的门户，也是东京的大门，距东京只有几十公里，有便捷的城际铁路和公路与之相连，形成著名的"京滨工业带"，是日本重要的工业基地。

乘港口大巴到樱木町，步行至附近的"陆标大厦"。陆标大厦是横滨的地标，全城最高的建筑，70层，200多米高，我们的邮轮一进港就看到它鹤立鸡群般矗立在不远处。在已经见惯了摩天大楼的中国人看来，这样的"地标"实在是小儿科了。在它旁边有一个名为"太空世界"的游乐园，巨大的摩天轮在缓缓转动，附近还有帆形建筑的饭店、美术广场和美术博物馆。这一带是濒临海港的文化游乐区，是横滨的门面，收拾得干净整洁。

日本的神社很多，据说全国有8万多所。那个为军国主义招魂的"靖国神社"就是其中一个。打开横滨地图，发现附近也有一个神社，我们决定去看一看，反正不远，向西穿过几条街道就到了。

这座神社建在一座低山上。在一个铺满砂石的院落里，立着两座木结构的小殿堂，还有几方石碑。殿堂里陈设十分简陋，供奉的"神"据说是古代横滨的一位"总镇守"，什么年代的，不得而知。也没有塑像，只有一个简单地牌位。这里十分冷清，连日本人也没有几个，大概是一个不大知名的小神社。

神社在日本社会扮演着重要角色。它是日本人所信奉的神道教的祭祀中心，是日本人的精神图腾。神道教是多神教，天皇幕府、文臣武将、动物植物、山岳河川皆可为神，故神社名目繁多。有祭祀天照大神的伊势神宫、供奉明治天皇的明治神宫、祭祀农作物诸神的稻荷神社以及最古老的出云大社、世界文化遗产严岛神社，等等。位于东京的靖国神社原是明治天皇 1869 年下令修建的"招魂社"，即为 19 世纪在恢复天皇权力的斗争中牺牲的军人"招魂"的神社。1879 年改名靖国神社，由日本军方管理。第二次世界大战结束后，按照战后宪法政教分离的原则，改组为独立宗教法人。在宗教独立的幌子下，靖国神社把历来日本对外侵略战争中战死的军人都供奉其中，人数达 250 万之多，其中包括中日甲午战争、日俄战争、日本侵华战争、日本发动太平洋战争和侵略东南亚战争中战死的日本军人。更令世人惊骇的是靖国神社还把二战结束后东京审判中判处死刑的东条英机等 14 名日本甲级战犯的亡灵也供奉其中。这样一来，靖国神社就是名副其实的日本军国主义的招魂社，日本右翼势力包括几任首相、部分内阁成员和国会议员屡屡利用祭祀神社之名挑战二战后的世界格局、否定战争罪行，其放肆程度令人发指。

还是去看看横滨的商业街吧。附近就是横滨有名的"伊势佐木町步行商业街"，一条东西走向、约一公里长的街道。这里没有车马喧嚣，只有游人熙攘。两边的店铺大大小小、林林总总，摆满了各种商品。走进一家超市，规模不大，有中国店员。见我们进店，主动搭话，大概他们看出我们是同胞。

横滨的商业街，论繁华还属"中华街"，它距"伊势佐木町步行商业街"不远，我们也是步行前往。据说日本有不少"中华街"，而横滨的中华街是最大的。一条长长的街道，热闹非凡，两侧全是中式建筑和汉字招牌，什么"北京饭店""王府井""状元楼""麻婆豆腐""担担面"，等等，应有尽有。街两头各矗立着一座中国式牌楼，上书"中华街"三个遒劲的汉字，街中心还建有一座规模颇大的关帝庙，象征"财神爷"在此保佑大家发财。这是一座名副其实的中国城，横滨的华侨华人约 4000 人聚居于此，经营着三百多家商店，一百多家餐馆，每天接待着熙熙攘攘的游客，游客中多数是来自祖国的同胞，满街都可以听到亲切的汉语。

还经过了横滨的两个公园。一个是位于伊势佐木町商业街与中华街之间的横滨公园，一个是位于港口附近的山下公园。日本的城市公园一般都不大，建筑也比较简单，无法与北京的颐和园或天坛公园相比。横滨公园也仅是一片绿地，特点是有一座规模颇大的体育场。我们经过那里时，听到里边人声呼啸，鼓乐齐鸣，据说正在举行棒球比赛。体育场外边还有很多人在急急忙忙地往体育场里边赶。今天是周末，日本人痴迷棒球，像赶盛会一样兴致勃勃。山下公园濒临大海，呈长条状，景观除绿地树木花草，还有一尊由喷泉围绕的"水的守护者"雕像，是一位女性，肩扛水罐，寓意对水的珍惜和保护。这个公园也在上演着周末的热闹。一大片绿地上坐卧着数百人，三三五五，大多以家庭为单位，铺一块塑料布，摆上各种食品，边吃边聊，享受着周末的闲适。绿地周边排满简易小卖部，出售各类食品和饮料。不少青年人围站在吧台边，啜茶漫谈，轻松愉悦。给人的印象，现在的日本年轻人，可能由于战后新的环境的塑造，身上似乎少了一些先辈们的杀伐之气。但愿他们成为新型的爱好和平的日本人。

夜幕降临了，夕阳映红了陆标大厦后边的天空。蓦然间，城市的灯光一起亮起，眼前一片灯海。灯海中，"太空世界"那个摩天轮的灯光五彩变幻，格外耀眼。我们回到船上时，已是晚上8点了。

横滨暮色

东京所见所思

今天该去逛逛东京了。早饭后 7 点 30 就出发了，同行的是北京的小孙小崔夫妇。湖南的老王老张另有安排。

仍然是先乘大巴到樱木町。樱木町是距港口不远的市区地名，是横滨的一个交通枢纽，从这里可以乘高铁直达东京。我们购买的是从樱木町到东京秋叶原的车票，每张 550 日元，约合人民币 30 元，比之乘坐出租车便宜很多。日本的交通发达便捷，城际列车穿梭往来，横滨和东京之间的列车就像公交车一样，本地人上下班多坐城际列车。

我们乘坐的这趟列车可能也属于日本人所称的"新干线"，车速甚快。经横滨站、品川、鹤见、松滨、东京站到秋叶原，不到一个小时。沿途都是城市景象，未见一处农村，可见日本是一个城市化程度很高的国家。每个车站都有不少乘客上上下下。我注意到车上的日本乘客，多数静坐不语，少数轻声交谈。年轻人则大多低头瞅着手机，他们也是当今世界庞大"低头族"的成员。

秋叶原是东京市区的一处地名，以电子一条街著称。这里的大街小巷布满电器商店，游人也格外多，多数是来此采购电器的，也有慕名观光的。其中人数最多的恐怕是中国人。摩肩接踵，熙熙攘攘，大包小包地提着所购的电饭锅、保温杯、照相机之类。倒是没看见买马桶盖的，前些日子中国人在日本"爆买"马桶盖的盛况一时成为耸动性新闻，现在这个高潮好像过去了。但是买其他电器的中国游客还是挤满了商店。我们挤进一家免税店，三层楼的店面每层都是人满为患，听人们相互对话就知都是中国人。商店的售货员也有不少中国人，他们是日本商家专门雇来的，一律俊男靓女，忙不迭地向同胞解答询问、点收货款、包装商品。我注意浏览了一下货架上的商品，价格普遍比北京要贵，我们楼上楼下地转了一圈，被挤得汗津津的，赶快逃了出来。

看着街上扛包行进的中国游客队伍，心里有一种难以名状的滋味。固然，如今是全球化时代，整个世界是一个大市场，人们有权利在任何一个国家购买商品；而且，中国人现在逐渐富起来了，在国外花点儿钱也是一种面子。但是，成千上万的中国人用自己的消费去拉动日本的经济而不是拉动自己国家的经济，无论如何是让人心头为之隐痛的。这是一种尴尬，也是一种无奈，也许还是一个过程。

接下来按计划去上野公园。之所以去上野公园，主要是因为鲁迅在他的著作中写到它："上野的樱花烂漫的世界，望去确也像绯红的轻云。"印象深刻，因此慕名前往。公园在东京市区北部，占地84公顷，是日本最大的城市公园。这里原来是德川幕府（17世纪至19世纪中期日本的实际统治家族）的家庙和一些诸侯的私邸，明治维新后改建为公园。进入园门首先映入眼帘的是一大片荷池。现在是5月，荷花未开，但浓浓的荷叶已经遮蔽了整个水面。地图上把这个荷池标为"不忍池"，颇具佛教意蕴。沿池畔北行，右侧有石阶通向高地，登临其上，坐落着一座观音堂。堂内供奉着一尊千手观音，与中国庙宇中的千手观音颇为相似。在日本，佛教具有很大的影响，几乎与神道教平分秋色。这一点在上野公园体现得十分明显。观音堂属于佛教建筑，而同在园内的另一些建筑则是神道教建筑。从石阶返回，往西过桥有一小岛，岛上也建有寺庙。寺庙附近有几座石碑，其中一座上书汉字"庖丁塚"，格外引人注目。中国有"庖丁解牛"的成语，"庖丁"意为厨师。日本借用了大量的中国汉字，但字义多有变化，不知此"庖丁"与彼"庖丁"含义是否相同？又为何在这里建一座"庖丁塚"？园内尚有西乡隆盛（明治维新三杰之一）铜像、东京国立博物馆、国立科学博物馆以及牡丹园、动物园等，限于时间，无暇细游。本来，上野公园最有特色的景观是樱花，每年4月园内一千多株樱树一齐开花，万人争睹，蔚为大观。可惜现在已近6月，花事已过，眼前一片翠绿，并无鲁迅笔下的"绯红的轻云"。

我们决定去浅草寺——日本著名的具有江户风格的寺庙。从上野公园东门口挤上了开往浅草寺的20路公共汽车。这路公共汽车的车型小巧玲珑，跟面包车差不多。令人联想到：小，还真是日本的特点——国土小，房子小，公园小，公共汽车小，人的个头也小（现在据说赶上中国人了）。车上挤满了乘客，我们勉强侧身于众人之中。日本乘客打量了我们一眼便很快移开目光，静静地坐着或站着，旁若无人。乘客中老人居多，一般戴着有檐的小圆帽，架着金属丝眼镜，衣着整洁，文质彬彬，同人们在世界各地看到的日本旅游团差不多。

浅草寺到了。一进"雷门"便人山人海，整个一条 200 米左右长的"仲见世商店街"被游人塞得满满的，两边的店铺出售各种特色小吃和旅游纪念品。街的尽头是"宝藏门"，穿过"宝藏门"便是巍峨的大殿，与中国寺庙的建筑风格基本一致。它是浅草寺的主体建筑，里边供奉着观音菩萨。来这里求签祈福的人很多。祈福者先在大殿旁边的清洗池用勺子舀水洗手漱口，然后购买香烛，在熏香炉熏香，最后才抽签。抽到"大吉"或"吉"的人自然喜形于色，抽到"末吉"或"凶"的则表情较为复杂。人类善于自我麻醉，对于神灵，宁信其有，不信其无，进了寺庙，很多人总想碰碰运气。浅草寺的香火很旺，熏香炉的烟火持续燃烧，烟气弥漫全院。这种景象，大概已经延续了一千多年。从 628 年始建寺院迄今，除去中间因火灾和战争造成的短暂中断外，浅草寺就一直在香烟缭绕中度过每一个晨昏，它因此赢得了东京乃至全日本第一寺庙的头衔。

我们又乘公交车来到了银座。银座是东京最繁华的商业街区，相当于北京的王府井和上海的南京路，有人还把它比作巴黎的香榭丽舍和纽约的第五大道。在一千多米长的步行大街及与之交叉的几条小街上，矗立着著名的百货公司和各类商店，出售着众多名牌产品。来东京旅游的人，银座是必到之地。这里荟萃了日本商品的精华，是日本现代化的标志和橱窗，人们除了选购

东京"银座"

商品，重要的是来看看这个"橱窗"，体验一下日本的商业文化。也许因为国内的新型商业区在繁华程度上不输于此，银座并没有使我们感到多么新鲜。倒是日本商业从业人员的彬彬有礼给我们留下了较深印象。他们总是面带微笑，不断地向顾客鞠躬，态度之谦恭，举止之文雅，在世界各地实属少见。

由此想到日本的民族性格。总觉得，日本民族是把两个极端集于一身的民族：一方面彬彬有礼，一方面凶狠野蛮。

美国文化人类学家鲁思·本尼迪克特在她所著《菊与刀》一书中对日本的民族性格有这样一段描写："对它（指日本）的描述总少不了一长串'却又'之类的转折句，这在世界各国中绝无仅有。在严肃的学者笔下，只有日本人才会非常礼貌'却又粗野蛮横'；其民众冥顽不化'却又能迅速适应最激进的创新'；日本人本性柔弱却又不喜欢顺从上级指挥；他们忠诚慷慨'却又阴险奸诈、睚眦必报'；他们英勇却又怯懦；他们的行动多半是为了面子，却又有着真正的良心；他们军队的纪律如铁，士兵却又时常不服管教甚至无视军令；这个民族积极地学习西方新知识，同时却又狂热地守旧。"她接着说："这些描述看似自相矛盾，实际上千真万确。介绍日本的书，内容都不离其宗。刀和菊花，同构一图。"鲁思·本尼迪克特的上述描述，尽管发表于20世纪40年代，尽管历史与现实已有区别、个体与整体存在差异，她的观点也引起过不同的看法，但是，就其基本结论来说，无疑是准确的、符合实际的。她的《菊与刀》至今还是世界一些著名大学文化人类学专业的必读文献，也被日本不少学者所重视。

菊花的优雅与刀剑的凶残似乎尖锐对立、不能相容，其实它们在日本民族身上是两极相通、互为因果的。这就跟某些特殊的个人一样：某些凶残的杀人犯平时显得老实巴交、沉默寡言，根本看不出他会杀人。其实，隐忍中酝酿着爆发，残忍正是长期沉默的宣泄。这在心理学上是有科学解释的。日本民族为何形成这样一种性格，原因十分复杂，大略说来，岛国意识（狭隘意识和危机意识）、千百年来由特殊的制度和教育所固化的等级观念和服从意识、对天皇和幕府的愚忠、对武士道精神的膜拜、本土文化的先天不足和文明开化较晚、历史上先后对中华文化和欧洲文化的仰赖所产生的深层民族自卑心理、明治维新以后迅速膨胀起来的国力所激发出来的盲目自大和扩张野心，等等，所有这些，都是促成这种性格的因素。

冒昧地说一句：日本之所以遭到人类历史上第一次原子弹轰炸，就与它的这种民族性格有关。二战接近结束的时候，美国政府和军界做出过一个判断：按照日本人的野蛮和狂热，如果把军队开入日本本土，像对德国那样，用常规战争最后制服日本，美军还将付出至少50万人的生命代价。于是美国决定使用刚刚试制成功的原子弹。两颗原子弹一爆炸，日本陷于绝望，加上其他同盟国的凌厉攻势，日本不得不宣布投降。

不过，原子弹并没有投向东京，东京保全了。尽管东京也难逃战火，美机的多次轰炸焚烧了大片市区，但战后恢复较快。现在，它仍然是日本的首都，是日本政治、经济、文化和交通的中心，拥有1350万人口，如果连同周围的东京都市圈加在一起，总人口达3700万，是日本最大的城市，也是世界特大城市之一。

登上世界贸易中心大厦的楼顶，眼前是望不到边的楼海，街道纵横交错，车流往来穿梭。在如簇如浪的建筑当中，隐约可见天皇的皇宫和附近的首相官邸，那里正在忙碌着日本的"国事"。

东京，不仅涌动着车流人流，也涌动着暗流逆流，在喧嚣忙碌中总是透露着那么一些波诡云谲。

5月24日 星期日

人类命运共同体

昨晚10时，大西洋号拉响汽笛，驶离横滨港，向祖国的上海开去。上海是我们这次环球旅游的出发地，也是终点站。两天后就要到达了，心里一阵激动。

上午 8 时才起床。早饭时遇到老武、老王、老张、老胡、老周、小杜、西子乔、郭教授、唐教授、小孙、小崔等一干朋友，大家一个个容光焕发，大声地相互打着招呼，那神色分明流露着远游人即将归家的兴奋感情。大家一边吃饭聊天，一边用手机和纸条相互留了电话和地址，相约以后经常联系。

哈尔滨的老王正在饭厅的另一张桌子上操纵笔记本电脑，为船友们下载他沿途拍摄的照片。他是我们当中的摄影高手，大家都愿意分享他的作品。周围坐着好几个人，手里捏着 U 盘，等待老王一一下载。我也获得了他所赠予的数百幅照片，连同我自己拍摄的，共有八千多幅照片收纳在我的相机和 U 盘里，它们是 10 万里旅途的珍贵记录。

甲板上，人们三五成群，或聊天，或拍照，或眺望远方。钢琴师的琴声在回荡，乐队的演奏在震响。大西洋号在乐曲声中迈着轻快的脚步，即将完成它此行的最后一段行程。

风雨同舟两个多月，大西洋号上的乘客和船员一千多号人，结成一个命运共同体。大家共同度过了 80 多个难忘的日日夜夜。

其实，一路走下来，更深的感受是：全人类才是一个休戚与共的命运共同体。全球化和世界面临的共同问题，把全人类紧密地联系在一起。其中几点感触尤其深刻。

世界越来越小，人们越来越近。全球化和经济社会的发展大大拉近了地域之间的距离，过去遥不可及的地方现在转瞬即到。感觉上，地球真的变成了"地球村"。这次坐船虽然较慢，但 80 多天环绕偌大一个地球，一览世界万千风物，仍然使人感受到地球的变小。与此相应，世界各地的人们交往越来越频繁，交往规模越来越大。在相互的交往中，过去由于地理、制度和文化的阻隔形成的人际距离，越来越近了。即使语言不同，只要一个手势、一个表情、一个微笑、一个眼神，便大体可以相互沟通。而且，无论是哪里的人民，多数都是善良的、友好的、乐于助人的。真是普天之下"人同此心，心同此理"。"地球村"的公民基于人类共性的相互接近、相互交流和相互融合，正在形成社会意义的"地球人"，这是一个具有划时代意义的社会变迁。

尺有所短，寸有所长，国家无论大小，各有优长，必须互学互鉴，共同发展。即便是"蕞尔小国"，也有其独到的长处；即便是"泱泱大国"，也有其难掩的短处。一些小国的长处，或者是自然环境优越，生态保护良好，或者是社会福利健全，教育医疗免费，或者是呵护古建文物，宁肯守着几百年的老房子，也绝不搞千篇一律的"高大洋"，等等。因此，在我们与世界各国的交往中，切勿自恃己大而忽视己短，也勿因人国小而不见彼长。这是每一个公民出国旅游都应当注意观察和学习的。

西方发达国家既非"水深火热"，也非"人间天堂"。一路游历了几个西方国家，加上以前的几次欧美之行，总起来西方发达国家基本都去过了，深深感到对这些国家要全面认识。我们过往年代的宣传有很大的片面性，以致国人真的认为西方世界是"水深火热"，现在提及已成笑料。但是，我们中国人好像喜欢走极端，改革开放以后一些人又把西方发达国家说得好的不得了，简直是"人间天堂"，对自己的国家却缺乏自信。其实，到那里看一看或者生活一段时间，不难发现它们的弊端。对这个问题的看法，涉及对什么是资本主义、什么是社会主义的正本清源问题，涉及对特定社会形态复杂性的全面把握问题，也涉及不同社会制度的对立性与同一性、矛盾性与依存性的关系问题。这也是事关人类命运共同体建设的重要问题。随着交往的增多，人们对这个问题的看法会逐步成熟。

地球是一个"诺亚方舟"，人类必须同舟共济。

我们一路上饱览了地球的壮美——海洋之美、陆地之美、城市乡村之美、动物植物之美、蓝天白云之美、风声雨声之美，更有五色人种之美，对这个养育我们的家园充满了感激和依恋之情。但是，地球已经不堪重负，已经气喘吁吁，已经伤痕累累，已经险象环生。

地球孕育了人类，人类是万物之灵。地球本应为它的这一创造而陶醉。但是，人类活动所造成的不良后果使它陶醉不起来。人类固然以前所未有的速度在建设、在发展、在探索、在创造、在前进；但同时，也以前所未有的规模在挖掘、在抽取、在砍伐、在捕捞、在排放。于是出现了悖论——建设有破坏相伴，前进有倒退相随，文明有野蛮相扰。人类也因此成为尴尬的角色——聪敏的愚蠢人，富裕的贫穷人，文明的野蛮人。

于是，我们不能不面对污浊的空气、肆虐的风沙、蔓延的荒漠、萎缩的湖泊、断流的江河、有毒的水质、污染的土壤、异常的气候、消融的冰川、抬升的海面、加速灭绝的物种和莫名其妙的疾病。

更何况，我们头上还悬着另外的达摩克利斯之剑。

生物学家莱切尔·卡逊用她的科普著作《寂静的春天》早早地向人类发出了警告。那是 1962 年，莱切尔·卡逊已经发现，在一些地区，农药和化肥的大量使用产生了一系列严重后果，连报春的知更鸟都被毒死了，本应是百鸟喧闹的春天变成了寂静的春天。

10 年之后，1972 年，罗马俱乐部的一批科学家发表了一份轰动全球的研究报告——《增长的极限》，提出人类目前的经济发展模式是不可持续的，人口、资源、环境等方面形势异常严峻，如果不加以改变，100 年后世界将达到增长的极限，接下来就是不可避免的衰退。

这以后，人们不断发出呼吁，要求改变发展模式，控制人类行为，保护人类赖以生存的唯一家园。联合国也先后召开多次国际性会议，发宣言、提议程、订计划、签公约。但是，事情一波三折，纷纷攘攘的国际社会有着太多的利益纠葛，在治理地球的问题上蹒跚而行、举步维艰。

最近，我们又听到来自科学界的警告。一份有关人类活动对大自然影响的科学报告称，地球四大"生态极限"——气候变化、生物多样性、土地使用和生物地球化学循环——已被突破，大自然已经进入一个未知的新状态。当代著名天体物理学家斯蒂芬·霍金则直言相告：在可预见的未来，基因改造病毒、核战和全球变暖威胁着整个人类的生死存亡，地球很可能出现毁灭性灾难。

这并非危言耸听。我们面临着全人类共同的紧迫问题，面临着全体地球人生死存亡的问题，不分国界，无关民族。我们只有一个地球，只有团结一致，同舟共济，协力应对，才可能渡过难关，扭转危局。

联合国总部的地球雕像

不由地想到诺亚方舟。《圣经》中的这个故事一定有着上古人类真实的生活记忆。人类过去同乘一艘诺亚方舟逃过了滔天洪水，现在仍然同乘一艘诺亚方舟共度时艰。大西洋号的环球之旅仿佛是这一状况的一个小小的现代演示。

身处其中，特别感受到人性的某些奥秘。人类总是存在矛盾的，有冲突、有争吵、有分裂；但人类又总是共处于一个利益共同体中，有依存、有协商、有团结。

关于人性善恶的问题争论了几千年，其实，任何生命体本质上都不过是一种新陈代谢——蛋白体的新陈代谢。而新陈代谢就内涵着、意味着竞争：植物相互之间因新陈代谢而竞争阳光、水分和营养，动物相互之间因新陈代谢而竞争食物、领地和配偶。人类虽然已经脱离了动物界，但从生物学意义上来说，人类永远不可能完全脱离动物界，因而也不可能脱离竞争（包括生存竞争和发展竞争），而竞争就不可能与"恶"完全划清界限。重要的不是人性中有没有"恶"的一面，而在于同样有"恶"的人类已经进化出了一般动物所不具备的智慧，即可以避免脱离规范的"恶"和因"恶"而造成相互毁灭。

我们并不服膺泛爱的空谈，这样的空谈已经进行了千百年；我们看到的是，人类社会的发展已经和正在提供全人类团结起来的社会基础，包括全球化、信息化、地球村、利益深度依存和命运共同体的逐渐形成。

我们坚信,全人类团结起来这一天终将到来。

由此又想到那些还想称霸世界奴役他人的人多么可恶亦复可笑。覆巢之下,岂有完卵。我们这个世界,从本质上说,容不得霸权。历史上的霸权,都是昙花一现,过眼烟云;当今的霸权,也不过是回光返照,难逃厄运。世界已经进入全球化共治共享时代,即便称霸于一时,也会很快垮台。什么叫顺应潮流?在当代,就是顺应全人类共同的利益,就是尊重各国各民族的平等地位,就是把国家利益和全人类共同利益结合起来,一句话,就是树立人类命运共同体意识,走和平、包容、互惠、绿色、共治、共享的发展之路。

能如是,人类前途或可期,地球庶几有救矣。

5月25日　星期一

烛光晚宴与告别大会

晨6时起床。第一件事是看电视屏幕上的邮轮位置:北纬31°,东经129°,大西洋号正在穿越日本九州岛南部的大隅海峡,向东海驶去。

近乡情更迫,心里希望邮轮再快一点儿。

从昨天下午就开始收拾行李。一件一件的东西,无不打上邮轮生活的印记,即便是一份邮轮日报、一个在船上做的小工艺品,都不忍心丢掉,都把它们打入行李之中。明天就要到达上海了,就要回到祖国怀抱了。

昨晚船上举行烛光晚宴。男士西服革履,女士披红戴绿。餐厅工作人员做了精心准备,不但饭菜花样一新,而且还准备了节目。具有异国风情的歌舞博得阵阵喝彩。进行到高潮处,工作人员和乘客一起串起长龙,在餐厅里秉烛游行。领头的是一位黑人厨师,人高马大,头上顶着白布垫子,上置一个花篮,咧着大嘴憨笑,忘情地扭动着身子。"长龙"一路欢呼,摇头摆尾,穿行在餐桌之间。歌声、笑声、掌声交响在一起,一直狂欢到21时。

今天上午10时，全体乘客在卡鲁索剧场集合，先由邮轮副总监罗炎炎女士宣布明天到达上海后的注意事项，接着便是告别大会。船上各部门的工作人员分别登上舞台，由罗炎炎一一介绍。

船上告别大会

最先上台的是餐厅服务人员，男男女女，一律白衣白帽。这些"白衣战士"86天来每日起早贪黑，为大家准备可口的饭菜，提供一流的服务，大家对他们怀着由衷的感激，剧场里爆发出热烈的掌声。

接着上台的是服务中心的工作人员，他们大部分是来自祖国的青年男女，两个多月来，他们处在第一线，辛苦不要说，还受了不少委屈。然而血浓于水，同胞之情最难割舍，此刻他们也许还想到了家中的父母和兄弟姐妹，台上好几位姑娘一边使劲挥手，一边已是泪流满面，台下许多人也热泪盈眶，以热烈的掌声传递亲情。

之后上台的是船上的演职人员，都是大家熟悉的面孔，可亲可爱可敬。谢谢了，你们动人的歌喉、优美的舞姿、精彩的演奏陪伴了我们千万里，今后还会长久留在我们的记忆里。

最后登台的是船上的领导层，由船长领头，恭恭敬敬向台下鞠躬，600多位乘客一起站起来向他们鼓掌欢呼。辛苦了，大西洋号的掌舵人，你们驾驭着载有一千多人的巨轮，穿越三大洋，五大洲，航行10万里，战胜了那么多的风浪，现在即将到达胜利的彼岸，我们由衷地向你们道一声："谢谢！"

5月26日　星期二

到家了

早早地就起床了，走上阳台，朝祖国的方向眺望。

渐渐的，远处出现了地平线。

越来越近了，右前方出现大片沙洲，长满了芦苇，海水的颜色也开始发生变化，由蔚蓝色变为淡褐色。这意味着，我们已经到了长江的入海口，长江正伸出臂膀准备拥抱我们了。

继续往前，可以看见临海而建的上海浦东机场，那里停着很多飞机，银光闪闪。接着，浦东新区高耸的摩天楼群也进入视野，"东方明珠"电视塔好像在向远道归来的亲人招手呢。

眼前的江面显得十分忙碌，各式船舶来来往往。不远处，就是我们即将到达的港口——上海吴淞国际邮轮港，那里排列着如林的吊车，像列队欢迎的队伍。

太阳升起来了，朝霞满天。上午9时整，随着悠扬的汽笛声，大西洋号缓缓泊定在吴淞国际邮轮港码头。86天前，我们就是从这个码头登船的，驶向西方去，却从东方来，环绕地球整整一圈。

看看表，离规定下船的时间还有半个小时，我抓紧时间赶忙登上第10层甲板。一则是想鸟瞰一下上海港全景并拍照，二则是向这层我们最熟悉的甲板告别。我们在这层甲板曾无数次地凭栏眺望，现在再作一次告别性眺望吧。眼前的上海港一片繁忙，港内舟船云集，岸上车来人往，大西洋号静静地依偎在它的怀抱里。

从10层甲板回到房间，与妻子环视了一下住了86个日日夜夜的"家"，怀着惜别的心情转身跟上了排队下船的队伍。船上工作人员夹道欢送，一片声的"再见！再见！"

跨上码头，眼前突然一亮，迎面竖着一个很大的红色标语牌，上边用白色仿宋体写着两行醒目的大字："祝贺首批中国出发环球邮轮客人圆满完成 86 天之旅"，署名是"吴淞口国际邮轮港"和"歌诗达邮轮"。心头顿时涌起一股暖流，大家纷纷走上前去以标语牌为背景拍照留念。

欢迎归来

踏上祖国的土地，立即会有一种特殊的感受。这是游子归家的感受，久别亲人见面的感受，历经千山万水终于平安回到家里的感受。耳边都是亲切的母语，触目尽是熟悉的物象，不用再为问路发愁，不用再为安全担心，突然觉得祖国特别可亲可爱。

这种感情，因哺育而生成，因根脉而深厚，因离别而增强。

女儿女婿已委托上海的两位朋友小顾和小刘在港口接我们，他们热情得就像我们自己的孩子。安排我们用过午餐后，便开车赶往虹口火车站，送我们登上开往北京的 G18 次高速列车。

列车以每小时 300 公里的速度穿过秀丽的江南水乡、碧绿的江淮大地、滔滔的长江黄河、广阔的华北平原，只 5 个小时便到达北京。此时，北京城已是万家灯火。

86 天的环球旅游结束了，我们到家了！

环球归来话旅游

　　回到祖国，坐在疾驰的列车上，心里自然而然地会产生一种对比——外国与中国的对比。这恐怕是每一个旅游归来的人都会产生的心理活动。是啊，经过了那么多异国他乡的山山水水和风土人情，它们与我们国家的有些什么不同吗？国外旅游与国内旅游有什么区别吗？从这种对比中会产生些什么想法吗？

　　首先的感受，一出国才知道我们国家真大。在国外旅游，比如在欧洲旅游，坐着大巴一不小心就到了另一个国家，如同在国内从一个省到另一个省。由此真正体会到什么叫"地大物博"。平常生活在这片国土上并没有太深切的感受，出国一比较感受就特别强烈。

　　其次的感受，我们国家的旅游资源太丰富了。由于国家大，陆地面积 960 万平方公里，拥有大跨度的气候带和形态多样的地质地貌，再加历史悠久，文物古迹众多，旅游资源少有国家可以比肩。我们有世界著名的大江大河，有世界最高的雪域高原，有最奇特的喀斯特地貌，有童话般的奇山秀水，有最大的古代防御工程，有最大的木结构古建筑群，有被称为世界奇迹的地下博物馆，等等，它们令外国游客惊叹不已。

　　但是，还要看到另一方面。尽管我们国家很大，旅游资源很丰富，如果放在世界旅游市场上从多方面进行对比，就会发现一些短板，例如景区的服务质量等。

　　解决旅游质量问题，主要应从提高旅行社和旅游景点的服务质量着手。同时也要从提高游客的自身素质、主体意识、参与意识和维权意识等方面着手。两方面结合才能有效提高旅游质量。

　　这里特别需要说一说游客的主体意识、参与意识和维权意识。主体意识是指游客要意识到自己是旅游事业的主体和主人，旅行社和旅游景点都是为游客服务的，这个关系不能搞颠倒了，不能认为旅行社和旅游景点的管理人员是主人，游客反倒是客人。参与意识是指游客要以主动的姿态参与到旅游的全过程，积极建言献策，共同提高旅游质量，而不是一味被动地跟着跑。维权意识是指要知法守法，善于运用法律武器维护自身权益。

这方面也有亲身经历的例子。

一次去英国，在伦敦游览三天。按说，一个城市安排 3 天，时间不算短。可是伦敦的核心景点伦敦塔、伦敦塔桥、大本钟、议会大厦、威斯敏斯特教堂加起来只安排了不到一个小时的参观时间。不要说进去细看，就连在外边多张望一眼的时间都没有，匆匆照了几张相，就在导游的催促下离开了。想想看，上述 5 个景点，不到一个小时，除去走路，平均每个景点不到 10 分钟！在返回的车上，我问导游："这几个景点是伦敦的主要景点，为什么只安排这么一点时间？"导游回答："团里一部分人要求去购物，只能压缩参观时间。"我又问："一部分人要求去购物，另一部分人呢？为什么不安排他们继续参观？"导游的回答是："哎哟，你怎么不早说啊！"其实，已经安排过一次购物了，这是第二次，两次购物加起来将近 10 个小时。多么"慷慨"呀，与前边每个景点不到 10 分钟的吝啬形成鲜明对照。

另一次是去南非，在开普敦及其附近游览。原计划中有乘缆车登桌山一项，因遇大风，导游宣布取消。这是从安全考虑，大家都能理解。但是转念一想，我们在开普敦待两天呢，明天中午离开；今天刮风，明天上午也一定刮风吗？如果明天上午风停了，补上这一项不是很好吗？于是我对导游说："导游同志，请你关注气象变化，如果明天风停了，赶在我们离开之前上一回桌山。大家万里迢迢来一趟南非不容易，一生可能只有这一次，错过一时就会遗憾终生。"这位导游还算通情达理，他答应随时关注气象预报，相机做出决定。第二天早上，谢天谢地，风停了。我们早饭后立即赶到桌山脚下，搭乘第一趟缆车登上了桌山。桌山是一座名山，因山顶平如桌面而得名。重要的不在于它的山形，而在于它的位置。站在山顶，左手侧为大西洋，右手侧为印度洋，它恰处两洋分界处，视野所及，碧波万里；漂亮的开普敦市就平铺在它的脚下，一览无余；附近海湾里关押过曼德拉的那个小岛历历在目；而著名的好望角也隐隐可见。下山后，在赶往机场的路上，大家兴奋地议论："桌山上对了，不上后悔死了。"

由此可见，提高旅游质量，需要各方面共同努力。旅行社和旅游景点应积极适应旅游大潮兴起的新形势，积极借鉴国际国内先进经验，以游客为本，促进旅游管理现代化。而广大旅客也要学会旅游、善于旅游，努力提高自身素质，增强主体意识、参与意识和法制意识。

旅游大潮方兴未艾，吸引着越来越多的人参与其中。我们每个人都可能是这一潮流中的一分子。搞好旅游事业，事关千家万户，事关国家民族。我们大家都要重视起来，把它作为一项大事业来共同经营。

后　记

2015 年，我和妻子有幸参加了由意大利歌诗达邮轮公司专为中国游客推出的从上海出发的环球旅游。这个旅游项目在中国是第一次，也是迄今为止唯一的一次。

从 3 月 1 日正式启航，到 5 月 26 日返回（始发港和终到港都是上海国际邮轮港），历时 86 天，行程 5 万公里，途经三大洋（太平洋、印度洋、大西洋）、五大洲（亚洲、非洲、欧洲、北美洲、南美洲），先后在18 个国家上岸游览，视觉冲击和心灵震撼都是很强烈的。

一路上，我坚持每天写日记，把沿途所见所闻所思所悟都记下来，写满了厚厚三个笔记本。回来以后，对这些旅途中匆匆写下的文字作了一番认真修改，包括核对事实、精炼内容和疏通文字，又为每一篇日记拟了标题，还配了一些沿途拍摄的照片。这样便成了摆在眼前的这本书。

当前，一个旅游大潮正在全世界兴起，中国是这个旅游大潮的后来居上者，每年有约 10 亿人次参加旅游，其中出国旅游者超过 1 亿人次。旅游已经成为人们的一种重要的生活方式，深刻地影响着每个人的生活和思想，也影响着社会的经济、文化和政治。

与旅游大潮兴起相适应的是旅游文化的兴起。旅游的本质是什么，旅游的人类学、社会学、文化学和经济学意义是什么，旅游活动中诸多矛盾如何处理，旅游事业如何贯彻以人为本的原则，如何提高旅游的文化品位，如何从多方面多层次去反映旅游、研究旅游、提升旅游，如何以旅游为平台深化对人生、对世界、对历史、对文化的认识，如何从旅游中愉悦人生、丰富人生、净化人生和提高人生，等等，这些问题，都是旅游文化所要探讨的问题。而探讨这些问题，既是旅游行业和旅游学专业人员的职责，也是广大旅游者应当和必须参与的领域。

这本著作也算是对旅游文化的一个参与。它对上述旅游文化的方方面面都有所触及、有所探讨。既是游记，也是散文；既是见闻，也是杂感；既写现实，也写历史；既写景物，也写社会，目的是把自己的旅游故事和旅游体会讲给大家听，特别是讲给同我一样喜欢旅游或者对旅游及旅游文化感兴趣的人听，就像旅游回来跟朋友们一起聊天、一起交流一样。

书中照片，除特别注明的几幅外，都是笔者所摄。

最后，我要感谢万小元、崔树森、刘克鑫等同志为本书的写作和出版所给予的鼓励和支持。还要感谢本书责任编辑安耀东同志为编辑本书所付出的辛劳。

姜汉斌

2019 年 5 月 1 日